Museumsmord

Margot Lukas' 3. Fall

Ditmar Doerner

Der Autor

Ditmar Doerner wurde 1965 in Waldbröl geboren und wuchs in der Nähe von Siegburg auf. Nach dem Abitur studierte er in Bonn Germanistik und Soziologie. 1993 beendete er das Studium als magister artium. Im Anschluss folgten verschiedene Praktika im Medienbereich, unter anderem bei RTL, beim Bundespresseamt und bei Radio Bonn/Rhein-Sieg. Dort wurde er Volontär, dann Redakteur.
Seit 1998 arbeitet Doerner als freier Journalist vor allem für das WDR-Studio Bonn. Ditmar Doerner lebt mit seiner Frau und seinen beiden Söhnen in der Nähe von Bonn.

Museumsmord

Margot Lukas' 3. Fall

Ditmar Doerner

EDITION
LEMPERTZ

Impressum

Math. Lempertz GmbH
Hauptstraße 354
53639 Königswinter
Tel.: 02223 / 90 00 36
Fax: 02223 / 90 00 38
info@edition-lempertz.de
www.edition-lempertz.de

1. Auflage – September 2019

Text: Ditmar Doerner

Umschlaggestaltung und Satz: Ralph Handmann
Lektorat: Eva Weigelt, Philipp Gierenstein
Titelbild: Adobe Stock

Druck und Bindung: PrintConsult, München

ISBN: 978-3-96058-295-3

„Ich könnte mich niemals erschießen.
Ich würde nur stundenlang vor dem Badezimmerspiegel stehen
und den richtigen Einschusswinkel suchen.
Am Ende würde ich doch nur den Spiegel zertrümmern."

(Margot Lukas, Kriminalhauptkommissarin Bonn)

Dies ist ein Roman.
Ähnlichkeiten mit lebenden oder toten Personen
wären rein zufällig und nicht beabsichtigt.

Und bei dieser Gelegenheit:
Vielen Dank an viele Helfer: Elisabeth Schneider,
Jessica Isenhardt, Tomas Schwarz, Miriam Bülow,
Beate Kohmann, Antje Heel, Philipp Gierenstein
und Eva Weigelt

Kapitel 1

Erster Tag

Weil mir der süßlich-herbe Geruch Übelkeit verursacht, versuche ich ganz flach zu atmen. Überdeutlich rieche ich das verbrannte Fleisch, wie ein Steak, das auf dem Grill vergessen wurde, nur intensiver. Vermischt mit dem eher süßlichen Benzinduft, den ich als Kind so gerne eingeatmet habe, nimmt er mir fast den Atem.

Die Kollegen im Raum sprechen so leise miteinander, dass ich sie kaum verstehe. Wieder einmal frage ich mich, warum in Gegenwart eines Toten meist geflüstert wird. Was ergibt das für einen Sinn? Da schläft niemand, da kann niemand aufgeweckt werden, die Person ist nicht mehr da, nur ihr verwaister Körper. Und wenn es tatsächlich so etwas wie eine Seele geben sollte, tut sie gut daran, hier nicht mehr zu sein.

Plötzlich stellt sich jemand dicht hinter mich, ganz nah, Körperkontakt. Dieser Jemand berührt leicht meine Schulter. „Klabbet?", fragt er. Nichts weiter, nur: „Klabbet?"

Ich drehe mich um. Ein älterer Kollege in Uniform, dessen Name mir im Augenblick entfallen ist, lächelt mich an. Sein Atem riecht unnatürlich stark nach Pfefferminze. In seinem Gesicht prangt eine große Knollennase, und ich erinnere mich, dass ich mir anhand dieser Nase eine Eselsbrücke gebaut habe, um seinen Namen zu behalten, aber augenscheinlich hat das nicht funktioniert. Er heißt irgendetwas mit -meyer oder -müller oder so etwas, aber ich komme nicht drauf.

Sein Haar ist schlohweiß, aber noch voll, und er erinnert mich an einen wettergegerbten alten Bergsteiger, vielleicht auch, weil seine Haut so tiefbraun und gesund glänzt. Verständnislos ziehe ich die Augenbrauen in die Höhe. Was hat er gesagt?

„Klabbet?", fragt er wie aufs Stichwort noch einmal und klopft mir auf die Schulter. Sein Lächeln wird breiter. Ich frage mich, ob das eine Art Einladung sein soll. Wenn ja, finde ich den Ort dafür ziemlich unpassend. Ich weiche einen halben Schritt zurück, das Holzparkett unter meinen Füßen knarrt leise.

Hilfesuchend schaue ich zu Fabian. Mit Fabian arbeite ich zusammen, seitdem ich hier in Bonn bin, also seit vier Jahren. Er telefoniert seit ungefähr fünf Minuten. Er lacht immer wieder laut auf und schaut sich danach verstohlen um, ob es jemand bemerkt hat. Mit wem spricht er? Wir stecken höchstwahrscheinlich in den Anfangsermittlungen zu einem Mordfall, und er macht Scherze. Jetzt hat er aufgelegt, den Reißverschluss des Schutzanzugs geöffnet und sein Handy irgendwo in Brusthöhe verstaut. Nachdem er vorher ungefähr zehnmal „Tschüüss – Tschüss, Tschüüüü-üss! Ja, ich dich auch!" in sein Handy gesäuselt hat. Ich kann mir höchstens vorstellen, dass er mit einer seiner beiden kleinen Töchter gesprochen hat, beide liebt er abgöttisch. Das ist nicht übertrieben.

Ich sehe, wie er seufzt, was mich irritiert. Dann kommt er näher. „Der Kollege Nettemeyer fragt, ob es funktioniert, ob es klappt, verstehst du? ‚Klabbet' ist die Abkürzung, sozusagen."

„Aha!", sage ich einigermaßen konsterniert. Klabbet! Wer kommt auf so etwas? Ich werde diesen rheinischen Dialekt nie verstehen, da kann ich hundert Jahre hier leben. Trotzdem lächle ich den Kollegen Bergsteiger an und sage: „Ja, et klabb."

„Schön, Mädsche!", sagt er und klopft mir auf die Schulter.

Ich nicke verständnislos und drehe mich weg.

Aus den Augenwinkeln nehme ich wahr, wie Fabian meinen Blick sucht und mich zur Entspannung mahnt. Dabei fühle ich mich gar nicht angespannt, nur konzentriert. Ich schließe die Augen. Kurz kommt mir in den Sinn, in diesem Augenblick genauso genial abwesend zu wirken wie einer dieser charismatischen TV-Profiler: Hochintelligent, voller kleiner, liebenswerter Marotten, bildhübsch und liebenswert. Nur leider bin ich das nicht ... nie gewesen. Viel mehr bin ich ungeduldig, leicht reizbar und nicht wirklich kommunikativ. Bei einer Partnerbörse stände wahrscheinlich „äußerst schwer vermittelbar" ganz fett auf meinem Personalbogen. Ich bin zu groß, zu direkt, zu ehrlich.

Einer der Kollegen öffnet eines der beiden Fenster, und ich bin dankbar für den kühlen Windzug in meinem Nacken, ein Kitzeln, das mich aus meinen Gedanken weckt. Draußen lärmt der Motor eines vorbeifahrenden Autos. Erst laut dröhnend, dann wieder leiser werdend, abgelöst von hellen Kinderstimmen. Vielleicht Schulkinder während einer Freistunde oder eine Kindergartengruppe auf Exkursion zum nächsten Spielplatz.

Das Schlafzimmer, in dem wir stehen, zeigt unübersehbar die Leidenschaft seines Besitzers für moderne Kunst: Dutzende abstrakte, bunte Zeichnungen in unterschiedlichen Größen hängen in Holz- oder Kunststoffrahmen an den weiß gestrichenen Wänden. Ein Kleiderschrank aus Kirschholz füllt fast eine gesamte Seite des Schlafzimmers, zwei Kommoden im Kolonialstil rechts und links des schweren Doppelbettes vervollständigen das Bild eines eher kleinen Schlafzimmers. Zwei silberne Lämpchen, die über den Kommoden verschraubt sind, fallen mir auf, ebenso vier Bücher auf der Kommode an der rechten Bettseite, an der ich stehe. Ich erkenne einen Gedichtband von Rilke, ein Synonymlexikon (so etwas gibt es noch?) und zwei überdimensionale Kunstbände. Ein Buch ist ein Sammelband über Impressionismus, das andere zeigt die Werke eines US-Aktionskünstlers, dessen Name mir vollkommen unbekannt ist. Auf dem Cover springt eine junge Frau, die nur mit einem Bikinioberteil bekleidet ist, über ein geschnittenes Getreidefeld. Im Hintergrund sind schemenhaft die Kühltürme und Reaktoren eines Atomkraftwerkes zu erkennen.

Zu sagen, die gerahmten Bilder bedecken die Wände fast vollständig, ist nicht übertrieben. Ich betrachte die schrill bunten Abstraktionen an den Wänden. Ich erkenne keine Gegenständlichkeit oder eine Originalität. Aber diese Bilder sollen vielleicht auf den Betrachter einfach nur verstörend wirken. Zurzeit nimmt jedenfalls niemand Notiz von ihnen. Das, was wir auf der linken Hälfte des Doppelbettes gefunden haben, ist weitaus beunruhigender.

Die Wohnung gehört Steven S. Schröder, einem der bekanntesten Bonner Galeristen. Sagt zumindest Fabian, mir war der Name unbekannt. Für was das S. im Mittelteil des Namens steht, weiß ich nicht.

Ein Urlaubsfoto in der kleinen Küche nebenan zeigt einen hochgewachsenen Mann Mitte vierzig mit zurückgegeltem, braunem Haar, dessen Augen durch eine Sonnenbrille verdeckt sind, und eine dunkelhaarige Frau, die Arm in Arm in die Kamera lachen. Im Hintergrund ist ein Sandstrand zu erkennen, Sonnenschirme, blaues Wasser, auslaufende, sich kräuselnde Wellen.

„Schröder!", sagt Fabian, der mir nachgekommen ist. Mit einer Hand zieht er seine Hose hoch, mit der anderen tippt er auf das Foto. „Die Frau kenne ich nicht. Vielleicht seine Freundin. Soweit ich weiß, war Schröder nicht verheiratet."

Fabian ist mittlerweile etwas weniger übergewichtig als noch vor einem Jahr, aber immer noch klein, immer noch ausgeglichen und immer noch die Ruhe in Person. Was, wie er bei jeder passenden und unpassenden Gelegenheit betont, an seiner Zeit in Bangladesch liegt, als er dort mitgeholfen hat, eine Polizeieinheit aufzubauen. Oder etwas Ähnliches. Über alle Maßen gerne doziert er darüber, wie einfach, karg und arm das Leben dort ist und wie gut wir es hier doch haben, obwohl wir merkwürdigerweise viel unzufriedener sind als die Menschen dort. Und so weiter und so fort …

Obwohl das mit Fabians eigener Ausgeglichenheit die vergangenen Wochen nicht mehr so ganz zutrifft: Fabian hat die vergangenen Tage einen eher nervösen Eindruck gemacht, und allen Fragen, die ich ihm zu seinem teils merkwürdigen Verhalten gestellt habe, ist er bislang ausgewichen oder hat sie mit einem Schulterzucken oder Lächeln abgetan. Beispielsweise stellt er sich, sobald sein Handy klingelt, immer außerhalb meiner Hörweite, als dürfte ich auf keinen Fall erfahren, wer ihn anruft. Ich kann nicht sagen, dass ich mich deswegen nicht zumindest ein wenig verletzt fühle, schließlich bilde ich mir ein, dass wir in den vergangenen Jahren so etwas wie Freunde geworden sind. Als ich aus Rheinland-Pfalz nach Nordrhein Westfalen kam, war er der erste, der mich mit dem Leben hier im Rheinland vertraut gemacht hat. Auch wenn es sich natürlich nicht so stark vom Leben in Rheinland-Pfalz unterscheidet.

Fabian steht, wie ich, mittlerweile wieder im Schlafzimmer, er unterhält sich gerade mit Ben Mateus, unserem Gerichtsmediziner. Ben zieht es immer wieder an Tatorte, obwohl er eigentlich in die Rechtsmedizin an den Stiftsplatz gehört. Ben ähnelt mit seinen schwarzen, zurückgegelten Haaren weiterhin Dean Martin, dem amerikanischen Sänger. Das war zumindest mein Gedanke, als ich Ben zum ersten Mal gesehen habe. Ben ist nur ein wenig größer als Fabian und anfangs irritierte mich seine abgehackte Sprechweise: Er klingt immer, als müsse er unter Zeitdruck morsen und habe keine Zeit für unnötige Silben.

Worüber die beiden reden, kann ich nicht verstehen, weil sich draußen gerade ein LKW durch die Königstraße zwängt. Immer wieder gibt der Fahrer kurz Gas, um dann abrupt abzubremsen. Wahrscheinlich versucht er, sich ohne Blechschäden an den unzählig am Straßenrand geparkten Autos vorbeizuzwängen. Die Südstadt gehört mit ihren alten Häusern und den alten Bäumen zu den schönsten Stadtteilen Bonns, die Parkmöglichkeiten sind allerdings sehr begrenzt. Um es vorsichtig auszudrücken: Die Straßen sind zwar breit genug für Autos aus den 1970er Jahren, aber nicht für unsere aufgepumpten, unförmigen Weltraummodelle des 21. Jahrhunderts. Ich selbst stehe mit meinem Simca 1200 S Coupé, den ich erst vor fünf Wochen von einem Autohändler in Beuel gekauft habe, auf einem der beiden Parkplätze einer Arztpraxis, ein paar Schritte entfernt.

Diesen Platz hatte ich allerdings nicht widerstandslos erhalten. Kaum hatte ich meinen Wagen abgeschlossen, ging auch schon die Terrassentür der Wohnung nebenan auf. „Sie können hier nicht parken!“, hörte ich über den kleinen Vorgarten hinweg eine heisere Stimme. Eine vielleicht 40 Jahre alte Frau in Jeans und einem hellen, verwaschenen Pullover stemmte die Hände in die Hüften und blitzte mich an. Das Auffälligste an ihr war der rotbraune Zopf, der genauso bebte und vibrierte wie ihre Nasenflügel. Warum sie so böse auf mich war, verstand ich nicht. Sie benahm sich, als hätte ich gerade meinen vollen Aschenbecher in ihrem Gärtchen entleert.

Ich lächelte sie an, um der Situation die Schärfe zu nehmen. Als sie nicht auf meinen Entspannungsversuch reagierte, hielt ich meinen Ausweis hoch, obwohl sie ihn auf die Entfernung von fünf, sechs Metern sicherlich nicht entziffern konnte. Aber auch mein Ausweis interessierte sie nicht. „Sie können hier nicht parken", wiederholte sie, als hätte ich das mittlerweile vergessen oder sie nicht verstanden.

„Das sagten Sie schon!", erinnerte ich sie.

Ich hielt meinen Ausweis noch höher, aber sie schüttelte nur den Kopf. „Wenn jetzt hier ein Notfall reinkommt …"

„Ich bin selbst einer!", sagte ich müde und versuchte gleichzeitig erneut ein Lächeln. Niemand kann mir vorwerfen, dass ich nicht wenigstens ab und zu versuche, freundlich zu sein.

„Dann fahren Sie doch da vorne hin." Mit einem Arm deutete sie in die Richtung links hinter mir, aber ich machte mir nicht die Mühe, mich umzudrehen.

„Wenn jetzt ein Notfall kommt …" Sie konnte sich gar nicht beruhigen. Ihre heisere Stimme überschlug sich fast.

„Das sagten Sie doch schon. Außerdem fährt so ein Notfall sicherlich nicht selbst hier vor, oder? Und … ich bin gleich wieder weg. Rufen Sie mich einfach an, wenn's zu lange dauert." Ich klemmte meine Karte hinter den Scheibenwischer und lief in Richtung Königstraße.

Kapitel 2

Wie eine Vielzahl der Brandopfer liegt auch dieser Körper auf der Seite, mit angewinkelten Beinen, in Embryonalhaltung. Das wirkt auf dem großen Bett fast friedlich, als sei der- oder diejenige im Schlaf überrascht worden und habe keine Schmerzen gespürt. So wie manch versteinerte Leiche in Pompeji. Ein weißes Laken ist bis zur Hüfte um den Körper geschlungen, nur wenige Rußflecken sind zu erkennen. Mein Blick wandert an die Zimmerdecke. Sie sieht wie frisch gestrichen aus … blütenweiß. Unmöglich, dass das Opfer hier verbrannt wurde. Merkwürdigerweise erleichtert mich das. Jemand hat also die Leiche hierhergeschleppt und auf dem Bett aufgebahrt. Ich frage mich allerdings, welchen Sinn das hat. Warum schleppt jemand eine verkohlte Leiche in eine Wohnung, um sie dort in ein Doppelbett zu legen? Auf der anderen Hälfte des Bettes ist das Plumeau zurückgeschlagen und liegt halb auf dem Parkettboden, so als habe es jemand sehr eilig gehabt, wegzukommen.

Ich schaue zu Fabian, der meinen Blick erwidert. Er zuckt die Schultern und drückt damit die Ratlosigkeit aus, die ich empfinde. Was ist hier passiert? Ich habe noch keine Zeit gefunden, mein Entsetzen zu registrieren. Die Arme und Beine der Leiche sind grauschwarz und unnatürlich dünn. Wahrscheinlich, so nehme ich zumindest an, hat der Körper durch das Benzin kurz und heftig gebrannt und einen Teil des Fleisches einfach aufgelöst. Der Kopf lässt kaum noch eine Kontur erkennen, keine Ohren, keine Nase. Unter- und Oberkiefer stehen weit auseinander, als habe das Opfer in seinen letzten Augenblicken vor Schmerzen geschrien.

„Ben, was … was ist das?“, frage ich, und merke gleichzeitig, wie ungenau die Frage ist.

Ben Mateus lächelt mich in einer Art und Weise an, die Nachsicht und Geduld ausdrückt, zumindest interpretiere ich es so. Meist komme ich mir in seiner Gegenwart wie ein Schulmädchen vor. Das liegt vor allem daran, dass ich mich vor seiner Arbeit fürchte, vor dem, was er täglich untersucht, so wie es mir vor dem Ort graut, an dem er arbeitet.

„Was soll ich dir jetzt darauf antworten, Margot?“ Er schaut zur Zimmerdecke und zögert kurz. „Aber du hast recht: Das ist merkwürdig.“ Er beugt sich erneut über die verkohlte Leiche, als suche er etwas.

„Den hat jemand mit Benzin oder was anderem Brennbaren überschüttet, oder?“ Fabian fragt das Offensichtliche, um Ben ein wenig aus der Reserve zu locken. „Oder brennen Menschen einfach so? Ich meine, ohne einen Zusatzstoff? Hochprozentigen Alkohol, Brandbeschleuniger, meine ich ... Kannst du das schon sagen?“

Unser Gerichtsmediziner schaut abwechselnd Fabian und mich an. Er lächelt. Ich fühle mich wie ein i-Dötzchen im Schulleiterbüro, aber Bens Lächeln ist nachsichtig und milde. Er hat Geduld mit uns Ermittlern, er weiß, unter welchem Druck wir bei solch einem Fall stehen, dass wir so schnell wie möglich Antworten haben wollen, wenn möglich auf all unsere Fragen.

„Kinder, ich schlage Folgendes vor.“ Sein Lächeln verschwindet. „Macht, was ihr immer macht: Belästigt die Nachbarn, schnüffelt in den Mülltonnen!“ Kurz schaut er auf Fabians kleinen Bauch. „Oder kauft euch irgendetwas zu essen. Nur lasst mich erstmal in Ruhe. Heute Nachmittag könnt ihr vorbeikommen.“

Er zwinkert mir zu. Weil er genau weiß, wie schwer es mir fällt, seine Sektionsräume zu betreten. Aber ich kann ihm wegen seines kleinen Scherzes nicht böse sein.

Kapitel 3

Zwei Stunden später stehen Fabian und ich immer noch in Steven S.' kleinem Schlafzimmer. Einer von Ben Mateus' Mitarbeitern hat das zweite Fenster geöffnet. Kühle Luft strömt herein, es ist frisch, weil es der Sonne noch nicht gelingt, die Frühlingsluft zu erwärmen. Die tote Person ist mittlerweile auf dem Weg in Bens Rechtsmedizin, die Kollegen sind zurück im Präsidium, nur das schwere Gemisch aus Verbranntem und Benzin hängt weiterhin in der Luft – trotz der geöffneten Fenster ist der Geruch geblieben. Laken und Plumeaus des Bettes werden kriminaltechnisch untersucht, genauso wie unzählige Proben, die die Kollegen vom Boden aufgesammelt haben.

Ernüchternd ist, dass niemand der Wohnungsnachbarn etwas gesehen oder gehört hat. Und Angelica, die winzige Putzfrau aus Ecuador, die die Leiche heute Morgen gefunden hatte, wirkte in ihrem Entsetzen, als wir sie vorhin befragt haben, so verstört, dass ich mir kaum vorstellen kann, dass sie etwas mit dem Fall zu tun hat. Sie wolle nur schnell weg, bat sie flehend und starrte mich an, als könne ich ihr ewiges Leben versprechen, sie müsse schon längst bei ihrer nächsten Arbeitsstelle sein, die Frau des Hauses sei sehr streng, was ihre Arbeitszeiten anginge, sie würde sonst eine Menge Ärger bekommen. Tatsächlich aber, so hatte ich den Eindruck, hatte sie vor allem Angst, dass wir sie kontrollieren würden. Was wir aber natürlich tun mussten. Wie sich herausstellte, arbeitet Angelica ohne gültige Arbeitserlaubnis für Schröder. Und demnach wohl auch für ihre anderen Arbeitgeber. Sie beruhigte sich erst, als Fabian versprach, ihre Personalien nicht weiterzugeben. Sie rannte fast aus der Wohnung, als wir ihr das Versprechen abgenommen hatten, telefonisch erreichbar zu sein. Wahrscheinlich hat sie ihre Handykarte weggeworfen, als sie Schröders Wohnung verlassen hatte, und vielleicht sind Fabian und ich manchmal zu leichtgläubig, aber genau deswegen arbeite ich so gerne mit ihm zusammen. Er handelt auch intuitiv und nicht immer nur nach Vorschrift.

Ich betrachte eines der vielleicht zwanzig Bilder an der Wand. Bunte Farbkleckse, groß, klein, eckig, rund, wild durcheinander. Signiert ist das Bild, wie die meisten anderen, mit „Sascha“. Ich seufze. Ben sagte vorhin, bevor er sich Richtung Stiftsplatz aufmachte, er tippe bei der Leiche auf eine Frau, aber das könne sich frühestens am Nachmittag bestätigen. Möglicherweise handele es sich bei dem Toten aber auch um Steven S. Schröder, den Galeriebesitzer.

Ich lasse mich auf den Boden sinken, meine Beine sind schwer geworden, und lehne mich an den Türrahmen. „Wer ist denn dieser Schröder? Muss ich den kennen?“

Fabian schließt eines der beiden Fenster, dann setzt er sich vorsichtig auf den Heizkörper, der darunter angebracht ist. Mit beiden Händen fährt er links und rechts zwischen den Rippen entlang, als würde er prüfen, ob die Heizung eingeschaltet ist.

„Ich kenn den auch nicht gut, bin nur ein-, zweimal in seiner Galerie gewesen. In der Friedrichstraße.“ Draußen ruft eine Frau aufgeregt zweimal kurz hintereinander nach einem Tim. Es ist beruhigend, Menschen zu hören, die von all dem, was hier passiert ist, nichts wissen, noch nicht einmal etwas davon erahnen können: Eltern, die ihre Kinder zum Essen oder zum Hausaufgaben machen nach drinnen rufen, Berufstätige, die von der Frühschicht müde nach Hause gehen oder Lehrer, die sich nach dem Nachmittagsunterricht gleich an dreißig Mathematikarbeiten zum Korrigieren setzen werden.

„Du warst in seiner Galerie?“, frage ich ungläubig. „Warum das?“ Ich traue Fabian einiges zu, aber nicht unbedingt Interesse an moderner Kunst.

Er schaut mich an und kratzt sich verlegen am Ohr. „Susanne wollte vor einem halben Jahr unserem Wohnzimmer eine afrikanische Note geben. Mit Figuren, Masken und Bildern. Du weißt schon: Savannenlandschaften, Giraffen an Affenbrotbäumen, Flamingos, kitschige Sonnenuntergänge, so etwas in der Art. Sie hat sogar ein Bild selbst gemalt.“ Er lächelt. „Nilpferde in einem Fluss, aber das steht mittlerweile im Keller. Mir ist irgendwann mal aus Versehen rausgerutscht, dass die dunkelbraunen Flecken auf dem Wasser wie erschossene Seehunde aussehen. Da war sie eingeschnappt, und seitdem steht es hinter der Waschmaschine.“ Er sieht mich nur an und zuckt mit den

Schultern, als wolle er nachträglich um Verzeihung bitten.

„Und weiter?", frage ich, weil ich ja deswegen immer noch nicht weiß, woher er Schröder kennt. „Warum warst du bei … bei dem Galeristen?"

„Na ja, die hatten was im Schaufenster, kleine Giraffen mit unglaublich langen Hälsen, und da bin ich rein, aber der Schröder selbst war nicht da. Nur so ein junges Mädchen, das mir ziemlich unfreundlich vorkam. Sie hat mich angeschaut, als wolle ich den Laden ausrauben oder anzünden. Und die Giraffen waren auch viel zu teuer. Ich glaube, 700 Euro das Stück. 700! Für ein bisschen geschnitztes und angemaltes Holz. Und wir hätten für unser Wohnzimmer mindestens zwei dieser Viecher gebraucht."

Ich nicke, ohne etwas zu sagen. Als ich zuletzt bei Fabian zu Hause gewesen bin, ist mir nichts Afrikanisches aufgefallen. Keine Nilpferde, keine Flamingos und keine Savannenlandschaft. Und auch keine Masken.

Kapitel 4

Unsere Versuche, Schröder auf seinem Mobiltelefon zu erreichen, sind bislang erfolglos geblieben. Ich kenne seine Stimme seit einer Stunde nur von der Mailbox. Sie kommt mir ein wenig zu geschmeidig und selbstverliebt vor, aber ich kann mich natürlich täuschen. Er ist Geschäftsmann, will etwas verkaufen, anders zum Beispiel als Fabian und ich.

„Ist jemand zur Galerie unterwegs?", frage ich und strecke die Beine aus. Das Parkett knarzt leise. Das lange Stehen hat mich müde gemacht. Bislang hat das Adrenalin dafür gesorgt, dass ich mich fast überdreht gefühlt habe, aber nun ist alles Entsetzen und alle Spannung erst einmal für einen kurzen Augenblick gewichen. Meine Entspannung hat zur Folge, dass ich schläfrig werde. Wieder betrachte ich die vielen kleinen und größeren Gemälde an den Wänden. Je länger ich sie betrachte, desto besser gefallen sie mir. Trotzdem frage ich mich, ob sie das Richtige sind, um friedlich einzuschlafen.

„Ich glaube, Braun. Oder Bierganz. Einer von beiden."

„Wie bitte?" Ich weiß nicht, was er meint.

„Zur Galerie unterwegs, meine ich. Entweder Braun oder Bierganz. Oder beide."

„Hm", mache ich, weil ich gedanklich bereits wieder bei dem bin, was wir hier vorgefunden haben. Ich versuche zu ergründen, wie es möglich gewesen ist, eine verbrannte Leiche in diese Wohnung zu tragen, ohne dass das jemandem aufgefallen wäre. Niemand hat etwas bemerkt, weder Personen noch einen Streit. Das ist sehr merkwürdig. Noch merkwürdiger ist natürlich, die Leiche überhaupt in die Wohnung geschleppt zu haben.

Ich telefoniere kurz mit Arthur Bierganz. Nein, weder er noch Peter Braun seien zur Galerie gefahren, sagt er, weil er sicher gewesen sei, dass Fabian und ich das übernehmen wollten. Außerdem säßen Peter und er schon wieder im Präsidium, bei unserem Chef Blasierow, der bis zum Feierabend die Protokolle zur Schlägerei im Bonner Münster haben wolle, da hätten sie noch eine Menge Arbeit vor sich. Ich bedanke mich und lege auf.

Gestern Abend gegen zwanzig Uhr hatte ein junger Mann vor dem Altar in der Basilika randaliert und provoziert. Obszöne Gesten vor Betenden gemacht, wie verschiedene Zeugen ausgesagt hatten, laute Schmähgesänge angestimmt, deren Inhalt ich aber bislang nicht kenne. Wahrscheinlich war der Mann, ein Schwede, betrunken gewesen. Das Ganze sollte diskret behandelt werden, weil der Mann Violinist eines Orchesters war, das am Vortag ein Konzert im Beethovenhaus gegeben hatte. Allerdings schien der junge Mann mit seinem Aufenthalt hier in Bonn nichts Besseres anfangen zu können, als sich zu betrinken und im Münster Dampf abzulassen. Das war ihm im katholischen Bonn dann aber schlecht bekommen. Innerhalb weniger Sekunden hatten sich mehrere Frauen einer Reisegruppe aus Bad Münstereifel auf ihn gestürzt und den Mann mit ihren Handtaschen dermaßen verprügelt, dass das Marienhospital den randalierenden Musiker stationär aufnehmen musste. Nun erwarteten sowohl der schwedische Violinist als auch die Frauen der Reisegruppe eine Strafanzeige. Der Schwede unter anderem wegen Ruhestörung, die schlagkräftigen Frauen wegen gefährlicher Körperverletzung.

Am Boden sitzend wandert mein Blick wieder zur Schlafzimmerdecke, aber natürlich ist da immer noch kein Rußfleck. Der Tote ist nicht hier verbrannt worden, nicht in diesem Zimmer und in keinem anderen der Wohnung. Was ich nicht verstehe. Denn wer trägt eine verkohlte Leiche über die Straße und durch ein Mietshaus? Undenkbar. Nicht nur, weil es jenseits meiner Vorstellungskraft liegt, einen Menschen zu verbrennen, sondern auch, weil ich mir die Frage nach dem Sinn dieses Leichentransports nicht beantworten kann.

Und warum hat niemand etwas bemerkt? Natürlich kommt der Gedanke auf, dass die Person möglicherweise in einer anderen Wohnung dieses Hauses getötet und verbrannt worden ist. In diesem Fall hat natürlich niemand von der Straße aus etwas beobachten können. Aber Braun hat auf meine entsprechende Frage, ob in den anderen Wohnungen des Hauses etwas Verdächtiges festgestellt wurde, müde abgewunken. Auch die Kellerräume seien sauber, das heißt ohne Brand- oder Benzingeruch, hatte er hinzugefügt.

Die Zurschaustellung der Leiche, die Präsentation mitten im Schlafzimmer, dort, wo man sich normalerweise am sichersten fühlt, im eigenen Bett, macht mir eine Gänsehaut. Dies ist kein gewöhnlicher Mord, nichts, das mit „Handlung aus dem Affekt" erklärt werden könnte. Wer macht sich die Mühe, eine verkohlte Leiche an solch einen üblicherweise sehr sicheren Ort zu schleppen, wenn er damit nicht etwas Bestimmtes ausdrücken will? Und was?

„Was soll das?", frage ich Fabian. Ich kann mir wirklich keinen Reim auf das machen, was wir hier im Schlafzimmer vorgefunden haben. Es erscheint mir unnötig und gleichzeitig viel zu gefährlich für den oder die Täter.

Fabian reibt sich mit einer Hand über den Nacken. „Ich finde das alles ziemlich … ziemlich bizarr. Es sieht so … durchdacht aus, so vorbereitet … eine Demonstration."

Ich nicke, dann blicke ich ein letztes Mal auf die bunten Farbexplosionen an den Wänden, und stehe langsam auf. Meine Knie knacken.

„Lass uns zur Galerie fahren!" Ich schließe das Fenster und trenne uns von dem, was normal ist. Oder scheint. Augenblicklich kehrt Stille ein. Ein letztes Mal werfe ich einen Blick auf das Bett und frage mich voller Beklemmung, was uns in diesem Fall noch erwarten wird.

Fabian versiegelt die Wohnungstür. Das kleine Stück Kunststoff will auf dem durchsichtigen Lack der Holztür nicht haften. Er murmelt etwas vor sich hin und ich gehe langsam die vier Stufen im Treppenhaus hinab und öffne die Haustür. Die letzten Sonnenstrahlen strecken sich über den kleinen Vorgarten hinweg in unsere Richtung. Ein wenig Kraft hat die Sonne schon, ich spüre Wärme auf meinem Gesicht. Kurz schließe ich die Augen und atme tief ein. Nach dem stundenlangen Aufenthalt in Schröders Wohnung, voller Brand- und Benzingeruch, verursacht mir die frische Luft plötzlich einen Anflug von Schummrigkeit.

Auf den Zweigen einer jungen, noch kahlen Birke, beschimpfen sich zwei Kohlmeisen. Ihre hellgrünen Bäuchlein plustern sich auf, als würden sie ihr Gegenüber in Grund und Boden zwitschern wollen. Als ich näher komme, fliegen sie davon. Das Flattern ihrer Flügel verursacht ein papierartiges Geräusch, als würde jemand schnell durch die Seiten eines Buches blättern.

Auf dem schmalen Gehweg zur Straße hin kommt mir eine Frau entgegen. Sie zieht an einer selbstgedrehten Zigarette, hält den Kopf etwas schief und mustert mich mit zusammengekniffenen Augen, ehe sie wegschaut und den Rauch auspustet. Als ich sie eingehender betrachte, erinnere ich mich an längst vergangene Hippiezeiten. Mit ihren Jesuslatschen, in denen sie selbst bei den zurzeit 10 Grad keine Söckchen trägt, der alten Jeans und einer Art Poncho in braun-weißen Farben wirkt sie, als käme sie gerade von einem Woodstock-Konzert. Die runde Brille unterstreicht diesen Eindruck, sie sieht eindeutig aus wie die ältere blonde Schwester von Janis Joplin. Ich schätze sie auf Mitte vierzig. Von ihrer rechten Schulter baumelt eine ausgefranste, rot-weiße Hirtentasche herab. Eine in der Art, wie ich sie zuletzt vor ungefähr dreißig Jahren getragen habe, in den 80ern, in der Schule (vollgepackt mit bunt bemalten Schnellheftern, Kugelschreibern, einer Packung Samson inklusive Blättchen) zum Konfirmandenunterricht.

Ein Hauch von Nikotin erfüllt meine Nase, als sie langsam an mir vorübergeht, dann höre ich: „Ach nee, Sie haben mir gerade noch gefehlt!"

Ich drehe mich um, weil ich zuerst denke, die Frau meint mich. Aber die schmale Person betrachtet Fabian, mit einem herablassenden Lächeln im Gesicht. Fabian ist ebenfalls stehen geblieben, auch seine Miene wirkt eher versteinert als erfreut.

„Frau … Kuhler, was … machen Sie denn hier?"

Die Frau lässt sich Zeit mit einer Antwort, zieht erneut an ihrer Zigarette und bläst eine dicke Rauchwolke in die Luft. Ich beneide sie darum.

„Der Kommissar, welche Ehre!" Das Grinsen der Frau wird verächtlich, vermischt mit unterdrückter Wut, die in ihrer Stimme vibriert. „Was soll ich hier schon machen, was denken Sie? Ich wohne hier."

„Hmm!" Allein schon an Fabians Tonfall erkenne ich eine gewisse Ratlosigkeit. Irgendetwas irritiert ihn.

Ich stelle mich neben die Frau. „Wohnen Sie allein hier?“, frage ich, um Fabian zur Seite zu stehen.

Die Frau dreht sich zu mir. Ihre braunen Augen hinter den Brillengläsern blitzen mich an. Einen kurzen Augenblick glaube ich, die Frau schon einmal gesehen zu haben, dann ist der Moment vorüber. „Warum wollen Sie das wissen?“ Wieder zieht sie an ihrer Selbstgedrehten, wieder hält sie den Kopf etwas schief und kneift ein Auge zu, als wolle sie vermeiden, dass der Rauch ihre Pupillen reizt. „Und wer sind Sie?“ Ihr Tonfall impliziert, ich wolle ihr ein unnötiges Zeitungs-Abo verkaufen.

Ich zücke meinen Ausweis und halte ihn ihr unter die Nase. „Margot Lukas, Kripo Bonn. Herrn Faust kennen Sie wohl bereits“, sage ich.

„Stimmt!“, sagt sie mit einem Blick auf Fabian, der weiterhin desorientiert vor uns steht, als habe er gerade erfahren, dass der Bus, auf den er wartet, erst morgen kommen wird.

„Also?“, frage ich, weil ich weiter auf ihre Antwort warte. „Wohnen Sie allein hier?“ Wenn ja, haben wir ihre Wohnung doch noch nicht untersucht.

„Mit meinem Freund.“ Sie dreht sich wieder zu Fabian. „Wo brennt’s denn, Herr Kommissar?“ Wieder lächelt sie. „Oder wollen Sie mich einfach nur besuchen und fragen, wie’s mir jetzt so geht?“

Fabian löst sich aus seiner Versteinerung und macht einen Schritt auf die Frau zu. Dabei verschwindet sein Kopf fast zur Hälfte in einer Rauchschwade, die ihm Frau Kuhler ins Gesicht bläst.

Allerdings geht Fabian nicht auf die Provokation ein. „Hier im Haus hat es einen Toten gegeben. Wir würden gerne mit Ihnen sprechen.“

„Wann immer Sie wollen“, sagt sie, „ich weiß ja, wo Sie Ihre Gehirnwäschen erhalten.“ Sie wirft mir einen kurzen Blick zu und schiebt ihre Brille höher auf den Nasenrücken. Jede ihrer Aktionen wirkt provokant auf mich. Vielleicht liegt es an der gekünstelten Langsamkeit, mit der sie sich bewegt. „Jetzt habe ich allerdings keine Zeit.“ Sie geht an Fabian vorbei, auf die Haustür zu.

„Dann morgen früh um zehn!“, ruft ihr Fabian hinterher, und es wirkt irgendwie hilflos.

Die Frau bleibt vor der Haustür stehen, lässt die Zigarette auf den Gehweg fallen und tritt sie mit ihren Jesuslatschen aus. Ihre Zehennägel sind ganz kurz geschnitten und ohne Nagellack. Die Frau wirkt insgesamt nicht so, als würde sie in ihrer Freizeit sehr viele Modezeitschriften wälzen. Sie wühlt in ihrer Hirtentasche und zieht einen kleinen verwaschenen, grünen Stoffelefanten heraus, drei Schlüssel klimpern daran. „Ja gerne, ich freu mich!" Ein letztes Mal blickt sie uns an, jetzt wieder lächelnd. Dann schließt sie die Haustür auf und verschwindet im Haus.

„Wer war das denn?", frage ich fassungslos. „Eine Ex von dir?"

Fabian schnauft. „Gott bewahre!" Er schüttelt den Kopf und macht den Eindruck, ausgesprochen froh zu sein, dass die Frau nicht mehr zu sehen ist. „Katrin Kuhler hat uns vor fünf Jahren den letzten Nerv geraubt. Wir waren ein halbes Jahr hinter ihr her und haben sie dann letztendlich nur durch Glück erwischt." Gedankenverloren betrachtet er einen älteren Radfahrer ohne Helm auf einem Pedelec, der mit mindestens 30 km/h die Straße entlangfährt. Ich hoffe, dass der Mann weiß, wie seine Bremsen funktionieren. Die Kollegen müssen zunehmend Unfälle aufnehmen, weil Pedelecfahrer ihre Räder nicht im Griff haben und zum Beispiel ungebremst in Kreuzungen fahren.

Da Fabian nicht weiterspricht, frage ich: „Was hat sie getan? Und warum habt ihr sie so lange nicht erwischt?"

„Warum? Ganz einfach: Sie hat einfach keine Spuren hinterlassen."

„Wobei?", frage ich noch einmal. „Was hat sie gemacht?"

„Sie hat alle möglichen Sachen angezündet. Holzhütten in Beuel, Bushaltestellen, Werbetafeln, alles bunt gemischt."

Ich runzle die Stirn. „Du glaubst doch nicht wirklich, dass sie deswegen auch etwas mit der Leiche in Schröders Wohnung zu tun hat, oder? Papierkörbe anzünden, Menschen anzünden, also, das ist schon noch einmal ein Unterschied, oder?"

Auf die dünnen Äste der Birke haben sich mittlerweile wieder die beiden Meisen niedergelassen. Vielleicht sind es auch andere. Auf jeden Fall haben sich auch diese beiden einiges zu erzählen.

„Na ja", meint Fabian lapidar.

„Was heißt ‚na ja'?" Allmählich werde ich ungeduldig, schließlich möchte ich Fabians Reaktion verstehen.

„Na ja, weil das Letzte, was sie angezündet hat, und warum wir sie dann schließlich gefasst haben, ein Hund war."

„Wie bitte?" Meine Stimme klingt so schrill, dass die Meisen wieder die Flucht ergreifen.

„Ja, die liebe Katrin hat damals in Auerberg gewohnt, Pariser Straße. Und eines Tages hat sie dann den Hund ihrer Nachbarin angezündet. Einen kleinen Dackel. Hat ihn im Hausflur mit Feuerzeugbenzin übergossen und angezündet. Mit einem Streichholz, das sie ihm auf den Rücken geworfen hat. Das arme Tier stand sofort in Flammen. Die Besitzerin hat einen Schock bekommen, musste ins Krankenhaus. Der Hund war nicht mehr zu retten."

„Und das hat sie einfach so gemacht?", frage ich ungläubig. Ich hätte die Frau mit ihrer Hirtentasche, den Jesuslatschen und der Janis-Joplin-Brille eher für eine Friedensaktivistin gehalten, nicht für eine Sadistin.

„Sie hat schon einen Grund angegeben: Angeblich hat der kleine Köter morgens immer laut gebellt und sie deswegen geweckt. Irgendwann hat sie den Winzling, ich glaube, der war nicht mal ein halbes Jahr alt, abgefangen und … wie gesagt … abgefackelt. Danach ist sie wieder in ihre Wohnung zurück, als sei nichts passiert."

„Hm!", mache ich verblüfft.

Fabian lächelt mich an und ich erkenne, dass ich jetzt genauso stocksteif und ratlos dastehe wie er vorhin. „Siehst du!", sagt er, „deswegen war ich grade etwas … etwas aus der Fassung. Eine Pyromanin und Sadistin – und ich sag dir, das ist eine – in einem Haus, in dem wir eine verbrannte Leiche gefunden haben … also, ich finde das schon ein bisschen merkwürdig."

„Stimmt", antworte ich, „aber eigentlich auch eindeutig viel zu einfach." Ich gehe ein paar Schritte Richtung Straße, dann drehe ich mich um. „Allerdings hat sie sich schon ziemlich verdächtig gemacht, oder findest du nicht?"

„Weil sie gar nicht nachgefragt hat, warum wir hier sind und was passiert ist?"

„Genau!", sage ich.

„Ja, schon, aber ich glaube, die Kuhler lebt in ihrer eigenen Welt. Die ist nicht so interessiert an ihren Mitmenschen."

„Ja, solange die leise sind", sage ich. „Wenn nicht, kann es ja anscheinend ziemlich gefährlich werden."

Kapitel 5

Fabian und ich stehen vor meinem Auto. Hinter dem linken Scheibenwischer steckt die abgerissene Seite eines linierten Schulheftes. „Nächstes Mal rufe ich die Polizei!!!“, lese ich. Drei Ausrufezeichen!!! Ich habe die Rothaarige wohl tatsächlich verärgert. Es kümmert mich nicht, weil meine Gedanken immer noch bei Katrin Kuhler sind. Ich nehme mir vor, im Präsidium die Akten zu der Hundeverbrennung anzufordern, weil mich der Gegensatz zwischen ihrem Erscheinungsbild und ihren Taten weiterhin irritiert. Aber der Erfahrung nach hat ein gutes Aussehen tatsächlich nicht unbedingt etwas mit einem klugen und intakten Hirn zu tun. Und ich frage mich, was in Schröders Wohnung vorgefallen sein könnte, versuche mir vorzustellen, dass Katrin Kuhler Schröder in seiner eigenen Wohnung angezündet haben könnte, vielleicht nach einer gemeinsamen Nacht …

Aber dann erinnere ich mich, dass wir keinerlei Brandspuren in Schröders Schlafzimmer entdeckt haben, dass der oder die Tote also nicht dort, sondern an einem anderen Ort verbrannt wurde, und ich verwerfe den Gedanken an Katrin Kuhler als Täterin wieder. Es sei denn, sie besäße Mittäter, denn allein dürfte sie körperlich nicht fähig gewesen sein, die Leiche in Schröders Wohnung zu transportieren. Dieser Mord, soweit bin ich bereits mit meinen Schlussfolgerungen, hat nichts mit Freude am Töten, am Quälen zu tun, mit Sadismus. Bei der Leiche in Schröders Wohnung geht es vielmehr um Macht. Um Macht und um Überlegenheit.

Auch Fabian ist in Gedanken versunken. Keiner von uns beiden sagt etwas, jeder versucht sich einen Reim auf das zu machen, was wir bislang verstanden und nicht verstanden haben. Ich will mich gerade in den Wagen setzen, als ich den weinenden Jungen bemerke.

Kapitel 6

Er steht fast vollkommen versteckt hinter einem Wäscheständer, genau auf der Terrasse, auf der mich die Frau mit dem roten Zopf angeschrien hatte, dass man hier nicht parken dürfe. Der Junge ist vielleicht sechs oder sieben Jahr alt, vielleicht auch erst fünf, und er trägt nur Unterwäsche. Ein ausgewaschenes hellblaues Unterhemdchen und eine winzige grüne Hose mit irgendeiner roten Comicfigur an der Seite. Sein Kopf ist auf seine Brust gesunken und seine kleinen Schultern zucken, wenn er schluchzt. Sein Pony ist lang, die Haare fallen ihm ins Gesicht, so dass ich seine Gesichtszüge nicht erkennen kann. Seit wir vor nicht allzu langer Zeit den Tod an einer Frau klären mussten, die ihr Pflegekind ermordet hatte, merke ich, dass mich Misshandlung von Kindern mehr angreift, als mir gut tut. Auch jetzt erstarre ich augenblicklich. Der Junge steht barfuß auf den kalten Steinfliesen, die Terrassentür ist geschlossen.

Ich kann nichts dagegen tun: Mein Herz schlägt schneller, das Adrenalin schießt durch meinen Körper und an ruhigen Atem ist überhaupt nicht mehr zu denken. Während Fabian zu dem Kleinen geht und sich zu ihm niederhockt, trommle ich gegen die Terrassentür. Durch die hellroten Vorhänge innen kann ich nichts sehen. Ich schaue kurz zu Fabian und sehe, wie er den Kleinen hochnimmt und mit einer Hand über die Fußsohlen streicht. Ich kann mir vorstellen, wie kalt sie sind. Als ich mich wieder zu der Terrassentür umdrehe, starrt mich die rothaarige Frau von heute Morgen an. Ihr Gesicht ist zerfurcht von kleinen Falten, die all den Ärger ihres Lebens ausdrücken. Jetzt gehöre auch ich dazu. Ihre Augen funkeln mich böse an und sie scheint noch wütender zu sein als bei unserer ersten Begegnung vorhin.

Allerdings kann sie mit meiner Wut nicht mithalten. Bei weitem nicht. Wir starren uns an und als sie keine Anstalten macht, die Tür zu öffnen, trommle ich noch einmal so stark gegen den mittleren Holzrahmen, dass entweder meine Hand oder das Holz bricht. Mit der anderen Hand ziehe ich wieder meinen Ausweis hervor, obwohl sie natürlich weiß, wer ich bin. „Aufmachen!", schreie ich, „machen Sie die verdammte Tür auf, sonst trete ich sie ein!"

Wenn man Fabian Glauben schenken will, kann man meinem Gesicht genau ablesen, wie ernst ich etwas meine. Die Frau öffnet die Tür und stellt sich in den kleinen Spalt, so als wolle sie verhindern, dass ich ihre Wohnung stürme. Was ich weiß Gott nicht vorhabe. Stattdessen würde ich sie am liebsten an den Haaren nach draußen ziehen und durchprügeln. Auch wenn ich im Grunde genommen noch gar nicht weiß, was hier los ist.

„Was ist?", fragt sie schnippisch. Ich nehme den Geruch eines Parfüms wahr. Ein Duft nach Frühlingsblumen auf einer grünen Wiese zieht mir in die Nase, auf jeden Fall kommt mir dieses Bild ganz kurz in den Sinn. Dabei ist dieser Eindruck so dermaßen fehl am Platz, dass ich noch wütender werde.

„Was wir wollen?" Meine Stimme vibriert vor Wut. „Ist das Ihr Ernst? Hier draußen steht ein Junge in Unterwäsche, die Tür ist verschlossen und er weint, und Sie fragen mich, was wir wollen?" Ich versuche mich etwas zurückzunehmen und meine Lautstärke zu mindern. Allerdings könnte ich genauso gut versuchen, mich so leicht zu machen wie eine Biene und gut gelaunt davonfliegen.

Die Rothaarige greift hinter sich und für einen kurzen Augenblick komme ich auf den verrückten Gedanken, sie greife nach der Pistole, die dort drinnen auf einem Stuhl oder einem Tischchen für Notfälle (damit kennt sie sich ja aus!) liegt, aber vielleicht ist der Gedanke ja auch gar nicht so verrückt. Ich stürze auf sie zu, schubse die Tür weiter auf und sehe, wie sie nach hinten stolpert. Von einer Waffe keine Spur.

„Sind Sie total verrückt?" Ungläubig starrt sie mich an. Mit Befriedigung stelle ich fest, dass sie jetzt doch eingeschüchtert ist.

Ich schaue mich kurz um, sehe aber niemanden, der mir im Augenblick gefährlich werden könnte. Oder besser gesagt, dem ich gefährlich werden könnte. „Ihre Personalien!", herrsche ich sie an, weil mir im Augenblick nichts Besseres einfällt.

Das Zimmer wirkt durch die zugezogenen Vorhänge dunkel. Ein durchschnittliches Wohnzimmer: in der Mitte ein großer Holztisch mit jeweils einer Holzbank an der Längsseite, in der Ecke zum nächsten Raum ein riesiger Fernseher mit zwei Knautschsesseln davor, ein

Teppich, viel Krimskrams auf dem Tisch und auf dem Boden, größtenteils Kinderspielzeug, Lego und kleine Autos, dazwischen Zeitschriften … unzählige Zeitschriften, größtenteils Mode. An den Wänden Bücherregale, die mit hunderten DVDs vollgestellt sind. Ich liebe Bildungsbürgertum.

„Wofür wollen Sie meine Personalien?“, raunzt sie zurück, „was machen Sie überhaupt hier, das ist Hausfriedensbruch!“ Ihre Stimme ist jetzt fast schrill und das gefällt mir.

„Ist das Ihr Sohn?“, herrsche ich sie an. „Ist das Ihr Junge? Und was macht der da draußen fast nackt? Sind Sie krank oder was?“

Das ist vielleicht zuviel des Guten, aber ich kann mich nicht zügeln. Kurz drehe ich mich um und sehe den Kleinen, noch immer auf Fabians Arm. Fabians Blick sagt mir, einen Gang runterzuschalten. Ich versuche es. Schließlich ist hier niemand gestorben, ein Junge steht auf einer Terrasse, etwas unterkühlt vielleicht, aber nicht misshandelt.

„Ich frage Sie jetzt noch einmal“, versuche ich es etwas ruhiger, „warum steht der Junge hier draußen in der Kälte?“

„In der Kälte? Es … es sind doch 11 Grad und …“

„Sind Sie noch ganz bei Trost, sagen Sie mal?“ Ich vergesse die guten Vorsätze. „Also zum letzten Mal: Warum steht der Junge da draußen?“

Sie zwinkert mich unsicher an, ein Indiz für die Ankündigung einer Begründung, die für sie selbst nicht zu rechtfertigen ist, jetzt, wo sie darüber nachdenken muss.

„Ich habe mich mit meinem Freund gestritten. Und ich wollte nicht, dass der Kleine es mitkriegt, okay? Mein Freund wird immer so laut und … ja, jetzt ist er weg, und ich hätte Jerome schon wieder reingeholt.“

„Welche Art Pädagogik ist das denn?“, frage ich sie, obwohl die Erklärung gar nicht so schlecht ist. Und sie könnte sogar stimmen: Manche Männer neigen dazu, sich im betrunkenen Zustand oder bei Streitereien in der Familie an den Kleinsten zu vergreifen. Man glaubt gar nicht, wie viele feige Menschen es gibt.

Die Rothaarige erkennt, dass wir nichts gegen sie in der Hand haben. „Haben Sie selbst Kinder? Wohl kaum, oder? Wissen Sie eigentlich …“

Ein kleiner Schatten schießt an mir vorbei, zu der Frau hin. Der Junge drückt sich an sie, beide Arme umschlingen ihre Beine. Die Augen der Frau fixieren mich triumphierend. *Was weißt du denn schon von Kindern?*, sagen diese Augen. *Welche Ahnung hast du denn schon von Erziehung?*

Mit einem Mal fühle ich mich überflüssig, vollkommen fehl am Platz, als Eindringling, von allen unerwünscht. Ich blicke auf den Hinterkopf des Kleinen, will ihn fragen, ob er … ja, was will ich ihn fragen? Ich weiß es nicht und mir bleibt nichts, als zu gehen.

Fabian versucht, meinen Abgang ein wenig würdevoller zu machen: „Der Kleine kann sich hier draußen 'ne ordentliche Erkältung holen, das wissen Sie schon, oder?“ Es ist ein wirklich netter Versuch, mir zu helfen, aber er misslingt. Die Rothaarige nimmt ihren Kleinen auf den Arm, geht zurück in die Wohnung und knallt wortlos die Terrassentür hinter sich zu.

Kapitel 7

Die Friedrichstraße gehört zu den meistunterschätzten Straßen in Bonn. Vielleicht liegt es an ihrer Lage am Rande der Bonner Fußgängerzone zwischen Friedensplatz und Belderberg, vielleicht an der Tatsache, dass nur wenige Sonnenstrahlen die Cafés, Boutiquen und Sportgeschäfte erreichen. Selbst am Wochenende flanieren Fußgänger hier in überschaubarer Zahl, ganz ohne das übliche Rempeln, das sich zum Beispiel in der Poststraße Richtung Hauptbahnhof fast automatisch ergibt.

Zwischen einem winzig kleinen Schuhreparaturlädchen und einer Damenboutique stehen Fabian und ich jetzt vor der Galerie. Etwas ungläubig betrachte ich den goldenen Schriftzug auf der oberen Hälfte der gläsernen Eingangstür: „Schröder & Putin" steht dort in großen, geschwungenen Buchstaben.

„Witzig!", sagt Fabian, als er den Namen entdeckt. Bei seinem letzten Besuch wegen der Giraffen habe die Galerie nur „SSS – Schröder" geheißen, sagt er. Ich schaue durch die Frontscheibe in das Innere der Galerie, entdecke dort aber zuerst nur Fabians und meine Silhouette. Weiter hinten erkenne ich die Umrisse mehrerer großer Gemälde, dazwischen ein großer Monitor, der auf dem Boden platziert ist. Ein Mann mit Hut, Joseph Beuys, hält einen Hasen auf dem Arm und spricht lautlos zu einem unsichtbaren Fragesteller.

Fabian drückt die Tür auf und fast gleichzeitig taucht eine lange, schlanke und dunkelhaarige Frau hinter einem der großformatigen Kunstwerke auf. Erst jetzt fällt mir auf, dass jedes für sich grellbunte Vaginas zeigt, grün und gelb, braun und rot, hellblau und dunkelblau. Mehr als einen Meter hoch und einen Meter breit. Ich bin keine Kunstkennerin, aber die Art der Gemälde erinnert mich an die Siebdrucke von Andy Warhol.

Kurz frage ich mich, ob wir vielleicht falsch sind und dies möglicherweise doch gar keine Galerie ist, als uns die schwarzhaarige Frau mit einem strahlenden Lächeln begrüßt. „Was kann ich für Sie tun?" Ihre Stimme ist tief und besitzt einen osteuropäischen Akzent, und ihre Zähne glänzen so strahlend weiß, dass sie künstlich sein müssen.

Durch die schulterlangen, schwarzen Haare wirken sie noch einmal weißer.

„Kriminalpolizei." Ich lächle sie ebenfalls an, ohne allerdings meine Zähne zu zeigen. Die sind zwar vollkommen in Ordnung, wirken neben denen dieser Dame aber wahrscheinlich, obwohl das nicht stimmt, sehr vernachlässigt.

„Margot Lukas", sage ich, „und das ist mein Kollege Fabian Faust. Wir sind auf der Suche nach Herrn Schröder!" Mein Blick fällt wieder auf den großen Monitor am Boden. Joseph Beuys hat nun zwar immer noch seinen Hut auf, aber keinen Hasen mehr auf dem Arm. Die Frau ist meinem Blick gefolgt. „Joseph Beuys", sagt sie in einem Tonfall, als meine sie in Wahrheit „Jesus Christus!"

„Stimmt!", sage ich, „den kenne ich!"

Fabian sucht in seiner Jacke nach seinem alten kleinen Schreibblock. „Wir suchen … wir suchen wie gesagt nach Herrn Schröder." Ich merke, dass ihn die Bilder irritieren und er froh ist, sich auf unseren Fall zu konzentrieren.

Die Frau verschränkt beide Arme vor ihrem Busen. Dann zuckt sie die Schultern. „Steven habe ich schon zwei Tage nicht mehr gesehen. Vielleicht ist er auf einer Tour. Haben Sie es schon auf seinem Handy versucht?"

Ich nicke. „Was meinen Sie mit ‚auf einer Tour'?"

„Na, er fährt manchmal los zu kleineren Ausstellungen, um, wie er sagt, noch unbekannte Talente zu entdecken." Sie lacht. „Aber ich glaube, er besucht nur gerne andere Gegenden."

„Hier in Nordrhein-Westfalen?", frage ich.

„Ja, auch, aber auch in Sachsen, Hessen, überall. Er fährt halt rum", sagt sie lapidar, so als sei ihr vollkommen egal, was Schröder jemals in seinem Leben getan oder wo er sich aufgehalten habe. Und wo er sich jetzt aufhalte. „Er ist unser Talentsucher." Wieder lacht sie, aber diesmal wirkt ihr Lachen aufgesetzt. Ihre dunklen Augen lachen nicht mit, vielmehr wirken sie hellwach und gleichzeitig misstrauisch.

„Und was ist mit seinem Partner, mit Herrn Putin?", fragt Fabian. „Können wir den sprechen?"

„Der ist im Augenblick nicht hier!" Die Dunkelhaarige lächelt weiter und ich bin immer noch irritiert wegen ihrer weißen Zähne, auf die ich immer wieder schauen muss.

„Und Sie sind?“, frage ich.

“Wiktoria Wladimirowna.“

Ich schaue die Frau prüfend an. „Und Herr Putin, der nicht da ist, heißt wirklich so … Putin? Oder ist das Ganze eher ein … ein Marketinggag?“

„Nun, es ist … sein richtiger … Künstlername.“ Sie lächelt wieder und ihre Zähne strahlen noch heller. Es ist tatsächlich irritierend, solch weiße Zähne habe ich noch nie gesehen. Außer vielleicht bei diesem Fußballtrainer, der im Fernsehen für etliche Produkte Werbung macht.

„Und die…“, ich schiebe mein Kinn kurz in Richtung eines der Bilder, „diese Werke sind von Ihnen?“

Wiktoria Wladimirowna geht zwei Schritte auf das Bild zu, auf das Fabian starrt.

„Nein“, sagt sie, „ich male nicht. Die sind von Bolko.“

„Muss ich … diesen Mann kennen?“, frage ich, weil ich nicht anders kann. „Bolko?“

Wiktoria Wladimirowna tritt näher an eines der Werke heran. „Nein, natürlich müssen Sie Bolko nicht kennen. Er ist ein noch, ja, ein noch junger Stern, der gerade erst aufgeht.“

„Und … und … was soll das?“ Fabians Stimme klingt leise und kleinlaut, so als sei er mit der Situation, sich einem Dutzend großformatiger Vaginas gegenüberzusehen, überfordert.

Diesmal bin ich es wieder, die versucht, Fabian aus einer Situation zu helfen: „Und, was kostet solch ein Bild?“

Meine Stimme hat meines Erachtens gar nichts Abwertendes, trotzdem fühlt sich Wiktoria Wladimirowna zum ersten Mal sichtbar angegriffen. Sie verliert ihr Lächeln, ihre wunderschönen weißen Zähne verschwinden hinter ihren schmalen Lippen wie hinter einem schnell geschlossenen Theatervorhang. „Bei allem Respekt, aber ich schätze, das können Sie sich nicht leisten.“

„Das kann durchaus sein, aber ich würde es trotzdem gerne wissen.“ Nun versuche ich die Situation mit einem Lächeln zu entkrampfen. Schließlich geht es hier nicht um Kunst, wir ermitteln in einem Mordfall. Ich will doch nur ein bisschen Konversation machen.

„Alle Gemälde liegen im gleichen Preissegment." Wiktoria Wladimirowna deutet auf das hell-/dunkelblaue Werk. „Sie sind alle im Siebdruckverfahren hergestellt, und wir ziehen es vor, die Gemälde als Serie zu veräußern, das heißt also immer mindestens drei."

„Trotzdem", ich bleibe hartnäckig, auch weil es mich einfach interessiert, „was müsste ich zahlen?"

„49 000 Euro."

Fabian schiebt seinen Kopf nach vorne, so wie eine Schildkröte, die ein saftiges Salatblatt entdeckt hat. „49 000 Euro? Für drei jetzt, oder?"

„Für eins", sagt Wiktoria Wladimirowna eisig.

„Wow, das ist eine Stange Geld." Fabian ist sichtlich beeindruckt. „Für diese … diese …"

„Es geht in erster Linie nicht ums Geld, Herr Kommissar, es geht um die Kunst. Auch wenn das vielleicht nur schwer verständlich ist." Sie lächelt so gequält, als würde ich ihr mit meinen Lederstiefeln auf beiden Füßen stehen.

„Kein Problem", sage ich, „aber eine Frage haben wir noch, allerdings zu Ihrem Partner: Sie haben Steven Schröder zuletzt vorgestern gesehen, sagen Sie. Wo und wann war das? Und zu welchem Anlass?"

Wiktoria Wladimirowna schaut an mir vorbei Richtung Friedrichstraße. „Steven … Ja, Steven und ich hatten vorgestern eine Besprechung … hier. Wir haben die Buchhaltung gemacht und saßen ziemlich lange hinten im Büro." Sie dreht sich wieder zu mir. „Wir saßen da bis gegen elf Uhr abends, glaube ich, das alles dauert immer seine Zeit."

Plötzlich starrt mich Wiktoria Wladimirowna an: „Was ist mit ihm?" Sie tut besorgt, ihre Augen sind geweitet, aber ihre Frage kommt viel zu spät.

„Nichts ist mit ihm", sage ich vage. „Wir suchen ihn nur."

Wiktoria Wladimirowna nickt langsam mit dem Kopf und geleitet uns zur Tür. Fabian und ich bedanken uns und verlassen die Galerie.

Kapitel 8

Wir biegen von der Sternstraße in die Bonngasse, vorbei an bunt gekleideten asiatischen Touristen, fleischgewordene Klischees, die ohne Unterlass mit ihren Fotoapparaten und Handys das schmale Haus fotografieren, als würde Beethoven jeden Augenblick mit wehender Mähne und Hörrohr aus der alten Eingangstür seines Geburtshauses stürmen und jeden einzelnen von ihnen freudig begrüßen.

Quer über die Oxfordstraße gehen wir langsam Richtung Stiftsplatz. Bonn hat kurze Wege, das ist ungemein praktisch. Ein Grund, warum Bonn nach dem Krieg Bundeshauptstadt wurde. Außerdem wohnte natürlich Adenauer nicht weit entfernt. In einem Buch habe ich gelesen, dass manche Politiker froh gewesen seien, dass damals nicht auch Rhöndorf zur Wahl als Bundeshauptstadt stand, sonst hätte es Adenauer wahrscheinlich auch geschafft, seinen Wohnort als Hauptstadt durchzuboxen.

Obwohl es nur ein kurzer Weg zur Rechtsmedizin ist, sind mir die Beine schwer. Ben Mateus' Arbeitsplatz liegt in einem dunklen vierstöckigen Gebäude gegenüber dem Stifts-Parkplatz, an dem in den meisten Monaten des Jahres die beiden Parkscheinautomaten defekt sind. Kurz bevor wir die Rechtsmedizin betreten, sehe ich, dass eine ältere Dame auf dem Weg zu einem der Automaten mit einem ihrer Schuhe an dem unebenen Kopfsteinpflaster hängen bleibt und fast stürzt. Ihre Hand greift nach vorne und findet gerade noch Halt an einem glänzenden, schwarzen Audi. Verstohlen schaut sie sich um, und ich tue so, als habe ich sie nicht bemerkt.

Vielleicht kann uns Ben schon etwas zum Geschlecht des Toten sagen. Gleichzeitig läuft seit zwei Stunden die Fahndung nach Steven S. Schröder, Fabian hat deswegen gerade noch einmal mit Peter Braun telefoniert.

Der Gang in die Rechtsmedizin ist Routine, trotzdem und wie immer fühle ich ein unangenehmes Kribbeln im Magen. Jedes Mal, wenn wir die Treppenstufen zu den Sezierräumen heruntergehen, erfasst mich ein schrecklicher Widerwille, hier zu sein, das ist heute nicht anders. Von den weißen Wänden blicken mich Bens Vorgänger an, strenge Gesichter, kalte Augen, die Haare bei fast allen im rechten Winkel nach links oder rechts gescheitelt. Disziplin und ein akkurater Haarschnitt scheinen bis vor wenigen Jahren Einstellungsvoraussetzung gewesen zu sein. Allerdings nur so lange, bis Ben den Job als Chefforensiker bekam – dessen zurückgekämmte, gegeelte Mähne passt nur schwerlich zu den wilhelminisch-strammen Frisuren seiner Vorgänger.

Fabian schiebt die Tür zu Raum II auf. Ich bleibe stehen, empfange willenlos die tote Kühle des Seziersaales, halte mich am Rahmen der Tür fest und betrachte Ben, der uns mit einem über die Schulter geworfenen „Hallo, kommt rein. Macht die Tür wieder zu!" begrüßt.

Ben spreizt einen Arm der verbrannten Leiche leicht ab und das Knirschen, das folgt, raschelnd und trocken, als werfe man einen dürren belaubten Ast ins Feuer, lässt meine Beine weich werden. Ich konzentriere mich auf einen Monatskalender mit Hundemotiven, der im Hintergrund an der weiß gekachelten Wand hängt (drei Berner-Sennen-Welpen tollen im Schnee) und versuche eine Antwort darauf zu finden, ob der Nagel für den Kalender gebohrt oder eingehämmert wurde.

Ich wage mich drei, vier Schritte näher an den Seziertisch heran, vorsichtig, so als sei der Saalboden so brüchig wie ein gerade zugefrorener See im Winter, und halte den Blick starr auf die jungen Hunde gerichtet.

„Eine Frau, vermute ich." Ben unterbricht seine Arbeit und dreht sich zu uns um. In seiner rechten Hand hält er eine Art Skalpell, nur weitaus größer. So groß, dass es in jedem Horrorfilm eine wichtige Rolle spielen könnte. Mein Blick springt nun auf Bens Gesicht hinter dem Mundschutz. Das grüne Papier saugt sich an seiner Oberlippe fest, wenn er Luft holt.

„Woran erkennst du das?", frage ich.

Ben dreht sich zur Leiche, so dass mir nichts anderes übrig bleibt, als den schwarzen Klumpen Mensch einfach anzuschauen. Der Tote liegt nun ausgestreckt auf dem Tisch; ich will nicht wissen, wie Ben das geschafft hat und was er dafür mit der Leiche anstellen musste.

„Na schau her", sagt er, „die Richtung des Ovals des Foramen obturatum. Beim Mann eher vertikal ausgerichtet. Bei der Frau eher horizontal."

„Aha", sag ich, ohne etwas zu verstehen. Ich kann kein Becken erkennen, geschweige denn unterscheiden, ob es sich dabei um ein weibliches oder ein männliches handelt.

„Margot, schau: Frauen müssen Kinder kriegen. Bei der Frau stehen die Beckenschaufeln weniger steil als beim Mann. Das heißt, der Innendurchmesser des Beckens bei der Frau ist größer als der beim Mann." Er schaut mich an. „Verstanden?"

Ich nicke, ehe er auf die Idee kommt, mir das an der Toten zu zeigen.

„Und generell sind die Hüften im Verhältnis zum übrigen Körper relativ breit. Das ist jetzt nicht sehr wissenschaftlich, aber damit verstehst auch du das!"

„Aber es gibt auch Männer, die breite Hüften haben", widerspreche ich, und versuche den Blick auf Fabian zu unterdrücken. Fabian wirkt, klein und dicklich wie er ist, wie ein rundes Weinfässchen, und seine Hüften sind mindestens ebenso breit wie meine.

Ben schnauft und sein Mundschutz plustert sich kurz wie ein Windsegel auf. „Margot, nimm's einfach hin, das hier ist mit an Sicherheit grenzender Wahrscheinlichkeit eine Frau, okay?"

„Okay!", sage ich und drehe mich so, dass ich die tote Frau nicht mehr anschauen muss.

Ich bin überrascht. Irgendwie hatte ich doch insgeheim damit gerechnet, dass es sich bei der Leiche um Schröder handelt. Also, wer ist die Tote?

Fabian steht auf der anderen Seite des Obduktionstisches, lehnt fast dagegen und betrachtet gedankenverloren die verbrannte Frau. Wahrscheinlich hat er während seiner Zeit in Dhaka, als er in Bangladesch eine Polizeieinheit aufbaute, Schlimmeres gesehen. Ich habe auch schon Schlimmeres gesehen, trotzdem …

„War die Frau bereits tot, als sie verbrannt wurde?", frage ich.

Ben greift zu einer anderen der unzähligen stählernen Klingen, die neben ihm auf einem OP-Tisch aufgereiht liegen. „Kann ich noch nicht sagen. Dafür muss ich mir ihre Lungen anschauen. Das hab ich aber noch nicht."

„Warte damit!", sage ich drohend.

Er prustet in seinen Mundschutz, und ich kann nicht erkennen, ob das Ausdruck von Belustigung oder Empörung ist.

„Hatte sie noch irgendetwas in … in der Tasche … ich meine, gibt es etwas, an dem wir sie identifizieren können?"

„Ihr Gebiss natürlich", sagt Ben.

„Klar, aber das dauert ja wahrscheinlich, oder? Ich meine jetzt. Vielleicht einen Ausweis, der nicht verbrannt oder …"

Ben unterbricht mich und deutet mit beiden Armen auf die Leiche, damit ich das Ausmaß der Zerstörung betrachte. „Schau sie dir an! Glaubst du, da ist noch irgendetwas an Kleidung oder oberen Hautschichten, das nicht zerstört wurde? Und dann willst du einen Ausweis aus ihrem Mantel oder was immer sie anhatte? Ich bitte dich!" Er ist zutiefst entrüstet und ich sehe ein, dass meine Frage ziemlich dumm war.

„Hätte ja sein können", maule ich kleinlaut.

Ich blicke zu Fabian und nicke ihm zu. Zeit zu gehen … bitte!

Vor dem Gebäude an der Rechtsmedizin fällt mein Blick auf den Mann, der an der Bushaltestelle wartet. Er zieht an einer Zigarette und ich beneide ihn. Aber ich will nicht rauchen, ich werde nicht rauchen! Nicht nur, weil ich in meinen Taschen keine Zigarette finde, sondern vor allem, weil ich mir sage, dass ich irgendwann damit anfangen muss, wirklich aufzuhören. Und nicht immer nur für ein, zwei Wochen.

Ein Bus hält genau vor meiner Nase, die Dieseldämpfe nehmen mir fast den Atem. Der Mann wirft seine Zigarette achtlos auf den Bürgersteig und verschwindet im hinteren Einstieg, kurz darauf fährt der Bus an und der große Dieselmotor am Heck dröhnt auf. Plötzlich stürmt Fabian an mir vorbei. Zuerst denke ich, er muss sich übergeben, weil er so rennt, dann bemerke ich das Handy an seinem Ohr. Kurz wirft er mir einen Blick zu und stellt sich ungewöhnlich weit entfernt von mir an die Hauswand. Er lacht und ich stutze. Seit wann lacht Fabian, während er telefoniert? Neulich hat er mir zum gefühlt zwanzigsten Male stolz erzählt, dass er in seiner Zeit als Polizeiausbilder in Bangladesch niemals ein Mobiltelefon getragen hat. Bislang habe ich noch nie erlebt, dass er sich über einen Anruf gefreut hat, aber jetzt scheint es das erste Mal zu sein.

Ich höre Fabians „Ach Sunny, das geht nicht!" und sehe seinen erschreckten Blick, als er bemerkt, dass ich ihn trotz der Entfernung verstehen kann. Sofort bin ich hellhörig: Ich kenne nur eine „Sunny", und mit der kann Fabian unmöglich gerade telefonieren. Sunny heißt eine unserer Damen am Empfang im Polizeipräsidium in Ramersdorf. Anfang, Mitte dreißig, blondiertes, schulterlanges Haar, und ihre Oberweite ist, seitdem sie vor zwei Jahren bei uns angefangen hat, von Körbchengröße 75B auf 75D gestiegen.

Fabian entfährt ein Kichern, wie ich es zuvor ebenfalls noch nie von ihm gehört habe. Es erinnert mich an das eines Teenagers. Das Gespräch tippt er mit seinem Zeigefinger weg.

Ich suche in Fabians Gesicht nach einer Information, wer die Anruferin gewesen sein könnte, aber sein Blick ist betont ausdruckslos. Trotzdem glaube ich, ein unterdrücktes Lächeln ausmachen zu können, und bin irritiert.

Sein Handy ist mittlerweile in seiner Jackentasche verschwunden. „Lass uns nochmal bei dieser Wladimirowna vorbeifahren. Vielleicht weiß die, mit wem Schröder immer unterwegs war."

„Ich habe ihre Nummer!", sage ich, und hole nun mein Handy raus. „Aber die ist doch weg, hat sie nicht gesagt, sie hätte noch einen Termin?"

Fabian wischt sich über die Stirn, als sei die Temperatur plötzlich um zwanzig Grad gestiegen. Seine Augen wirken nervös und ich habe das Gefühl, dass er abzuschätzen versucht, was ich von seinem Telefonat mitbekommen habe. Das zu erkennen ist kein schönes Gefühl. Ich dachte, Fabian und ich hätten wenige oder gar keine Geheimnisse voreinander.

Ich wähle die Nummer der Galerie. Nach ein paar Sekunden meldet sich Wiktoria Wladimirowna. Ihr Termin scheint sich verzögert zu haben oder es gibt einen anderen Grund, warum ich sie noch in der Galerie erreiche. Ich frage, ob sie etwas von einer Freundin oder einer Lebensgefährtin von Schröder weiß und sie unterbricht mich.

„Wieso wollen Sie das wissen?“ Ihre Stimme klingt misstrauisch. Aber vielleicht bilde ich mir das auch nur ein, weil sie mir unsympathisch ist und ich ihr gefühlsmäßig einfach nicht über den Weg traue. Gleichzeitig frage ich mich, ob ich zunehmend von Menschen umgeben bin, die mir misstrauen. Fabians Blick von vorhin geht mir weiterhin nicht aus dem Kopf.

„Ermittlungen!“, erkläre ich ihr mit einem Wort.

Sie schweigt ein paar Sekunden, aber als ich sie fragen möchte, ob sie meine Frage verstanden habe, antwortet sie: „Thiel, Barbara Thiel.“ Sie macht eine kleine Pause, als müsse sie entscheiden, ob sie das Folgende für sich behält oder mir anvertraut. Dann hat sie sich entschieden: „Eine unmögliche Person, wenn Sie mich fragen. Laut, meist angetrunken, und sie hat schlechte Zähne. Ich frage mich seit jeher, was Steven an ihr findet. Eine Finanzberaterin. Was immer das genau sein soll. Sie hat immer wieder gerne davon erzählt, irgendeine Holding, für die sie tätig war, aber wen interessiert das schon? Sie hat für große Firmen Steuerschlupflöcher gefunden, fragen Sie mich nicht, da verstehe ich wirklich nichts von. Außerdem ist sie um einige Jahre älter als er.“

Vor allem Wiktoria Wladimirownas letzter Satz lässt mich aufhorchen. Ihre Beschreibung von Barbara Thiel lässt naheliegend vermuten, dass sie selbst gerne mit Schröder zusammengewesen wäre. Wenn ich nun in einem Agatha-Christie-Krimi ermitteln würde, würde ich sagen: Eifersucht ist ein großartiges Mordmotiv! Aber im realen Leben gehört mehr dazu, einen Menschen zu verbrennen, als ein wenig Eifersucht. Meist zumindest.

„Wissen Sie, wo wir die angetrunkene Finanzberaterin finden können?“ Irritiert beobachte ich, wie Fabian gedankenversunken und mit einem leichten Lächeln eine Textnachricht in sein Handy eingibt, ungelenk, Buchstabe für Buchstabe. Auch das habe ich ihn noch nie tun sehen …

Ich höre Wiktoria Wladimirowna gekünstelt lachen. „Nein, wirklich, da kann ich Ihnen nicht weiterhelfen. Ich kenne sie nur über Steven. Auf der ein oder anderen Vernissage habe ich sie gesehen, eine Soiree hier und da, Premieren, Galas, aber sonst ... nein! Nicht, dass ich groß mit ihr gesprochen hätte, die Frau versteht ohnehin nichts von Kunst! Sie hat sich meist nur volllaufen lassen, hing den Kellnern fast die ganzen Abende auf dem Tablett, es war immer peinlich, in ihrer Nähe zu stehen. Laut und unwissend, eine unselige Mischung!"

Nach diesem weiteren Einblick in ihr Verhältnis zu Schröders Freundin gibt uns Wiktoria Wladimirowna noch den Rat, doch in unserem Polizeicomputer nachzuschauen. Vielleicht würden wir Barbara Thiel da ja wiederfinden. Wegen dubioser Geldgeschäfte oder etwas Ähnlichem. Ich danke ihr für die Hilfe und lege auf. Auch Fabian hat seine SMS beendet und schaut mich erwartungsvoll an. Ich versuche nicht neugierig zu wirken, gleichzeitig hoffe ich aber, dass er mir sagen wird, mit wem er so intensiv telefoniert und schreibt. Am Ende hat er glatt eine Affäre. Bei dem Gedanken muss ich fast lachen.

Mittlerweile sind wir zurück in der Königstraße. Wir sind zu Fuß zurück durch die Innenstadt, am Kaiserplatz vorbei, Richtung Südstadt gegangen. Drei junge Männer inmitten von mehreren schmutzigen Schlafsäcken, Plastiktüten und in Begleitung von fünf Hunden haben uns am Brunnen oberhalb des Kaiserplatzes nach ein paar Euro gefragt, aber sowohl Fabian als auch ich haben im Vorübergehen nur den Kopf geschüttelt. Auch die darauf folgenden Beschimpfungen haben wir ignoriert. Der Wind ist frisch, und da ich keinen Schal anhabe, hoffe ich, dass ich mich nicht erkälten werde.

Mein Simca steht immer noch vor der Arztpraxis. Hinter dem linken Scheibenwischer steckt ein weiterer DIN-A4-Zettel: „Wenn Sie hier unberechtigt parken, gefährden Sie Leben!!!!" Vier Ausrufezeichen.

Fabian telefoniert mittlerweile mit der Leitstelle, um Barbara Thiels Adresse zu erfragen. Er notiert sie auf einem seiner Blöcke, den er aus einer Jackentasche fischt, während ich mich schon in den Wagen setze. Es riecht immer noch ein bisschen schimmelig. Drei Duftbäume baumeln von dem kleinen Rückspiegel rechts von mir herab, aber der Schimmelgeruch ist nicht wegzubekommen. Vielleicht muss ich den bei einem Kaufpreis von nur 10 000 Euro für mein kleines Schätzchen in Kauf nehmen. Während Fabian eine Adresse notiert, rutscht ihm der Block fast vom Oberschenkel. Er bedankt sich bei dem Kollegen und setzt sich neben mich. „Weißt du, wo Sankt Augustin-Meindorf liegt?“, fragt er mich.

„Am Ende der Welt?“, frage ich zurück. Er weiß, dass ich Zugezogene bin und mich außerhalb des Bonner Stadtgebietes meist nur mit einem funktionierenden Navigationssystem zurechtfinden kann.

Während ich den Zündschlüssel drehe und der Wagen sofort anspringt, aktiviere ich Google Maps auf meinem Handy. Wenig später biegen wir vom Clemens-August-Platz rechts ab, in die Sebastianstraße. Von hier geht's kurz auf die Autobahn, bis hinter die Nordbrücke.

Im Radio huldigt ein sehr aufgeregt klingender Mann einem neuen Gott namens Astro-Alex. Zuerst denke ich, es handelt sich um eine Art Super-Bodybuilder oder Fußball-Star, aber dann wird mir klar, dass Astro-Alex ein Astronaut ist.

Kapitel 9

„Wer ist Sunny?“, frage ich, als wir die Abfahrt hinter der Nordbrücke nehmen und ich immer noch versuche zu begreifen, warum Astro-Alex solch ein Superheld ist. Ich nötige einen Golf II vor uns zum Schnellerfahren – nach seiner Fahrweise zu urteilen, scheint der Fahrer vor wenigen Sekunden verstorben zu sein.

Kurz hatte ich überlegt, mich an das Gesprächsthema Sunny vorsichtig heranzutasten, aber dann habe ich mich doch für die frontale Methode entscheiden. Männer sagen meist die Wahrheit, wenn sie überrumpelt werden. Leider macht Fabian eine Ausnahme: „Wie meinst du das?“

Da der Golf nun sogar ohne Not bremst (zumindest scheint der Fahrer doch noch zu leben!), versuche ich Abstand zu gewinnen. Ein Auffahrunfall fehlt mir gerade noch.

Seine Gegenfrage macht mich wütend: „Wie? ‚Wie meinst du das?‘ Ist doch ganz einfach! Wer ist Sunny? Ich meine das Telefonat eben. Hat das was mit unserem Fall zu tun?“

Schlechte Frage, das weiß ich sofort, jetzt hat er die Möglichkeit auszuweichen. Manchmal bin ich wirklich zu langsam im Denken.

„Nööö, eigentlich nicht. Nicht direkt.“

„Ich will ja nicht neugierig sein, aber ist das die Sunny bei uns am Empfang?“

„Du willst nicht neugierig sein?“ Fabian lacht, obwohl ich bemerke, dass es ihn anstrengt und nicht echt ist. „Weißt du was? Du bist es aber.“ Er lacht noch einmal. Der Golf kommt wieder näher und ich bremse weiter ab. Wenn das so weitergeht, sind wir noch in einer Stunde unterwegs.

„Okay, dann bin ich eben neugierig. Also: War das die Sunny von uns?“ Ich bete zu irgendeinem Gott, dass er jetzt ‚Nein‘ sagt!

„Ja!“, sagt er.

Ich atme tief durch. Ich hab's gewusst! Mein Blick bleibt starr nach vorne gerichtet. Ich ahne, dass das nichts Gutes bedeutet, wirklich nicht. „Und? Hat sie neue Ergebnisse für uns in Bezug auf die verbrannte Leiche?“ Obwohl ich mich natürlich frage, inwieweit die Kollegen unsere Empfangsdame in einen aktuellen Fall involvieren. Und die Antwort kenne ich eigentlich: Gar nicht!

Fabian verkrampft zunehmend in seinem Sitz, aber wenn ich ihn in die Enge treiben muss, um etwas zu erfahren, von dem ich glaube, dass es nicht gut für ihn ist, dann muss ich das machen. Dafür kenne ich ihn einfach zu lange.

„Nein, sie hat … sie hat keine neuen Ergebnisse für uns … Das war eher … eher privat." Seine Nervosität füllt den Innenraum des Wagens bis unters Dach.

„Ach!", sage ich, als sei ich überrascht. Ein kleines Zugeständnis, immerhin ein Anfang.

Ich biege in die Bahnhofstraße, und nur ein paar Sekunden später halten wir vor dem Haus, in dem Barbara Thiel wohnt. Im Nachbarhaus öffnet sich gerade die Ladentür zur „Bäckerei Esser" und eine alte Frau tastet sich die drei Treppenstufen hinunter. In der einen Hand einen Stock, in der anderen die Tüte mit Brötchen oder Teilchen oder einem kleinen Brot. Kurz reckt sie ihre Nase in die Luft, als wolle sie ihren Heimweg erschnuppern, und stakst dann langsam an unserem Auto vorbei, ohne uns zu bemerken.

Ich überlege, erneut nach Sunny zu fragen, aber wenn ich mit meinen Befürchtungen hinsichtlich Sunny richtig liege, werden die kommenden Stunden zwischen Fabian und mir nicht sehr friedlich. Und die Arbeit geht im Augenblick vor. Ich lege unsere Empfangsdame sozusagen auf Eis.

Niemand reagiert auf unser Klingeln. Ich trete einen Schritt zurück und betrachte das Mehrfamilienhaus. Sechs Namen neben sechs Klingeln, durch die durchsichtige Eingangstür blicke ich in ein scheinbar klinisch reines Treppenhaus. Rauputz an den Wänden, Pseudomarmor am Boden, ein rotes Stahlgeländer. Anonymer Albtraum. Ich schaue mich um, suche die Kennzeichen der Wagen ab, die in unserer Nähe halb auf dem Bürgersteig stehen. Mein Blick fällt auf ein altes orangefarbenes Käfer-Cabrio: SU-BT-44.

„Fabian, kannst du bitte mal in der Bäckerei nachfragen, ob jemand Barbara Thiel gesehen hat. Oder besser noch … wann zuletzt?" Fabian drückt sich von meinem Wagen ab, dankbar, dass er aus meiner Reichweite verschwinden kann.

Ich steuere auf den Käfer zu, schaue ins Innere, als würde dort eine Visitenkarte neben der Gangschaltung kleben. Klebt sie aber nicht. Ein roter Schal liegt zerknüllt auf dem Beifahrersitz, darunter mehrere bunte Mode- und Finanzzeitschriften, im Fußraum erkenne ich die Hälse zweier Champagnerflaschen. Der Aschenbecher ist geschlossen, und außer einem kleinen Holzkreuz, das unter dem Rückspiegel hängt, liegt nirgendwo Schnickschnack.

Als ich mich wieder aufrichte, steht Fabian neben mir, laut schmatzend. Selbstverständlich hat er die Chance genutzt und sich Teilchen geholt. Zwei Rosinenschnecken, wie er mir lächelnd auf Nachfrage verrät.

„Und? Was sagt die Bäckerin? Außer, dass sie dich wahrscheinlich für deinen guten Appetit gelobt hat." Ganz bewusst bin ich freundlich und tue so, als habe ich Sunny längst vergessen. Ein altes Herkules-M5-Mofa mit einem noch älteren Mann knattert vorbei. Unter seinem grünen Helm sitzt eine riesige, dunkel getönte Brille. Er starrt uns an, als sei ganz Sankt Augustin kontaminiert und wir hätten als Einzige davon noch nichts mitbekommen.

„Nee, heute hat die Thiel noch keiner gesehen. Vorgestern das letzte Mal, sagt die Verkäuferin, vorgestern Morgen. Sie hat sich wohl wie immer zwei Mehrkornbrötchen geholt." Mit drei Bissen hat Fabian die Rosinenschnecke bis auf einen kleinen Krümel verschlungen.

„Hmm!", ich schaue zum Haus zurück. „Wir müssen in die Wohnung. Oder zumindest in die Wohnung gucken."

Barbara Thiel wohnt parterre und wenn mich Fabian mit Räuberleiter hochhält, kann ich vielleicht durch eines der Fenster schauen. Er legt die orangefarbene Papiertüte mit der zweiten Rosinenschnecke auf die Kühlerhaube eines schwarzen Audi.

Ich hangle mich die Fassade hoch, schirme meine Augen mit einer Hand ab und versuche die Spiegelung der Fensterscheibe zu ignorieren. Ein Fernseher in der gegenüberliegenden Ecke. Eine Couchgarnitur mit einem großen Sessel und einer Couch, weiß oder hell zumindest, das kann ich von hier nicht erkennen. Der Teppich sieht flauschig aus, weich. Erst dann registriere ich die umgeworfene Weinflasche und den roten Fleck am Rande des Teppichs. Ein Glas liegt daneben, vielmehr die Reste eines Glases, der Stiel fehlt. Ich drücke mein Gesicht dichter an die Scheibe und ignoriere Fabians Stöhnen unter mir. Wenn er wirklich mit dieser Sunny privat zu tun hat, fährt es mir durch den Kopf, verdient er Schmerzen. Ich drücke meine Lederstiefel extra ein wenig fester in seine gefalteten Hände. Auch auf die Gefahr hin, dass er mich plötzlich fallen lässt.

Was mich wirklich unruhig macht, während ich weitere Einzelheiten in der Wohnung zu erkennen versuche, ist der umgekippte Stuhl dicht neben der Tür. In meinem Kopf sehe ich ihn unter die Klinke gestellt, als Schutz vor jemandem, der eindringen will und die Tür einfach eintritt, so dass der Stuhl wegfliegt. Und dort landet, wo er jetzt liegt. Es ist nur eine Möglichkeit von vielen, aber trotzdem. Vielleicht hat jemand die Tür eingetreten, Barbara Thiel überwältigt und dann …

„Lass mich runter!", sage ich hektischer als beabsichtigt. „Wir müssen da rein."

Glücklicherweise stellt sich heraus, dass Fabians Bekannte aus der Bäckerei über Ersatzschlüssel für die meisten Wohnungen ihres Nachbarhauses verfügt. Sie reicht uns den Schlüssel für Barbara Thiels Wohnung über die Theke. Nachdem sie unsere Ausweise gesehen hat, hat sie keine weiteren Fragen mehr gestellt.

Eine Kundin, die in dem kleinen Kühlschrank links in der Ecke nach Kakao oder Milch sucht, schaut mich während der Transaktion an, als wolle ich das Mobiliar aus Barbara Thiels Wohnung stehlen.

Ich lächle erst sie, dann die Verkäuferin an, und Fabian und ich verlassen die Bäckerei.

An Thiels Wohnungstür erkenne ich keine Einbruchspuren, aber das muss natürlich nichts heißen. Der Schlüssel klackt im Schloss und aus der Wohnung strömt ein angenehmer Duft nach Zitrone und Vanille. Zumindest müssen wir also nicht befürchten, dass die Frau seit einer Woche tot im Bett liegt.

Ich schaue mich um, Fabian neben mir. Der Fußboden, zerkratztes Parkett, knarzt, als wir uns vorsichtig umschauen. Mehrere große, gerahmte Kunstdrucke geben dem schlauchartigen Raum ein wenig Farbe. Ich erkenne Renoir, van Gogh und Cézanne. Die Wohnzimmertür öffnet sich mit einem Knarren und mein Eindruck verstärkt sich, dass hier ein Kampf stattgefunden hat. Das Display einer teuer aussehenden, alten Stereoanlage leuchtet, eine Vinyl-Schallplatte liegt noch auf dem Plattenteller, allerdings ohne sich zu drehen. Bücher, die auf einer Kommode zwischen zwei Holzelefanten eingeklemmt waren, liegen jetzt verstreut am Boden und auf der Kommode. Simmel: „Hurra, wir leben noch!", lese ich, King: „Das Mädchen", Kleist: „Der zerbrochene Krug". Fabian telefoniert bereits mit der Spurensicherung. Mein Blick wandert nach oben, aber natürlich ist durch den angenehmen Geruch in der Wohnung klar, dass Barbara Thiel, sollte sie die Tote sein, die wir in Schröders Wohnung gefunden haben, nicht hier verbrannt wurde.

Kapitel 10

Es ist traurig, die Wohnung eines Toten zu untersuchen, und ich bin mir sicher, dass Barbara Thiel tot ist. Es ist deswegen traurig, weil so viele kleine, nebensächliche Dinge unvollendet bleiben. Eine noch nicht ausgeräumte Spülmaschine etwa oder ein aufgetautes Stück Fleisch beweisen, dass etwas nicht abgeschlossen und beendet werden konnte ... so wie es eigentlich vorgesehen war.

Barbara Thiel hat in der Küche mit Kreide Lebensmittel auf eine kleine Tafel geschrieben, die sie bei ihrem nächsten Einkauf besorgen wollte. Thunfisch, Spaghetti, Tomatensoße, Wein, Joghurt.

Im Obstteller auf dem kleinen Tisch am Fenster werden die beiden jetzt schon verschrumpelten Äpfel und die Apfelsine verschimmeln, es wird sie niemand mehr essen. Irgendwann in den kommenden Tagen werden sie achtlos in den Abfall geworfen, den letzten Abfall, den Barbara Thiel hinterlassen hat. In der Duschkabine stehen ordentlich auf einer Brüstung, in Hüfthöhe aufgereiht, vier halbvolle Haarkuren, Shampoos, Spülungen und ein Rückenschrubber aus Holz. Und ein leeres Weinglas. Über den Handtuchhalter neben der Badewanne sind achtlos zwei große rote Handtücher geworfen, der Toilettensitz ist heruntergeklappt.

Kurz denke ich an die Tage, als ich die Wohnungen meiner verstorbenen Mutter bzw. meines verstorbenen Vaters ausräumte. So viele Erinnerungen der eigenen Kindheit und Jugend wurden wieder sichtbar, versteckt in Schubladen, Kommoden oder Schränken. Fotos, auf denen ich so viel jünger, glücklicher und zuversichtlicher aussah als heute. Briefe, die ich damals geschrieben hatte, Bücher und Kleidungsstücke, die ich meinen Eltern geschenkt hatte, weil sie damals Bestseller oder in Mode waren, Postkarten aus Urlauben, die ich längst vergessen hatte.

„Woran denkst du?“ Fabian knistert mit dem Papier seiner Teilchentüte, die er aus einem unerfindlichen Grund wieder bei sich trägt.

Ich lächle ihn an. „An gar nichts“, sage ich, „oder doch: an meine Kindheit.“ Dann nach einer kurzen Pause: „Wann kommen die Kollegen?“

„Sind gleich da. Sagen sie zumindest. Wollen wir so lange warten?"

„Wozu?", frage ich, „hier können wir nichts mehr tun." Das ist natürlich Unsinn, wir müssen die Wohnung auf den Kopf stellen, nach irgendetwas suchen, das uns irgendeinen Hinweis auf Barbara Thiels Verschwinden gibt, aber im Augenblick möchte ich nur weg von hier. „Lass uns ins Präsidium fahren und die Fahndung nach Schröder rausgeben. Der muss ja irgendwo sein."

Fabian schaut mich zweifelnd an: „Glaubst du nicht doch, der liegt bei Ben in der Pathologie?"

„Nein, das glaube ich nicht", sage ich überzeugt. „Ich glaube, dass Schröder noch lebt. Und dass er sich vielleicht vor uns versteckt."

„Versteckt?" Fabian schaut aus dem Fenster auf die Straße, wo ein alter Traktor mit einem Anhänger voller Kohlköpfe vorbeifährt.

„Ja!", sage ich, „so was in der Art, auf der Flucht vielleicht. Sei es, weil er sie getötet hat, oder aber vielleicht auch, weil er selbst Angst hat."

Bevor Fabian die nächste Frage stellen kann, erkläre ich ihm, dass ich in die Bäckerei möchte, weil ich Durst auf einen Cappuccino habe. Dass ich außerdem mehr über Sunny erfahren möchte, kann er sich wahrscheinlich denken.

Kapitel 11

Der Stehtisch in der Bäckerei Esser wackelt immer wieder in meine Richtung, und das sahnige, braune Gesöff, das ich nur schwerlich als Cappuccino gelten lassen kann, schwappt hin und her. Aber ich sage nichts und nippe ab und zu daran, weil die Verkäuferin, Rosa heißt sie, mittlerweile enge Freundschaft mit Fabian geschlossen hat. Gerade dreht er sich zur Theke und ordert mit einem breiten, gewinnenden Lächeln eine weitere Rosinenschnecke.

Ich stütze mich mit dem Ellenbogen auf den Stehtisch, damit das Ding endlich zu wackeln aufhört.

Die Leiche ist wahrscheinlich weiblich, hat Ben gesagt, also ist es nicht Schröder, den wir in der Wohnung in der Königstraße gefunden haben. Ist es Barbara Thiel? Aber warum liegt sie in der Wohnung ihres Freundes? Und warum wurde die verbrannte Leiche in seine Wohnung geschleppt, noch dazu in sein eigenes Bett? Das ergibt doch absolut keinen Sinn.

Plötzlich erinnere ich mich an einen Film, den ich vor langer Zeit gesehen habe: Dort wachte ein Millionär in seiner Villa in einem riesigen Doppelbett auf. Er streckt sich, reckt sich, betrachtet seine Hände, weil sie sich feucht anfühlen und stellt fest, dass sie voller Blut sind. Er lupft die Decke, entdeckt noch mehr Blut und glaubt im ersten Augenblick, dass er sich selbst, ohne es zu bemerken, in der Nacht verletzt hat. Aber er spürt keine Schmerzen, also lupft er die Decke weiter und entdeckt neben sich den abgeschnittenen Kopf seines Lieblingspferdes, irgendeines Gaules, der ihm viel Geld eingebracht hat. Er schreit sich die Seele aus dem Leib, wenn er denn eine gehabt hat, und all das entpuppt sich als Warnung einer Mafiaorganisation für irgendein Ultimatum oder ein nicht eingehaltenes Versprechen des Millionärs, ich kann mich nicht mehr erinnern.

Ich bin entsetzt, als mir der Gedanke kommt, dass die verkohlte Leiche vielleicht auch so etwas wie eine Botschaft gewesen sein könnte. Aber wofür? Und wie viel steht auf dem Spiel, wenn ein Menschenleben nur eine Warnung ist? Wenn man jemanden tötet, nicht aus Hass, Eifersucht, Liebe oder Affekt, sondern ausschließlich, um ein

Zeichen zu setzen. Das ist nicht vorstellbar. Oder?

Ich greife nach meinem Mobiltelefon. Peter Braun geht schon nach dem zweiten Klingeln an den Apparat. Ich erkläre ihm, wo wir sind und was ich von ihm will.

„Ich soll was? Den ganzen Weg zwischen Meindorf und der Nordbrücke absuchen? Nach Brandspuren? Margot, bei aller Liebe, aber spinnst du? Weißt du, wie viele Kilometer das sind?"

Ich kann seine Reaktion gut nachvollziehen, ich wäre genauso empört. „Peter, nein, du sollst nicht die ganze Strecke absuchen, mein Gott, aber da sind Feldwege. Ich habe eben nicht drauf geachtet, wie viele. Aber es geht da zum Beispiel irgendwo ein Wirtschaftsweg nach Geislar, da kann man mit dem Auto reinfahren. Ich möchte, dass ihr solche Stellen absucht. Bevor es dunkel wird."

Ich erspare mir die Bitte, Spürhunde mitzunehmen, weil ich weiß, dass die Anfrage mehr Vorlauf braucht als ein spontanes Telefonat.

Peter stöhnt, und ich kann förmlich sehen, wie er jemanden neben sich anschaut und die Augen verdreht.

Aber irgendwann wird mir die Pause zu lang. Vielleicht hat er den Hörer einfach hingelegt und ist nach Hause gegangen. Oder sucht online einen neuen Job. „Peter?"

„Ja, Margot, Moment … Ich guck, wen ich dafür kriegen kann. Du weißt schon, wie viel Uhr wir haben?"

Ich schnaufe. „Und du weißt schon, dass wir heute Vormittag eine verbrannte Leiche gefunden haben?" Ich kann seinen Unmut nur begrenzt nachvollziehen.

Peter murmelt etwas, das ich nicht verstehe und ich frage ihn, wann er glaubt, mit der Suche beginnen zu können.

„Ein bis zwei Stunden. Aber das wird knapp. Ich muss auch Blasierow Bescheid geben."

Blasierow ist unser Chef, und natürlich muss er nicht unterrichtet werden. Weil ihn so etwas wirklich nicht interessiert und er heilfroh ist, wenn er erst übermorgen einen schriftlichen Bericht auf dem Schreibtisch hat, den er durchblättern kann, während er auf dem Fernseher irgendein Tennis- oder Golfturnier verfolgt. Warum mein Chef bei der Kripo angefangen hat, ist mir ein Rätsel – und wie er eine solch hohe Position erreichen konnte, ebenfalls. Meiner Meinung nach gehört er in die Abteilung „Bedenken & Langeweile", da allerdings würde ich ihm eine große Karriere zutrauen.

„Sag mir bitte Bescheid, sobald dir irgendetwas auffällt oder ihr etwas findet, okay?" Meine Stimme wird lieblicher, aber Peter brummt trotzdem etwas Unfreundliches, bevor er auflegt.

Fabian hat sich dazu entschlossen, seine dritte Rosinenschnecke direkt an der Theke bei Rosa zu verzehren. Er wedelt mit der freien Hand, als wolle er ihr die Plätzchenrezepte seiner Großmutter in die Luft malen. Die Tür öffnet sich und zwei blonde Jungen kommen herein. „Zwei Schokocroissants", sagt der kleinere der beiden und beide Jungs lachen, als sei das ein großer Witz. Weil sich die Verkäuferin nun doch um andere Kundschaft kümmern muss, kehrt Fabian zurück an unseren Tisch.

„Peter kümmert sich um die Feldwege", sage ich.

„Welche Feldwege?"

„Na, irgendwo muss die Leiche doch verbrannt worden sein, oder? Und wenn die Tote wirklich Barbara Thiel ist, wovon ich ausgehe, dann ist sie vielleicht hier verbrannt worden, also in der Nähe." Ich starte Google Maps auf meinem Mobiltelefon und gebe als Zielpunkt Königstraße ein, Schröders Wohnung. Irgendwo entlang dieser Route ist die Frau möglicherweise verbrannt worden, denke ich.

„Wir müssen Schröder suchen." Ich schaue Fabian an, als könnte er mir jetzt sofort sagen, wo ich den Mann finde.

Ein kleines Stück von Fabians dritter Rosinenschnecke fällt auf unseren Wackeltisch und zerbröselt. Fabian tupft die Reste mit dem Finger auf und lässt sie in seinem Mund verschwinden. „Wo sollen wir anfangen?", fragt er.

„Bei Putin!", sage ich und gehe zur Theke, um zu bezahlen.

Kapitel 12

„Wer ist diese Sunny?“ Wir sind kurz vor der Nordbrücke. Weiß-rote Barken verengen die Auffahrt auf eine Spur und vor uns geraten die ersten Wagen ins Stocken. Solange ich mich erinnere, wird an dieser Brücke gebaut, saniert oder repariert. Fabian schreckt bei meiner Frage kurz zusammen, ich nehme das als Zeichen, dass er damit nicht gerechnet hat.

„Ist es wirklich unsere Sunny, die vom Empfang?“, versuche ich es. „Die dich immer so nett anlächelt, wenn wir vorbeigehen?“ Ein grüner BMW lässt mich nicht auf die linke Spur einfädeln und ich muss bremsen.

„Ja!“, höre ich Fabian neben mir. „Hab ich dir doch schon gesagt.“

Der Kerl im BMW lässt mich nun doch vorbei, trotzdem schaue ich ihn kurz an, als sei der Stau seine ganz persönliche Schuld.

„Und, warum ruft sie dich an? Hast du ein Verhältnis mit ihr?“ Das ist ein Witz, natürlich würde Fabian so etwas nie tun, aber mir fällt nichts anderes ein, um ihn ein bisschen gesprächiger zu machen. Der BMW-Fahrer beantwortet meinen Blick mit einer Geste, für die ich ihn belangen könnte.

„Ja!“, sagt Fabian kleinlaut.

Meine Gedanken stocken, weil ich plötzlich nicht mehr weiß, auf welche Frage sich dieses „Ja“ bezieht. Dann wird mir klar, dass es nur die witzig gemeinte Frage nach einem möglichen Verhältnis mit Sunny sein kann. Im ersten Augenblick bin ich versteinert und vergesse fast zu bremsen, als die roten Lichter meines Vordermanns aufleuchten. „Du hast ein Verhältnis mit Sunny?“, frage ich fassungslos.

„Ja!“

Ich starre auf die vor uns fahrenden Autos, die sich ganz allmählich auf die beiden Stützpfeiler der Nordbrücke zubewegen. „Das ist nicht dein Ernst, oder? Wie lange geht das schon?“ Ich höre mich selbst an wie eine betrogene Ehefrau.

„Drei Monate.“ Der Stau löst sich langsam auf und Fabian schaut mehrmals hintereinander in den Seitenspiegel auf seiner Seite, so als würden wir verfolgt.

„Oh Fabian!", sage ich leise, „das ist nicht gut."

„Ich weiß", sagt er kleinlaut.

„Warum?", frage ich, als ginge mich das etwas an. Und als gebe es darauf eine tatsächlich erklärende Antwort, für die man Verständnis haben könnte.

„Wir … wir haben uns zufällig in der Stadt getroffen und da sind wir ein Bier trinken gegangen. Sie hatte eingekauft, tausend Taschen und Tüten, und ich hab sie dann noch zum Friedensplatz gebracht, weil sie dort wohnt und ich den Wagen in der Tiefgarage hatte, und sie hat mich gefragt, ob ich nicht Lust hätte, noch ein Bier bei ihr zu trinken. Und dann …"

„Okay!", unterbreche ich ihn, ich will das nicht hören.

Er schnauft, als habe ihn jemand angeschossen. „Ja, ich weiß, dass das …" Er schlägt mit der flachen Hand gegen das Handschuhfach, das prompt aufgeht. Mehrere Musikkassetten fallen heraus. Als mein Simca gebaut wurde, wurden in Autos noch Kassettenrekorder eingebaut, keine CD-Player, so dass ich nun wieder die Möglichkeit besitze, die Musikkassetten zu hören, die ich zu meiner Schulzeit und später aufgenommen habe.

„Schön, dass du das weißt", unterbreche ich ihn.

„Susanne hat mich gestern Abend auch gefragt, wer mir so viele SMS schreibt." Er seufzt. „Und als ich mein Handy mit ins Badezimmer genommen habe, hat sie so komisch geguckt, als wollte ich ihr etwas verheimlichen."

„Was ja aber nicht der Fall ist!" Tut mir leid, sarkastisch darf ich sein, oder? Es steht mir nicht zu, ihn zu verurteilen, aber spotten muss ich einfach.

Kurz vor dem Brückenende staut sich der Verkehr erneut. Ich trete sanft auf das kleine Bremspedal des Wagens. „Und? Willst du es beenden? Oder … oder willst du dich von Susanne und den Kindern trennen?"

„Ich weiß es nicht", sagt Fabian, während er zu seinen Füßen die Kassetten wieder einsammelt. „Sie ist so lebendig, alles ist so neu. Ich … ich fühle mich so, so jung, weißt du. Auch wenn sich das komisch anhört. Und ich fühle mich seit langem wieder begehrt. Dass sich jemand wirklich auf mich freut, wenn ich zur Tür hereinkomme, verstehst du?" Er sortiert die Kassetten unnötigerweise von seiner linken in die rechte Hand. „Ich bin nun wirklich kein Adonis. Ich bin dick, ich bin klein und mir fallen die Haare aus, aber weißt du, Sunnys Augen glänzen, wenn sie mich sieht, und sie lacht mich an, als sei ich …" Er schiebt die Kassetten in das Handschuhfach und schließt mit einem Schwung die Klappe. „… als sei ich George Clooney. Verstehst du das?"

Ich schaue ihn länger an, weil wir ohnehin nicht vom Fleck kommen, und lächle. „Ja", sage ich, „das kann ich verstehen, ehrlich. Aber gut, Fabian, ist das trotzdem nicht."

Kapitel 13

Vor der Galerie „Schröder & Putin“ in der Friedrichstraße parkt ein großer Mercedes. So selbstverständlich und imposant wie die Staatskarosse eines Bundespräsidenten glänzt er im Licht der Schaufenster und Laternen, als warte er nur darauf, vom Fotografen einer Autozeitschrift fotografiert zu werden. Ich werfe einen Blick hinter die Windschutzscheibe, kann aber keinen Anwohnerausweis erkennen. Aber auch mit solch einem Ausweis dürfte er hier nicht parken. Der Wagen muss mindestens 100 000 Euro gekostet haben. Vielleicht der potentielle Käufer eines Bolko-Bildes, der es im Schutze der Dunkelheit nach Hause bringen möchte? Allerdings glaube ich nicht, dass die Käufer in dieser Preisklasse ihre Bilder selbst abholen und selbst nach Haus transportieren, dafür gibt es Spezialunternehmen.

Die Galerie ist geschlossen und ich klopfe gegen die Scheibe. Jemand nähert sich der Tür, ich erkenne Wiktoria Wladimirowna. Als sie mich erkennt, wechselt ihr Gesichtsausdruck von ungeduldig zu unfreundlich. Ich schiebe mich an ihr vorbei in den Ausstellungsraum der Galerie. Die Vaginabilder wirken im Abendlicht noch befremdlicher als bei unserem ersten Besuch.

„Was wollen Sie noch?“, fragt Wiktoria Wladimirowna. Ihre Aggressivität uns gegenüber ist bemerkenswert, so als seien wir lästige Fliegen auf einem Kirschkuchen.

„Ich dachte, Sie hätten noch einen Termin?“, frage ich zurück. Weiter hinten in der Galerie bewegt sich ein Schatten, aber durch das wenige Licht in dem Raum kann ich nicht einmal sagen, ob es ein Mensch oder ein Tier ist.

„Mein Termin? Der ist schon vorbei, schauen Sie doch mal auf die Uhr!“ An ihrem linken Handgelenk blitzt eine feingliedrige Uhr mit einem hellblauen Zifferblatt. Aber sie hat recht, ich habe die Zeit vergessen.

„Wir brauchen Namen!“, sage ich, und komme mir vor wie ein Mafiaboss. Vielleicht reagiert sie entgegenkommender, wenn ich so unfreundlich werde wie sie.

„Namen? Was für Namen?“ Ihr Lippenstift ist ein wenig zu dick aufgetragen, an der Oberlippe hängt ein kleiner Krümel, der abfallen wird, sollte sie lächeln. Aber die Chance dazu werde ich ihr nicht geben.

Es heißt „Welche Namen?“ und nicht „Was für Namen?“, denke ich, sage aber bloß: „Freunde, Bekannte, Geschäftspartner, alles, was Sie uns zu Schröder sagen können, mit wem er zu tun hatte, Familie, alles!“

Fabian zückt zeitgleich seinen Notizblock. Üblicherweise trägt er mindestens zwei davon in seinen Taschen. Wenn ein Fall langwierig und kompliziert ist, ist es immer eine Geduldsprobe, Fabian beim Entziffern seiner Notizen aus mehreren Notizblöcken zuzuschauen und zuzuhören.

„Mein Gott, wir sind Partner, und … ach, weiß der Himmel!“ Sie hebt beide Arme in die Höhe und ihre teure Uhr rutscht Richtung Ellenbogen. „Ich bin nicht seine Frau! Er ist alt genug, auf sich selbst aufzupassen.“

„Aber Sie wissen normalerweise, wo er tagsüber … wo er sich aufhält, oder nicht? Welche anderen Galerien oder Künstler er besucht, oder? Sie müssen sich doch absprechen, denke ich, wenn Sie gemeinsam eine Galerie betreiben, oder?“ Das soll nicht wie eine Frage klingen.

„Das ist unterschiedlich“, sagt Wiktoria Wladimirowna, „je nachdem, was geplant ist: Ob wir eine neue Ausstellung eröffnen, ob wir abbauen, umbauen, da ist einiges zu erledigen, wissen Sie. Wir sind ja auch sehr häufig unterwegs.“ Sie macht eine kleine Pause. „Die Kunst kommt selten zu uns in den Laden, verstehen Sie?“ Jetzt lächelt sie doch, aber der kleine Lippenstiftkrümel bleibt hartnäckig hängen.

Der Schatten, den ich vorhin im hinteren Teil der Galerie bemerkt habe, kommt langsam auf uns zu. Es ist ein älterer Mann, vielleicht siebzig Jahre. Er bleibt neben Wiktoria stehen und berührt kurz mit einer großen Pranke ihre Schulter. Der Mann ist ein ganzes Stück größer als ich, knapp zwei Meter. Das Licht der Deckenstrahler macht sein silbernes, volles Haar noch glänzender, als es ohnehin schon ist. Sein Gesicht, zumindest die untere Hälfte, ist hinter einem dichten, ebenfalls grauen Bart verschwunden. Er wirkt außer Atem, obwohl er kaum ein paar Meter gegangen ist. Mit seinem grauen Bart und der grauen Mähne erinnert er mich an den Filmschauspieler Mario Adorf.

Wiktoria dreht sich zu dem Mann und legt ihrerseits zärtlich eine Hand auf die Schulter des Riesen. Die Geste wirkt einstudiert, aber echt. „Das ist mein Vater", sagt sie. „Wladimir Putin."

„Sehr witzig!", sage ich, bin aber nicht gewillt zu lachen. „Das ist nicht wahr!"

Der Mann streckt mir seine rechte Pranke entgegen. An seinem rechten Handgelenk funkelt eine protzige Uhr mit zweitausend Knöpfen, die vermutlich alles anzeigt außer dem Rheinpegel in Oberwinter.

„Sie haben recht", schnauft er und lächelt mich an, „aber das ist ein guter Marketinggag. Und es schafft Respekt." Er spricht mit einer tiefen, rauen Stimme, die genau zu solch einem russischen Bären passt. „Und Respekt ist wichtig. Mein richtiger Name ist Petrow, Fedor Petrow."

Plötzlich schießt ein riesiges Etwas aus den hinteren Räumen der Galerie auf uns zu. Ich schrecke, genau wie Fabian, einen Schritt zurück. Ein braun-schwarzer Blitz, ein zottliges Etwas, das ich nun als Schäferhund erkenne, schmiegt sich an Putins Bein. Das Tier hechelt mit heraushängender Zunge, als habe es erfolglos einen Hasen verfolgt. Aus dunklen, kalten Augen taxiert es Fabian und mich. In seinem Blick liegt nichts als Kälte. Die weißen Zähne werden zum Zahnfleisch hin gelber, die Länge dieser Hauer ist beeindruckend.

Putin beugt sich herab, tätschelt dem Hund die Flanke und lächelt mich an. „Hmm, Berry, mein treuer Freund. Du passt auf uns auf. Jaaa, gut machst du das!" Ich kann nicht entscheiden, ob in seinem Tonfall Besitzerstolz oder eine Warnung an uns mitschwingt. Mit einem liebevollen Blick auf das Tier fügt er hinzu. „Ich habe ihn, seit er acht Wochen alt ist. Stimmt's, Berry?" Sein Tonfall ähnelt jetzt dem mancher Menschen, die mit geistig Behinderten reden: Wohlwollend, mitfühlend, aber auch überlegen.

Zu seiner Tochter gewandt sagt er: „Wiktoria, was ist mit Professor Borchert?"

„Was soll mit ihm sein?“ Die Frau schaut zu ihrem Vater hoch, ähnlich wie Berry. In Gegenwart des Riesen wirkt sie klein, gehorsam, fast lieblich.

„Na, er ist doch ein guter Freund von Steven, vielleicht kann er helfen.“

„Wobei helfen?“, frage ich Putin.

„Na, Steven zu finden. Wissen Sie, meine Tochter sagte mir, dass Sie Steven suchen. Und Professor Borchert ist, wie gesagt, ein guter Freund von Steven. Professor Borchert ist …“

„Ich weiß.“ Fabian verstaut seinen Notizblock in der Tasche. „Borchert ist Intendant des Kunstmuseums.“

„Genau.“ Putin beugt sich erneut zu seinem Hund und klopft ihm die Flanke. Ohne Augenzwinkern taxiert Berry weiterhin Fabian und mich. Ich habe das Gefühl, dass der Hund nur auf einen Befehl von Putin wartet, uns an die Kehle zu springen.

„So, und jetzt geh. Alles gut!“ Putin schiebt Berry beiseite und der Hund trottet in den hinteren, dunklen Teil der Galerie zurück.

„Wir haben häufiger mit Borchert zu tun. Künstler, die im Kunstmuseum ausstellen wollen und die er abweisen muss, kommen häufig zu uns.“

„Sie nehmen die Restposten?“, frage ich bewusst provozierend.

Putin lacht und sein Lachen ist so schallend und laut, dass ich Angst habe, die Schaufensterscheibe würde jeden Moment splittern.

Seine Tochter guckt mich dagegen an, als sei sie kurz davor, mir die Augen auszukratzen. „Das kann man so wirklich nicht sagen!“ Sie zwingt sich zu einem Lächeln, und wieder bleibt der Lippenstiftkrümel, wo er ist.

Wladimir Putin hebt einen Finger. Mittlerweile ist sein Lachen abgeklungen und die Schaufensterscheibe noch heil. „Sie haben Humor, Frau Kommissarin. Sie können Borchert heute Abend im Museum treffen. Es gibt eine Ausstellungseröffnung, und traditionell führt er die geladenen Gäste durch die Räume und erläutert die Exponate.“

„Wenn Sie sich beeilen, bekommen Sie vielleicht sogar noch ein Glas Sekt oder ein paar Canapés.“ Wiktorias Bemerkung impliziert eindeutig, dass sie uns für Schnorrer hält.

„Danke für den Hinweis, aber wir nehmen nicht von jedem!", lächle ich sie an und wir verabschieden uns.

Von der Friedrichstraße aus blicke ich noch einmal zurück. Im indirekten Licht der Eingangstür steht der alte Putin, neben ihm sein Hund. Beide schauen uns ausdruckslos an. Als Putin meinen Blick bemerkt, hebt er seine riesige Pranke zu einem Gruß. Ich grüße zurück, dann folge ich Fabian. Die Limousine glänzt immer noch im Laternenlicht.

Kapitel 14

Wir machen kurz Halt im Präsidium, sprechen mit den Kollegen der Leitstelle, die von der Suche nach Schröder nichts Neues zu berichten haben, wechseln den Wagen und sind nun über die Südbrücke auf dem Weg Richtung Museumsmeile.

Fabians alter Cherokee ächzt, als er hinter den drei stehenden Taxen den Bordstein zum Kunstmuseum hochfährt. Der Wagen kommt knapp vor einer der 16 verrosteten Stahlsäulen zum Stehen, die vor dem Museum in den Abendhimmel ragen.

„Wenn du das Ding umgefahren hättest, wären wir den Fall los!", sage ich beim Aussteigen.

„Sehr witzig!" Fabian wirft die Wagentür zu und ich habe Angst, dass das Auto durch die Wucht zu einem großen Rosthaufen zusammenfällt.

Ich bemerke Fabians Nachdenklichkeit und kann meine Neugierde nicht unterdrücken. „Wie geht es jetzt weiter …? Ich meine, mit Sunny und dir?"

Fabian lehnt sich gegen die Autotür und schaut an einer der Säulen hoch. „Ich weiß es nicht. Ich … ich würde es gerne beenden, schon allein, das hört sich dumm an, aber es stimmt, schon allein wegen der Kinder, aber andererseits", er seufzt und schaut mich an, „andererseits, Margot … das ist so schön." Er schüttelt den Kopf. „Anders kann ich es nicht sagen, weißt du? Herzklopfen, so wie früher, als wir jung waren."

„Hmmh!", mache ich, weil ich ihn verstehe, aber den Teufel tun werde, ihn dabei zu unterstützen, wie er seine Frau betrügt. „Irgendwann musst du eine Entscheidung treffen!", sage ich altklug, weil er das selbst wissen wird. Es sei denn, Susanne bemerkt die Affäre. Dann wird ihm die Entscheidung wahrscheinlich schneller abgenommen, als er möchte.

Auf dem Platz zwischen Bundeskunsthalle und Kunstmuseum weht ein böiger Wind, und eine vergessene, zerknitterte Speisekarte des Cafés am Kunstmuseum fegt über den Kiesboden. Die beiden monumentalen Bauten stehen für den Anfang einer Gigantomanie-Architektur, die sich in Berlin im neuen Regierungsviertel fortgesetzt hat.

Ich schiebe mich in die Drehtür zum Kunstmuseum und stehe im riesigen Foyer, das hell erleuchtet und mit mehr als hundert Gästen gefüllt ist. Ein knapp 1,90 Meter großer wie breiter Mann in einem viel zu kurzen, schwarzen Jackett kommt mit finsterem Blick auf mich zu. Gebieterisch breitet er die Arme aus, wodurch die Ärmel des Jacketts fast bis zu seinen Oberarmen hochrutschen. An der Innenfläche des rechten Handgelenks erkenne ich drei chinesische Schriftzeichen. Ich vermute einen weisen, chinesischen Sinnspruch. Passend zu seiner drallen Bodybuilderfigur glänzt über seinem runden Gesicht ein Undercut. Willkommen in der Hölle.

„Sie können hier nicht rein!" Gemächlich, in seinen Augen wahrscheinlich würdevoll, marschiert er auf mich zu. Zuerst schüttle ich nur resigniert den Kopf. Warum treffe immer ich auf diese Zeitgenossen? Warum?

Plötzlich kommt mir ein Gedanke. Ich beschleunige meine Schritte, haste auf ihn zu, lege ihm beide Hände auf seinen riesigen Brustkorb und hauche: „Helfen Sie mir, ich werde verfolgt." Dann drehe ich mich mit rehscheuem Blick Richtung Drehtür, durch die Fabian gerade hereinkommt. Der Kleiderschrank schaut an mir vorbei, flüstert ein drohendes „Das haben wir gleich, Fräulein!", und stürzt sich auf Fabian. Gut gemacht, Margot!

Die Atmosphäre im Museumsfoyer nimmt mich sofort gefangen. Die geladenen Gäste, in erster Linie ältere Herren in schwarzen Anzügen und Smokings, stehen neben lachenden, gut aussehenden Frauen in Kostümen und schwarzen Kleidern. Fast alle halten ein Glas Orangensaft oder einen Sektkelch in der Hand. Gespräche und Lachen vermischen sich mit unaufdringlicher, klassischer Musik aus Lautsprechern, die ich nicht sehen kann. Mindestens zehn Kellner und Kellnerinnen mit weiß gestärkten Hemden und dunklen Hosen oder Röcken balancieren Tabletts voller Kanapees oder Getränken zwischen den Gästen. Die Kellner und Kellnerinnen wirken so jung, dass es sich wahrscheinlich um Studenten handelt, die mit diesem Nebenjob Miete oder Studium finanzieren.

Wie finde ich Professor Borchert? Leider habe ich vergessen, Wladimirowna und Putin danach zu fragen. Eine kleine, ältere Dame mit kurzem silberfarbenen Haar und einem roten Schal um die Schultern kommt auf mich zu. Wahrscheinlich wirke ich in meiner schwarzen Lederjacke dermaßen fehl am Platz, dass ich eine gute Seite in ihr wecke.

„Kann ich Ihnen helfen?", fragt sie mich. Ihr Lächeln ist offen und ansteckend. Einen Augenblick lang denke ich daran, mich vorzustellen, lasse es dann aber doch.

„Ich suche den Hausherrn, Professor Borchert". Ich lasse meinen Blick über die vielen Menschen gleiten. So als würde ich Borchert erkennen, wenn ich ihn sähe. Dabei könnte er mir auf den Füßen stehen, und ich wüsste nicht, dass er es wäre.

„Oh, einen Augenblick, bitte warten Sie!" Die Dame berührt mich kurz am Arm. „Ich schaue, ob ich ihn finde. Es ist möglich, dass er gleich wieder in der Ausstellung ist, aber vielleicht erwische ich ihn noch." Wieder schaut sie mich vertrauensvoll an. „Können Sie mir Ihren Namen sagen?"

Ich lächle sie an und ziehe meinen Ausweis zur Hälfte aus der Jackentasche. „Margot Lukas, Kripo Bonn, und das ist …"

Gewohnheitsmäßig drehe ich mich nach links, weil dort üblicherweise Fabian neben mir steht. Aber da ist niemand. Jetzt erinnere ich mich, was ich ihm eingebrockt habe und blicke zurück zur Eingangstür: Fabian steht zwei Männern vom Wachpersonal gegenüber. Alle drei sprechen, soweit ich das sehen kann, wild durcheinander, und die beiden versuchen Fabians Arme zu greifen.

„Ja, das da hinten ist mein Kollege Faust. Aber der ist gerade noch anderweitig beschäftigt, ich nehme an, er hat wieder mal unseren Wagen falsch geparkt."

„Aha!", meint die Dame mit dem roten Schal, als sei es selbstverständlich, dass ich meinen Partner seinen Ärger allein ausbaden lasse. „Ich schaue mal, was ich für Sie tun kann."

Ich bleibe zurück und will Fabian gerade zur Hilfe eilen, als er es unter größter Mühe schafft, seinen Ausweis zu zücken.

„Vielen Dank, Margot!" Von links höre ich Fabians Schnaufen.

„Kein Ursache, Sonnenscheinchen!“, sage ich, ohne ihn anzuschauen. Vielleicht hat er die Anspielung auf „Sunny“ ja verstanden.

Als ich noch etwas sagen will, steht die Dame mit dem roten Schal wieder vor uns. „Ich fürchte, Professor Borchert wird gleich nicht mehr zu sprechen sein. Wenn Sie ihn noch sprechen möchten, rate ich Ihnen, sich schnell der letzten Führung anzuschließen.“ Sie lächelt verschmitzt. „Zupfen Sie ihn einfach am Ärmel.“

Es erklingt Applaus, weil sich jemand auf die unterste Treppenstufe am Aufgang zu den Wechselausstellungen im ersten Stock gestellt hat und um Ruhe bittet. Ich bedanke mich leise bei der Dame und ziehe Fabian in die Richtung, in der wir Professor Borchert hoffentlich finden werden.

Kapitel 15

„Meine Damen und Herren, betrachten Sie nur die Komposition dieses Bildes … SU-RD-56! Die mutmaßlich angedeuteten Malhandlungen – drei horizontal – und ebenso viele vertikal, um das Gleichgewicht auszutarieren! Und das alles vor einem weißlich anmutenden Fond, der die Abstraktion der Intention noch einmal räumlich, fast ins Vierdimensionale hinein, unterstreicht.“ Mit einem breiten Lächeln deutet Professor Borchert auf ein etwa türgroßes Gemälde, das aus sechs Farbklecksen besteht. Drei wie mit einem weichen Schwamm verwischt, drei vielleicht mit einer Drahtbürste zerrieben. Ich betrachte das Bild genauer, um Sinn oder Originalität zu erkennen, aber es gelingt mir nicht.

Gemeinsam mit rund zwanzig Gästen in schwarzer Abendgarderobe stehen Fabian und ich Patrick Borchert gegenüber, dem Intendanten des Kunstmuseums. Der Mann ist höchstens dreißig Jahre alt, klein und kahlköpfig, und wirkt in seiner schwarzen Jeansjacke und der ebenso schwarzen Jeans ebenso fehl am Platz wie Fabian und ich. Das macht ihn mir trotz seiner Hieroglyphensprache sympathisch.

„Verfolgen Sie dies einmal“, erklärt Borchert nun mit leuchtenden Augen, „der Künstler bedient sich, um seinem Bilddenken eine prämoderne Präambel zu verleihen, eines Staubsaugers, den er zu einem Spraygerät umfunktioniert hat. Mit einem Ilexgehölz, im Freilichtmuseum Kommern vom Künstler selbst geschnitten, ist es ihm gelungen, den Wischmoment auf der Leinwand so zu dokumentieren, als wären Farbe, Leinwand und Spuren des Gehölzes seit jeher zu ihrer segmentierten Einheit verschmolzen.“

Fabian schaut mich fragend an.

„Prophetisch, meine Damen und Herren, nenne auch ich das, und Fitschkie wird von anerkannten Fachleuten eindeutig als Prophet definiert. Visionäre wie er erscheinen nicht allgemeinverständlich, nicht in Geistesschubladen versteckbar oder zwischen Buchseiten pressbar. Und das,“, Borchert hebt in einer warnenden Geste den Zeigefinger seiner linken Hand, „darf auch niemals geschehen. Es ist an uns, die Freiheit eines Künstlers wie Fitschkie zu garantieren. Es liegt in unserer Verantwortung. Und im Falle Fitschkies ganz besonders, meine Damen und Herren. Ich erinnere in diesem Zusammenhang an das Grauen, das der junge Künstler in seiner Heimat durchlitten hat. Bayern ist wahrlich kein Bundesland, das Genies wie ihm den roten Teppich ausrollt, aber die Barrieren, die Fitschkie dort, beginnend mit seiner Schulzeit, zu überwinden hatte, erscheinen im Nachhinein für einen gewöhnlichen Menschen unüberwindbar. Und dennoch", Borchert lächelt jetzt, „hat Fitschkie diese Barrieren überwinden können. Dank seines Genius' und seines Willens. Ich möchte Sie bitten, in diesem Zusammenhang meine Biographie über ihn nicht außer Acht zu lassen."

Da Borchert keine Anstalten macht, auf Fabians oder meine Handzeichen zu reagieren, denke ich, es ist besser, bis zum Ende der Führung zu warten. Ich entferne mich langsam von der Gruppe.

Der angrenzende Raum ist gefüllt mit ungefähr fünfzehn Dreirädern, die hinter einem Mercedes-Cabriolet aufgestellt sind. Auf jedem Dreirad liegen festgezurrt eine Filzdecke, eine Taschenlampe und eine Mausefalle. Etwas abseits in einer Ecke erkenne ich ein weiteres Exponat: Auf einem weiß getünchten Podest liegt eine orangefarbene Glühbirne, die über einen Steckdosenadapter mit einer Orange verbunden ist. Ich versuche den kleingeschriebenen Begleittext an dem Podest zu entziffern, muss aber entsetzt feststellen, dass mir das nicht gelingt. Als ich überlege, mir in den nächsten Tagen einen Augenarzttermin zu besorgen, höre ich plötzlich hinter mir Borcherts Stimme.

„Ja, das ist einzigartig, oder?!" Erschreckt fahre ich herum und sehe mich mehr als zwanzig Augenpaaren gegenüber. Alle starren mich erstaunt bis entsetzt an, als hätte ich vorgehabt, die Orange auszupressen und den Saft auf allen 15 Dreirädern zu verteilen.

Borchert tritt einen Schritt näher: „Sagen Sie ganz spontan, gnädige Frau, was halten Sie davon?"

Ich bin dermaßen überrumpelt, dass ich ehrlich stottere: „Unsinn!"

Drei oder vier Besucher kichern und Borchert lächelt mich nachsichtig an. „Meine Liebe, schauen Sie genauer hin, fühlen Sie mit den Augen: Erkennen Sie nicht die intensive Verbindung zwischen Natur und Zivilisation, die Orange und die Glühbirne? Das Sinnbild? Spüren Sie nicht diese fast schmerzhafte Anschaulichkeit dieser Installation, durch die Fitschkie das Aussaugen der Natur durch die Zivilisation manifestiert. Wie er diesem sterbenden Etwas ein Denkmal setzt?"

Zu seinem Publikum gewandt, sagt er verschmitzt: „Meine Damen und Herren, wir müssen die Orange jede Woche austauschen, so sehr zehrt die Zivilisation sie aus!" Wieder lachen ein paar Besucher, diesmal noch lauter und herzlicher.

Ich nutze die Gelegenheit und flüchte in den nächsten Raum. Mehrere Badewannen stellen sich mir in den Weg. Ich will gar nicht wissen, wer oder was darin liegt. Daneben drei Stühle und auf dem Boden verteilte Kanthölzer, die so zufällig unstrukturiert wirken, dass sie entweder von der Decke gefallen sind oder von der Tür aus in den Raum geworfen wurden.

Ich schaue zurück: Die Gruppe um Professor Borchert folgt mir weiterhin, so als würde ich alle Abendgäste an einem unsichtbaren Faden hinter mir herziehen. Fabian hält sich weiterhin dicht hinter Borchert. Hoffentlich deswegen, damit Borchert das Haus nicht verlässt, ohne mit uns über seinen Freund Schröder gesprochen zu haben.

Im nächsten Raum schaut ein Wasserspender aus einer rot getünchten Wand, allerdings bin ich mir nicht sicher, ob es sich tatsächlich um einen üblichen Wasserspender handelt oder um das Sinnbild der klimatisch bedingten Trockenheit in verschiedenen Zonen dieser Erde.

Zwanzig Minuten später stehen Fabian und ich gemeinsam mit Patrick Borchert am Treppenabsatz im ersten Stock. Die Musiker haben inzwischen ihre Instrumente eingepackt.

Ein Dutzend gut gekleidete Gäste halten weiterhin drei Kellner auf Trapp und das Lachen und Feixen der wahrscheinlich etwas Angetrunkenen zieht wie Essensdunst zu uns herauf.

„Wie meinen Sie, Steven ist verschwunden?" Borchert schaut mich hinter einer runden, silbernen Brille aus großen Augen an. Sein kahler Schädel glänzt durch das Licht der Deckenleuchten so sehr, dass ich einen Augenblick fast davon überzeugt bin, sein Kopf produziere das Licht selbst.

Erstaunt schaue ich aus genauso großen Augen zurück. Immerhin ist diese Frage der erste Satz von ihm, den ich heute Abend verstanden habe. „So wie ich es gesagt habe, Herr Borchert: Verschwunden, er ist weg! Zuletzt gesehen gestern Abend. Und wir haben Grund zu der Annahme, dass“, ich flüchte mich in unser Polizistendeutsch, „er in ein Kapitalverbrechen verwickelt ist.“

„In ein Kapitalverbrechen?“ Borchert zieht sich seine Jeansjacke enger um die Schultern.

„Ja. Und wiederholen Sie bitte nicht alles, was ich sage, das kostet uns Zeit!“ Keine Ahnung, warum ich so mürrisch bin, aber seine demonstrative Ruhe macht mich nervös.

Borchert räuspert sich und wirft einen sehnsüchtigen Blick ins Foyer. Natürlich, lieber wäre er jetzt dort unten: ein paar Häppchen, am Sektglas schlürfen, einige sinnfreie Sätze von sich geben … was auch immer.

„In ein Kapitalverbrechen?“, stammelt Borchert. „Wie meinen Sie das? Raub? Oder Mord? Oder Totschlag? Ich meine, ich …“

„Es ist doch ganz einfach, oder, Professor Borchert? Wir wollen von Ihnen wissen, wann Sie Schröder zuletzt gesehen haben.“ Ich atme tief ein und wieder aus. „Und das sagen Sie uns jetzt bitte, okay?“

Auch Fabian wirkt ungeduldig. Trotz seiner Zeit in der Polizeieinheit in Dhaka. Alles hat seine Grenzen.

„Wann habe ich ihn zuletzt gesehen? Wann habe ich ihn zuletzt gesehen?“ Borchert tippt sich mit dem Zeigefinger gegen den Mund.

Ich seufze und suche Fabians Blick, der die Augen verdreht. Nun, zumindest hat Borchert die Frage verstanden!

Wieder streicht sich Borchert über seinen Schädel. Warum nur machen Kahlköpfige das ständig? Ist es, weil sie etwas suchen, das längst ausgefallen ist? Oder weil sie hoffen, dass Haarlosigkeit nur ein schlechter Traum war?

„Ich denke, das ist so eine Woche her?“ Seine Antwort endet in der letzten Silbe als Frage, so als müsste ich es besser wissen als er, aber ich schaue ihn nur ausdruckslos an. Ich hoffe zumindest, dass ich ausdruckslos gucken kann.

„Wir haben hier über die Ausstellung gesprochen, haben unten im Café jeder zwei Espressi zu uns genommen, ich denke, das war am vergangenen Dienstag. Ja, das kann gut …"

„Und seitdem nicht mehr?", frage ich. „Haben Sie nicht mal telefoniert? Hat Ihre Sekretärin vielleicht versucht, Schröder zu Ihnen durchzustellen, aber Sie hatten keine Zeit? Oder haben Sie eine E-Mail bekommen, eine SMS, eine Whatsapp?" Vielleicht kann ich seinem Gedächtnis mit ein paar Auswahlmöglichkeiten auf die Sprünge helfen, die er innerlich nur ankreuzen muss. Kunstexperten gelten ja gemeinhin als etwas vergesslich und zerstreut. Ich gebe ihm auch gerne ein paar handfeste Nackenschläge, aber das würde wahrscheinlich zu weit führen.

Noch während ich das denke, merke ich, wie Borchert plötzlich sehr nachdenklich wird. Seine rechte Hand legt sich auf meinen Arm, krampft sich darum, und er sieht mich durchdringend an, als habe er erst jetzt verstanden, um was es geht. „Sie sagten Kapitalverbrechen?"

Ich nicke. Diesen Teil des Gespräches hatten wir doch schon.

„Ist es … ist … na ja, ist auch nicht so wichtig. Aber ich kann Ihnen sagen, dass wir uns schon länger Sorgen machen um Steven."

„Ach!", horche ich auf.

„Genau! Seit er diese Teilhaber in seiner Galerie hat, Sie wissen, dieses pseudowitzige Wortspiel – sehr witzig – wirkt er immer … immer … Ich weiß nicht, wie ich es sagen soll …"

Für jemanden, der Fitschkies Dreiräder und Wasserspender derart blumig und enthusiastisch verklären kann, wirkt Borchert im wirklichen Leben extrem wortschwach.

„Versuchen Sie es trotzdem!", ermuntere ich ihn. Was um Himmels willen soll ich mit diesem Kerl anstellen? Ihn durchschütteln? Mit gezügelter Wut drehe ich mich zu Fabian, der sich, wie meist bei diesen Gelegenheiten, dezent im Hintergrund hält. Allerdings bin ich im Augenblick ganz froh darüber.

„Welche Galerie meinen Sie? ‚Schröder & Putin'?" Ich muss aufpassen, dem Mann keine Worte in den Mund zu legen, aber anders scheinen wir heute Abend keinen Schritt weiterzukommen. Und bislang befinde ich mich auf erlaubtem Terrain.

„Genau", sagt Borchert, „genau die meine ich: Schröder & Putin!" Er schaut mich mit gespielter Empörung an. „Lächerlich, oder? Seitdem Steven mit diesen … diesen … Menschen dort zu tun hat, ist er … wie soll ich sagen, ist er vollkommen anders."

Ich atme langsam ein und langsam wieder aus. „Vollkommen anders", wie ich diese Formulierung verabscheue! Wie anders? Andere Hautfarbe, andere Augenfarbe, andere Frisur, andere Kleidung? Oder vielleicht doch … anderes Verhalten?

„Wie meinen Sie das … vollkommen anders?" Ich bleibe ganz ruhig, wirklich.

„Er ist … fahrig geworden, angespannt, ganz das Gegenteil dessen, was er früher einmal gewesen ist."

Ich muss mich korrigieren: Professor Borchert besitzt doch einen größeren Wortschatz, als ich bislang vermutet habe. Und das war jetzt auch schon fast ein ganzer, flüssiger Satz.

„Und? Haben Sie eine Vermutung, woran das liegen könnte?"

Borchert überlegt. Seine Stirn liegt in tiefen Furchen, der Schädel glänzt weiterhin unnatürlich hell. „Ich denke, es war das Geld." Wieder legt er den Zeigfinger in Denkerpose an den Mund. „Ja, das Geld. Er schmiss plötzlich mit Geld um sich. So als würde ihm Putin als Pacht oder Partnerschaft jeden Monat Hunderttausende zahlen. Er hat regelrecht geprasst. Hat das Auto gewechselt, war jeden Abend in einem anderen Restaurant und immer mit unterschiedlichen Frauen unterwegs. Natürlich nur beruflich, hat er gesagt. Barbara war seine … seine Muse, da bin ich mir sicher, aber was so nebenher lief …" Borchert setzt unserer Phantasie keine Grenzen. Im Geiste sehe ich Schröder, den ich nicht einmal persönlich kenne, im Foyer des Kunstmuseums von einem Dutzend nackter Kunststudentinnen bedeckt.

„Das ist aber nur eine Vermutung Ihrerseits, dass das Geld von Putin kam, oder?"

„Ja, aber woher denn sonst?"

„Und wofür hat Schröder das Geld bekommen, wenn nicht für Pacht oder Partnerschaft? Stammt Putin aus einer … reichen Familie? Gehört seine Familie zu einer Art Kunstfamiliendynastie oder so etwas?“ Etwas Besseres fällt mir nicht ein, aber mit diesen Möglichkeiten kann er ja erst einmal arbeiten.

Borchert rümpft seine kleine, runde Nase, so als sei ihm ein schlechter Geruch dort hineingeraten. „Woher er das Geld hat? Weiß ich nicht. Die Putins gibt's ja mittlerweile an vielen Stellen der Stadt. Und so wie ich gehört habe, ist das nicht alles ... na ja, wie soll ich sagen ... regelkonform.“

„Was meinen Sie?“ Im Foyer zersplittert ein Glas, ein spitzer Schrei folgt, dann ein vielstimmiges Lachen, aber ich lasse mich nicht ablenken. Vielleicht hat uns dieser Mensch am Ende des Tages doch noch etwas Wichtiges mitzuteilen. „Was meinen Sie mit ‚nicht regelkonform‘?“

„Ja, also ...“ Borchert windet sich, als hätte ich mich auf eines von Fitschkies Dreirädern gesetzt und dabei die Filzdecke zerknautscht. „Was ich so gehört habe ... Dort soll wohl auch mit Betäubungsmitteln gehandelt worden sein.“

„Sie meinen ‚Dealen mit Rauschgift‘?“, frage ich nüchtern, um es auf den Punkt zu bringen.

Hastig fügt Borchert hinzu: „Aber das habe ich nur gehört, davon weiß ich aus erster Hand nichts, hören Sie? Nichts.“

Ich nicke ihm zuversichtlich zu, so als könne ich ihm jederzeit einen Freibrief für seine Unversehrtheit ausstellen. „An wen denken Sie da? Gibt es jemanden der Familie Putin, der Ihnen in diesem Zusammenhang einfällt?“

„Nein, nein!“, wehrt Borchert ab, „das kann ich nicht sagen. Das weiß ich nicht. Und ohnehin: Ich habe das ja auch nur gehört, wissen Sie?“

Ich sehe, wie Fabian etwas in seinen Block schreibt, und es würde mich wundern, wenn dieses Etwas nicht mit dem Buchstaben P beginnen würde. Vielleicht wissen die Kollegen von den Drogen mehr. Ich bin erst ein paar Jahre in Bonn und habe offen gestanden nicht im Kopf, wer hier die führenden Köpfe bei Rauschgift und wahrscheinlich auch Prostitution sind.

Ich nicke Patrick Borchert zu und er nimmt das als Zeichen, die Stufen herabtrippeln zu dürfen. Vielleicht kann er unsere Begegnung nach ein paar Gläsern Sekt wieder vergessen. Zugegeben, es lässt sich leichter über Fitschkie & Co. philosophieren als über ein konkretes Verbrechen. Obwohl unser Verbrechen realer ist. Ist das ein Widerspruch?

Ich schaue mich ein letztes Mal um, betrachte die Ankündigungsbanner und -poster der Fitschkie-Schau und ertappe mich dabei, wie ich den Kopf schüttle. Ich verehre Menschen mit einer besonderen Begabung, seien es Musiker, Komponisten oder Maler. Diese Menschen sind anders als wir, sie zeichnet etwas Außergewöhnliches aus. Picasso hat im Alter von zwölf Jahren schon so klassisch gemalt, dass er anderes ausprobieren musste. Er war gelangweilt, weil er alles konnte und hatte jedes Recht, kubistisch, abstrakt oder auch einfach nur unverständlich zu malen. Dieses Recht billige ich einem Fitschkie oder Beuys aufgrund ihrer Biographie einfach nicht zu. Es ist so, als stände ein Boxer ohne jegliche Qualifikation plötzlich im Kampf um die Weltmeisterschaft im Schwergewicht. Er wird auf jeden Fall abkassieren, auch wenn er nach zwei Sekunden k. o. geht.

Fabian schlendert gedankenverloren die Treppe zum Foyer hinab, während ich Peter Braun anrufe. Ich möchte ihn fragen, ob wir mittlerweile die Stelle gefunden haben, an der die Frau möglicherweise verbrannt worden ist, aber er geht nicht an sein Mobiltelefon. Ich spreche ihm die Bitte, mich zurückzurufen, auf die Mailbox, dann laufe auch ich die Stufen herunter. Wenn ich Glück habe, ergattere ich sogar noch ein Glas Orangensaft. An den Gesprächen der verbliebenen Gäste muss ich mich ja nicht unbedingt beteiligen.

Kapitel 16

Peters Anruf kommt gegen zwanzig vor elf, in meinem Wohnzimmer laufen die letzten Berichte der Tagesthemen. Ich steige gerade aus der Dusche, rubble mir die Haare trocken und halte das Handy einen Zentimeter vom Ohr entfernt, damit es nicht nass wird. „Wo ist das?“, frage ich, als mir Peter von einer Feuerstelle an einem Wirtschaftsweg zwischen Meindorf und Geislar berichtet. Ich bin todmüde und will eigentlich nur noch ins Bett, aber diese Feuerstelle könnte natürlich wichtig sein.

„Hm, Geislarer Straße, aber das hilft dir auch nicht weiter. Die geht fast bis Geislar ran.“

Ich sage Peter, dass ich mich auf den Weg machen werde, aber er meint, die Stelle sei gesichert, fotografiert, alles sei in Ordnung, ich brauche nicht extra ins Auto steigen. Als ich frage, ob Ben Mateus Bescheid weiß, klingelt es an der Tür.

„Bleib, wo du bist, um Himmels willen, ich will dich hier heute Abend nicht mehr sehen!“, sagt Peter. „Schlaf dich aus. Wir sehen uns morgen früh.“ Er legt auf.

Mein Morgenmantel hängt hinter der Badezimmertür. Es klingelt ein zweites Mal. Ich erwarte niemanden, aber vielleicht ist es Daniel, mein … wie soll ich sagen … Bekannter? Freund? Wir haben uns bei einem meiner letzten Fälle kennengelernt. Er ist Notarzt und hat deswegen genauso wenig Zeit wie ich. Die vergangenen Wochen haben wir uns kaum gesehen, weil im letzten Moment immer ich oder er arbeiten musste. Für nächsten Monat haben wir eine gemeinsame Woche in Griechenland geplant, Kykladen, und ich freue mich, wenn wir das tatsächlich schaffen sollten.

Aber es ist nicht Daniel, der vor mir steht. Derjenige, der eine Reisetasche in der linken Hand und einen Schlafsack zusammengedrückt unter dem rechten Arm hält, ist Fabian. Mit einem Gesicht, als habe er den Klimawandel ganz allein verschuldet.

„Oh Fabian, warum, zum Teufel?“ Sein Tee, den ich ihm gerade reiche, schwappt über den Rand, und hinterlässt einen kleinen See auf der

Untertasse. Wir sitzen in meiner kleinen Küche. Draußen ist es stockduster, ich erkenne nur in manchen Fenstern auf der gegenüberliegenden Seite der Straße noch Licht. Ab und zu queren Schatten die erleuchteten Rechtecke. Motorenlärm dringt herauf, ein Auto, das hochtourig durch die enge Straße fährt. Hier ist es viel zu eng, um schnell zu fahren, aber daran halten sich nicht alle. Bislang ist noch nie etwas passiert, kein Kind wurde angefahren, kein Rentner auf seinem Fahrrad in den Graben gedrängt, und solange alles gut geht, wird sich trotz der aufgestellten „Langsam-fahren"-Schilder auch nichts daran ändern.

Ich seufze. Einerseits bin ich ziemlich bedient, dass Fabian mich vor vollendete Tatsachen stellt, wenn er auf einmal mit seinem Gepäck vor meiner Tür steht. Zum anderen schmeichelt es mir ein wenig, dass ich es bin, bei dem er Unterschlupf sucht. Wobei ich mich damit in gewisser Weise zur Komplizin mache, denke ich. Tatsächlich hätte er es verdient, zumindest heute Nacht draußen zu schlafen. Vielleicht unter der Kennedybrücke ganz in der Nähe des Chinesenschiffs oder in seinem alten Cherokee, notdürftig zugedeckt mit einer der alten Decken, die hinten im Kofferraum liegen. Kurz frage ich mich, warum er nicht bei Sunny geklingelt hat, aber wer weiß? Vielleicht ist die Dame auch noch anderweitig liiert …

„Warum?", frage ich noch einmal. Ich schenke mir selbst Tee ein und setze mich ihm gegenüber.

Jetzt ist es an Fabian, zu seufzen. „Warum? Du meinst, warum ich eine Affäre angefangen habe? Ich, Fabian Faust, verheirateter Mann, Vater zweier Töchter?" Er blickt mich an, verzweifelt, ernüchtert, aufgewacht, und er tut mir leid, obwohl das nicht sein sollte. „Mein Gott, als wenn ich darauf … als wenn irgendjemand darauf eine Antwort geben könnte. Ich liebe Susanne, das weißt du, und ich weiß auch, wie dämlich sich das anhört, denn mehr kann ich sie nicht verletzen, ich weiß. Und wenn ich jetzt sage, dass etwas fehlt zwischen ihr und mir, dann klingt das genauso blöd." Er macht eine kurze Pause. „Also: Was soll ich sagen?" Er reibt sich mit einer Hand über die Augen. „Es ist … es ist, nee, das hört sich genauso dumm an und kommt in jedem Film vor, aber es ist so, Margot, ob du es glaubst oder nicht: Es ist einfach passiert. Und es ist so schön!"

Ich setze mich aufrecht und rutsche ein bisschen näher an ihn heran. Der Tee ist heiß und ich warte mit dem Trinken. Ich seufze. „Fabian, das glaube ich dir sogar. Aber das passiert doch nicht einfach so, oder? Ich meine, ihr seid euch nicht einfach über den Weg gelaufen und Sunny ist dann auf dem Flur im Präsidium einfach in deine Arme gestolpert?" Er lacht über die Vorstellung, aber es ist ein bitteres Lachen.

Traurig schüttle ich den Kopf und nippe an meinem Tee, der mittlerweile genau die richtige Temperatur hat. Das Brot, das ich uns abgeschnitten habe, hat noch keiner von uns angerührt. Auch das Stück Käse und die Oliven liegen noch unberührt zwischen uns. Ich greife in die kleine Schüssel und stecke mir eine Olive in den Mund. Meine letzte Mahlzeit war in der kleinen Bäckerei in Meindorf. Ich spucke den Olivenkern in die Hand und lege ihn auf meinen Teller.

„Und? Wie soll das jetzt weitergehen? Was hat Susanne gesagt, bevor sie dich rausgeworfen hat? Will sie die … na ja, die Scheidung?" Alles, was ich sage, hört sich nach ARD-Dokusoap an, aber das sind im Augenblick genau die Antworten, die mich interessieren. Wenn Susanne etwas von Scheidung erzählt hätte, wäre das nicht gut. Frauen tun im Gegensatz zu Männern meist das, was sie sagen. In Fabians Fall würde das bedeuten, dass er zum einen bald ohne Familie dasteht und zum anderen möglicherweise daran denkt, hier länger zu bleiben. Ich werde versuchen mitzuhelfen, dass weder das eine noch das andere eintritt.

„Nee, sie meinte nur, sie könne mich im Augenblick nicht mehr sehen. Dann hat sie mir den Schlafsack an den Kopf geworfen und mich zur Tür rausgedrängt. Die Mädchen waren zum Glück schon im Bett."

Ich kann mir die Szene bildlich vorstellen, und fast muss ich lachen, als ich Fabian im Geiste vor der hinter ihm zugeschlagenen Haustür stehen sehe, konsterniert im Vorgarten, unter dem Arm den Schlafsack, als wolle er ins Pfadfinder-Zeltlager und sei nur 35 Jahre zu spät dran. Ich kann mir gut vorstellen, dass mindestens ein Dutzend Nachbarn die Szene hinter ihren Fenstern versteckt beobachtet haben. Fabian wohnt in einem gut bürgerlichen Viertel in Oberdollendorf.

„Und jetzt?", frage ich.

Fabian reibt sich erneut die Augen, als habe er die letzten 48 Stunden nicht geschlafen. „Keine Ahnung, ich rufe Susanne morgen an und hoffe, dass sie dran geht. Sie kann wirklich ganz schön sauer …"

„Na hör mal, welche Frau wäre da nicht sauer?", frage ich ihn. „Sie ist verletzt. Du hast sie total verletzt! Wärst du etwa glücklich, wenn Susanne eine Affäre hätte? Wie würdest du dich fühlen?" Ich schnappe mir eine zweite Olive und rasple mit den Backenzähnen die Olivenfleischfasern vom Kern.

Fabian dreht mit einem Finger seine Tasse. „Kann ich heute Nacht hier bleiben?", fragt er kleinlaut. „Morgen such ich mir was anderes. Versprochen."

Ich schaue ihm in die Augen. „Natürlich. Auch wenn du ein … ein Idiot bist. Natürlich kannst du hier bleiben!"

Fabian lächelt. Ich schnappe mir ein Brot und schneide mir dazu eine Scheibe Käse ab.

„Und … äh … hast du'n Bier für mich?", fragt er lächelnd. „Der Tee … der ist nicht so meine Sache!"

Ich schüttle den Kopf. „Du weißt, ich trinke hier kein Bier. Dieses Zeug in den schmalen Gläsern, das schmeckt wie …" Ich lasse den Vergleich unausgesprochen. „Du kannst einen Wein haben."

Fabian schüttelt den Kopf. „Nee, lass mal, das ist dann wiederum nicht so mein Ding. Kriege ich nur Kopfschmerzen von."

Später quartiere ich ihn in dem Zimmer ein, in dem mein Vater kurz vor seinem Tod gewohnt hat. Es riecht ein wenig muffig, obwohl der Raum mit nur einem Bett, einem Schrank und einer Kommode, auf der ein kleiner Fernseher steht, absolut spartanisch eingerichtet ist und es an sich nichts gibt, was muffig riechen könnte. Ich lege die Fernbedienung des kleinen Fernsehers vom Bett auf die Kommode und denke an meinen Vater, den ich hier ab und zu abends angetroffen habe, wenn ich spät von der Arbeit kam. Manchmal war er schon eingeschlafen, obwohl das Programm noch lief, und ich nahm ihm die Fernbedienung aus der Hand und legte sie genau dorthin, wo ich sie jetzt hinlege.

Ich wünsche Fabian eine gute Nacht und gehe selbst in mein Zimmer.

Im Grunde tut mir Fabian leid. Ich weiß, dass er ein guter Ehemann ist, zumindest geht er mit Susanne immer sehr liebevoll um. Und mit seinen Töchtern. Und ich kann nicht beurteilen, ob Sunny es nicht darauf angelegt hat, den ruhigen Fabian aus der Fassung zu bringen. Vielleicht hat sie genau das gereizt. Nun, es ist ihr geglückt. Ich hoffe, dass sie morgen nicht am Empfang sitzt. Ich will sie im Augenblick nicht sehen.

Als ich bereits im Bette liege, denke ich, dass wir morgen früh als Erstes zur Brandstelle zwischen Meindorf und Geislar fahren müssen. Wahrscheinlich werden wir keine brauchbaren Spuren mehr finden, aber vielleicht verrät uns der Ort etwas über diejenigen, die dort möglicherweise die Freundin von Steven Schröder verbrannt haben. Ich frage mich, ob Schröder selbst auch tot ist, ob er sich irgendwo versteckt hält oder ob er vielleicht derjenige gewesen ist, der die Tote in seiner Wohnung platziert hat. Aber warum? Und wie sollte er das schaffen, allein? Dafür braucht man mindestens zwei Mann. Vielleicht sogar eine Bande, denke ich.

Kurz vor dem Einschlafen kommt mir noch Katrin Kuhler in den Sinn. Die Frau, die wie Janis Joplin aussieht und im Haus von S. S. Schröder wohnt. Wir haben sie ja für morgen früh aufs Präsidium bestellt. Eine merkwürdige Frau, denke ich noch. Eine Tierquälerin aus Woodstock? Aber da sind meine Gedanken schon wirr und ich schlafe ein.

Kapitel 17

Zweiter Tag

Ich bin mir sicher, dass es Kraniche sind, die über uns hinwegfliegen, in der typischen V-Formation. Ihr Geschnatter und Rufen dringt noch zu uns, als sie bereits kaum mehr zu sehen sind. Ein kalter Wind fegt mir in den Kragen meiner Jacke und am liebsten hätte ich jetzt gefütterte Boots an den Füßen. Stattdessen trage ich meine Lederjacke und ganz gewöhnliche Stiefel. Fabian ist noch sommerlicher gekleidet, er trägt nur einen Pullover und eine Cordhose, sogar die Jacke hat er im Cherokee gelassen, aber ihm scheint der Wind nichts auszumachen. Er hockt vor einer circa 2 x 2 Meter großen Brandstelle. Autos sind zu hören, die auf der L 16 entlangfahren, zu sehen sind sie nicht. Das heißt im Umkehrschluss, die Brandstelle ist von der Straße nicht einsehbar. Kannten die Täter diesen Weg? Er führt von der Landstraße ab in einen kleinen Wald. Die Kollegen haben Brandbeschleuniger gefunden, was genau, konnte mir die junge Kollegin von der Spurensicherung noch nicht sagen, und – wahrscheinlich, das wollte sie allerdings noch nicht bestätigen – kleine, verkohlte Fleischstückchen.

Ich unterdrücke ein Gähnen, weil ich vergangene Nacht immer wieder aufgewacht bin. Fabian dagegen hat (warum wundert mich das nicht?) die Nacht durchgeschnarcht. Gegen vier habe ich ein Buch gegen die Wand geworfen, allerdings ohne Erfolg. Weder hat Fabian aufgehört zu schlafen, noch bin ich danach selbst eingenickt.

Aus Richtung Wald nähert sich ein älterer Herr mit einem Riesenschnauzer, beide sind ungefähr noch dreißig Meter von der Brandstelle entfernt. Der Hund ist, das bemerke ich als Erstes, nicht angeleint. Zwei uniformierte Kollegen stellen sich dem Tier in den Weg. Es bleibt stehen und beginnt zu knurren.

„Nehmen Sie Ihren Hund an die Leine!“, rufe ich. Das „bitte“ lasse ich bewusst beiseite, denn hier müssen alle Hunde angeleint sein, verdammt nochmal, das kann jeder Spaziergänger auf den entsprechenden Schildern ohne weiteres erkennen.

Aber statt seinen Schnauzer anzuleinen, höre ich den Mann in unsere Richtung rufen: „Was machen Sie hier?"

„Nehmen Sie Ihren Hund an die Leine und gehen Sie zurück!" Ich gehe auf den Alten zu. Er trägt eine Art Knickerbocker, eine Trachtenjacke und feste Schuhe. Dazu einen grauen Hut in der Art, wie man ihn, verkleidet als Waldschrat, nur noch im Karneval trägt. Der weiße Schnauzbart des Mannes zuckt empört, und die Augen des Mannes blitzen mich an.

„Was sagen Sie, Fräulein?" Sein Tonfall ist dermaßen anmaßend, dass ich kurz denke, ihm gehört der Wald samt Weg.

„Dass Sie verschwinden sollen, Mann!", zische ich. Der Alte stutzt kurz, macht aber immer noch keine Anstalten, seinen Hund davon abzuhalten, meine Kollegen anzuknurren.

„Nehmen Sie Ihren Hund an die Leine!", drohe ich ihm. „Sie behindern eine polizeiliche Ermittlung!"

„Wo soll das sein?", raunzt der Alte, „eine polizeiliche Ermittlung? Ich sehe nichts. Was machen Sie da auf dem Weg? Ein Feuer? Sind Sie verrückt geworden?"

„Gehen Sie einfach zurück. Drehen Sie um und gehen Sie woanders spazieren."

Die beiden Kollegen vollführen mit dem Hund des Alten eine Art Tanz, denn der Schnauzer macht Anstalten, um die beiden herum zur Brandstelle zu laufen. Wahrscheinlich hat das Tier Witterung aufgenommen! Keiner der beiden Kollegen will den Hund anfassen, ich würde das an ihrer Stelle auch nicht versuchen.

„Halten Sie Ihren Hund zurück, verdammt nochmal!" Langsam werde ich böse. Aber, ich kann es kaum glauben, der Alte kommt näher, neugierig, als habe er jedes Recht der Welt, in mögliche Spuren zu treten. Zugegeben, er ist noch weit genug entfernt, aber es fehlt nicht mehr viel. Vielleicht fünf Meter.

„Letzte Warnung!", sage ich nur, während der Hund weiter versucht, an den beiden Kollegen vorbei zur Brandstelle zu gelangen. Irgendetwas hindert das Tier noch, einfach loszulaufen, wahrscheinlich ist er einfach nur verwirrt durch die vielen Gerüche und die Aufregung um ihn herum.

„Letzte Warnung!", sage ich noch einmal lauter und hole meine Pistole aus dem Holster! Dass es soweit kommt, kann ich selbst kaum glauben, aber meine Geduld ist am Ende. Und wo ist überhaupt Fabian? Vielleicht kann er die Situation retten! Wenn ich ihn brauche, ist er weit und breit nicht zu sehen.

„Habt ihr das gehört, Kollegen? Ich habe den Herrn noch einmal ausdrücklich aufgefordert, mit seinem Hund nicht näher zu kommen!"

„Gehört!", sagen beide gleichzeitig, ohne sich umzudrehen. Wenn das Tier noch zwei Schritte näher kommt, lade ich durch. Dann gibt es die allerletzte Warnung, und danach schicke ich den Vierbeiner, Tierschutz hin oder her, in die ewigen Jagdgründe.

„Wer sind Sie denn überhaupt?", will das Herrchen jetzt wissen, „dass Sie sich aufführen wie die Gräfin Koks?" Er kommt tatsächlich noch einen Meter näher.

Auch der Hund scheint jegliche Scheu verloren zu haben und will sich nun an den Kollegen vorbeischleichen. Als der größere der beiden dem Tier in den Nacken fasst, beißt der Hund zu, verfehlt den Arm des Kollegen aber, weil der mit solch einem Angriff gerechnet und schnell reagiert hat.

Das war's, sage ich mir, dann eben nicht. Ich weiß, dass ich mir eine Menge Ärger und Papierkram einhandle. Egal!

Ich lade durch, richte die Pistole in den Himmel … und drücke ab.

Der Schuss zerreißt die morgendliche Stille. Dutzende Vögel stieben davon, ihr Flattern ist überdeutlich zu hören. Der Hund duckt sich weg und rennt so schnell er kann zurück zu seinem Herrchen.

Der Mann steht wie versteinert, die Zeigefinger in den Ohren. Jetzt lässt er fassungslos die Arme sinken und starrt mich an: „Sagen Sie mal, sind Sie total verrückt geworden? Schießen hier wild durch die Gegend und bedrohen Spaziergänger!"

Ich schiebe meine Pistole zurück ins Holster, raune den Kollegen ein „Kommt mit!" zu, als ich an ihnen vorbei auf den Alten zugehe, natürlich ganz eng am Wegrand entlang, damit ich keine Spuren zerstöre.

Meine Ohren dröhnen ebenfalls, aber ich lasse mir nichts anmerken. Meine Wut ist mit dem Schuss verraucht, und ich bezweifle, ob das jetzt ordnungsgemäß und vorbildlich gewesen ist, aber nun gibt es kein Zurück mehr. Außerdem hat der Mann genau so eine Polizistin wie mich verdient.

Ich stelle mich vor ihn, beide Hände an den Hüften. „Sie packen jetzt Ihren Hund ein und sind innerhalb der nächsten Minute hinter der Kurve dort hinten verschwunden. Andernfalls nehme ich Sie wegen Behinderung polizeilicher Ermittlungen fest. Ist das klar?“ Die letzten Worte brülle ich fast. Der Alte schüttelt den Kopf, dreht sich um und stiefelt davon, jeder Schritt Ausdruck des Protests gegen diesen Akt der Staatswillkür. Sein Riesenschnauzer schleicht neben ihm her, den Schwanz zwischen die Hinterläufe geklemmt. Wenig später sind beide hinter der Biegung verschwunden.

Ich atme tief durch und drehe mich um. Warum starren mich alle an? Spurensicherung, uniformierte Kollegen … auch Fabian? Ihre Augen verraten einen Hauch Unsicherheit, ob ich noch weiß, was ich tue, beinahe, als ob ich eine Gefahr darstelle. Mit einer Hand fahre ich mir durch die Haare und merke, dass ich zittere. Verdammter Hund!

„Ist irgendetwas?“ Ich versuche die Bedeutung der Blicke und der Fassungslosigkeit, die ich in ausnahmslos allen Gesichtern erkenne, zu ignorieren. Hier geht es schließlich um einen Tatort, da darf man nicht so einfach durchtrampeln! Wenn das jeder tun würde! Ich merke, dass ich mich selbst verteidige, weil ich weiß, dass ich übertrieben habe. Aber ich werde einen Teufel tun und das zugeben! Ich bleibe so lange stehen und starre zurück, bis die Spurensicherer sich langsam wieder ihrer Arbeit zuwenden und auch alle anderen nach und nach wieder ihren Aufgaben nachgehen. Ich setze mich in Fabians Cherokee und merke, dass ich immer noch zittere. Meine Hand wird zur Faust. Ich versuche ruhig zu atmen. Warum bin ich so wütend geworden? Kurz will ich eine Antwort darauf finden, dann dränge ich die Gedanken beiseite … und schaue auf die Uhr. Es ist kurz vor zehn. Wir müssen zurück ins Präsidium, Katrin Kuhler wartet sicherlich schon.

Kapitel 18

Auch heute Morgen hat Katrin Kuhler ihre Hirtentasche bei sich, als sie sich mir gegenüber an den Schreibtisch setzt, und augenblicklich muss ich wieder an meine Konfirmandenzeit denken, an bunte, friedliche Anti-Atomkraft-Demos, an Wettrüsten, an Ronald Reagan, Breschnew, Helmut Kohl, die Grünen. Und an mich, wie ich mittendrin stehe, lache, schreie, skandiere, um den Hals einen Palästinenserschal, auch im heißesten Sommer, ein T-Shirt an mit einem großen Peace-Zeichen vorne drauf, und wie ich mich damals so frei gefühlt habe, weil ich trotzdem absolut keine Angst vor dem vielen Ungewissen hatte, das vor uns lag.

Katrin Kuhler ist meinem Blick gefolgt, zieht kurz die Augenbrauen in die Höhe und nestelt dann an ihrer Hirtentasche. Zum Vorschein kommt ein Päckchen Tabak. „Darf ich hier rauchen?"

„Tut mir leid!", sage ich. Sie seufzt und steckt das Päckchen wieder zurück.

„Wie geht's Ihnen, Frau Kuhler?" Fabian lehnt ein paar Schritte hinter meinem Rücken am Fenster.

„Gut, danke." Katrin Kuhler schlägt ein Bein über das andere, ihre Hirtentasche lässt sie zu Boden gleiten, neben ihre Füße, die genau wie gestern ohne Socken in einem Paar Jesuslatschen stecken. Ihr Kälteempfinden scheint nicht stark ausgeprägt, mir kam der Morgen bislang sehr frisch vor.

„Mittlerweile wissen Sie ja sicher von Ihrem Freund, was passiert ist, oder?"

„Allerdings." Sie lächelt zuerst mich, dann Fabian an. „Und ich muss Sie leider enttäuschen, ich habe mit dieser, dieser verkohlten Leiche nichts zu tun." Sie sagt das so, als sei das Auffinden einer Leiche in einem Mietshaus das Gewöhnlichste auf der Welt.

Ich lächle zurück. „Das festzustellen überlassen Sie bitte uns, ja?" Ich blättere in einem der vielen Papiere, die vor mir auf dem Schreibtisch liegen. „Ihr Freund hat gesagt, dass er in der Nacht von vorgestern auf gestern allein in der Wohnung gewesen ist. Zeugen kann er nicht nennen. Seine Freundin, sagte er, habe arbeiten müssen." Ich schaue von den Papieren hoch und blicke sie an. „Ich nehme mal an, diese Freundin sind Sie, oder?"

„Das nehme ich auch an." Katrin Kuhler nimmt kurz ihre Brille ab, pustet etwas vom Glas und setzt sie wieder auf. Einen kurzen Augenblick kommt mir dieses Gesicht plötzlich bekannt vor, diese grünen Augen, aber als sie die Brille wieder aufsetzt, die Bügel hinter die Ohren klemmt, ist dieser Moment verschwunden.

„Wo waren Sie denn in dieser Nacht?" Ich kann für sie nur hoffen, dass mindestens eine Hundertschaft Kollegen ihre Anwesenheit auf der Arbeit bezeugen kann, anderenfalls mache ich Janis Joplin hier die Hölle heiß.

„Im Johanniter-Krankenhaus. Hier in Bonn. Gegenüber der Rheinaue am Posttower."

Kurz bin ich perplex. In einem Krankenhaus? Eine pathologische Brandstifterin hätte ich fast überall vermutet, aber nicht unbedingt in einem Krankenhaus.

„Warum?", frage ich erstaunt.

„Na, warum wohl, weil ich da arbeite." Sie schnaubt. „Ich bin Chefchirurgin, wissen Sie, und Not-OPs gibt es nachts mehr, als Sie denken." Sie sagt das mit ernstem Gesicht, so als wolle sie abschätzen, ob ich auf ihren kleinen Scherz hereinfalle.

„Sehr witzig", höre ich Fabian hinter mir.

„Also?", frage ich, und hoffe, es klingt einigermaßen genervt und ungeduldig, und impliziert gleichzeitig, dass weder Fabian noch ich Lust und Zeit haben für irgendeine schlechte Comedy-Performance.

„Ich sitze dort an der Info, was sonst. Denken Sie, ich kriege noch einen richtigen Job, nach dem, was Sie mit mir gemacht haben?"

Ich ziehe erstaunt die Augenbrauen hoch: „Liebe Frau Kuhler, *wir* haben gar nichts mit Ihnen gemacht, und dass Sie ein …" ich zögere kurz, „ … ich möchte mal sagen, ein Faible für Feuer haben, ist nicht unsere Schuld."

„Ich *hatte* ein Faible für Feuer, ich *hatte*, das ist vorbei." Empört sagt sie das, so, als sei sie damals unschuldig gewesen, an allem, was passierte. Also so eine Art Selbstentzündung des Hundes der Nachbarin.

„Von wann bis wann waren Sie vorgestern Nacht im Johanniter-

Krankenhaus?", frage ich, ohne auf ihren Stimmungswechsel einzugehen.

„Mein Dienst diese Woche geht von 22 Uhr abends bis 6 Uhr früh." Jetzt gähnt sie demonstrativ, ohne sich eine Hand vor den Mund zu halten. „Deswegen wäre es auch außergewöhnlich freundlich von Ihnen, wenn sich dieses unsinnige Gespräch nicht allzu sehr in die Länge ziehen würde, ich würde nämlich gerne etwas schlafen." Wieder nimmt sie ihre Janis-Joplin-Brille ab und reibt sich die Augen, und wieder habe ich kurz das Gefühl, dass ich sie schon einmal gesehen habe. Vielleicht ist es lange her, aber ihre Art kommt mir bekannt vor. Und auch diese grünen Augen, durchdringend und klar.

„Kann das jemand bestätigen?", fragt Fabian hinter mir.

„Hm, was denken Sie?" An mir vorbei schaut sie Richtung Fenster zu Fabian. Hinter den Brillengläsern wirken ihre Augen jetzt wieder anders, kleiner, ausdrucksloser. Ich habe es versäumt, mir ihre Akte durchzulesen, aber das werde ich heute noch nachholen. Ich bin mir nun sicher, diese Frau von irgendwoher zu kennen.

„Wäre nett, wenn Sie einfach nur auf unsere Fragen antworten", sage ich, „dann würde sich ‚dieses unsinnige Gespräch', wie Sie es nennen, nicht weiter in die Länge ziehen. Verstehen Sie?"

„Sehr gerne." Wieder lächelt sie, jetzt wieder ganz strebsame Musterschülerin. „An der Info ist immer etwas zu tun. Da bin ich so gut wie keine Minute allein. Auch nachts nicht. Da kommen Angehörige von Notfällen, die gerade eingeliefert wurden, die wollen zu ihren Verwandten und fragen nach Zimmernummern oder dem Weg zur Intensivstation, je nachdem. Außerdem belagern einen dauernd irgendwelche Ärzte, weil sie sich über die Schwestern beklagen oder irgendetwas wollen, und sei es nur eine Banane oder einen Apfel schnorren. Und wenig später kommen natürlich die Schwestern, die einem ihr Leid klagen mit den Ärzten oder ihren Patienten … suchen Sie sich was aus. Also ich denke, da werden Sie jemanden finden, der bezeugen kann, dass ich immer brav auf meinem Stuhl gesessen habe."

„Das machen wir", sage ich und stehe auf. „Erst mal danke, Frau Kuhler."

„Sehr gerne!“, sagt sie wieder, so als sei das hier ein Vorstellungsgespräch und es gehe um gute A- und B-Noten. Entweder ist sie dumm, weil sie nicht begriffen hat, wie verdächtig sie ist, oder sie ist einfach kaltblütig. Nach dem, was ich bisher von ihr gesehen und gehört habe, tippe ich leider auf letzteres.

Kapitel 19

Das Siegel an der Wohnungstür ist zerrissen, Fabian sieht es zuerst. Ich habe mich gerade auf den Hausflur konzentriert, die Treppenstufen, die Wohnungstüren. Ich versuche mir zu erklären, wie es gelingt, eine verkohlte Leiche unbemerkt in Schröders Wohnung zu transportieren. Und wenn ich das Bild mehrerer vermummter Gestalten vor mir habe, die ein schweres Etwas, eingehüllt in dickes Plastik, durch die Dunkelheit schleppen, erkenne ich an einer Wohnungstür Katrin Kuhler, die das Ganze mit ihrem undurchdringlichen Lächeln beobachtet.

„Scheiße!“ Fabians Nase stößt fast an das Siegel. Er steht so nah an der Türkante, als hoffe er, dass derjenige, der das Siegel erbrochen hat, darauf seine Unterschrift hinterlassen habe. Zum zweiten Mal an diesem Tag zücke ich meine Pistole. Es ist eine ungewohnte Bewegung und wie jedes Mal kommt sie mir unwirklich vor, so als spiele ich in einem Film mit. Fabian schaut kurz irritiert, macht dann aber das Gleiche.

Filmreif knarrend öffnet sich dann auch Schröders Wohnungstür, und wir stehen wenige Sekunden später in seinem Flur. Der Geruch nach Verbranntem durchzieht weiterhin die Räume, unangenehm würzig. Vielleicht empfinden das aber auch nur wir so, weil wir den Ursprung dieses Geruchs kennen.

Fabian und ich untersuchen vorsichtig jedes einzelne Zimmer. Tatsächlich ist es so, dass ich beim Betreten einer verdächtigen Wohnung meist sofort spüre, ob sich darin jemand aufhält oder nicht. Die Anwesenheit eines anderen Menschen ist auf einem engeren, begrenzten Raum fast immer spürbar.

Aber hier ist niemand. Die Zimmer wirken auch nicht verwüstet. Trotzdem kommt es mir so vor, als sei hier nach etwas gesucht worden.

Ich schiebe meine Pistole zurück in das Holster, gehe erneut von Raum zu Raum, und versuche mich zu erinnern, was ich gesehen habe, als ich zuerst hier gewesen bin … und was jetzt anders ist: umgestellt, verrückt oder verschwunden. Ich begutachte zuerst das

Schlafzimmer, den Raum, in dem das verbrannte Bündel Mensch lag. Ich kann nicht begreifen, wie jemand so etwas tun kann. Und warum. Kurz bleibe ich stehen und starre auf die nun frei liegende Matratze. Ich reiße mich von den Eindrücken los, die mir durch den Kopf gehen und betrete das Bad, die Küche und schließlich jenes Zimmer, das Schröder als Büro nutzte.

Ich bleibe im Türrahmen stehen und versuche mich zu erinnern ... Etwas ist anders. Mein Blick gleitet über das Holzregal mit den grünen Aktenordnern, den vielen kleineren und größeren Gemälden an der Wand, die wie in jedem Zimmer auch hier hängen (selbst im Bad), und bleibt schließlich am alten Holzschreibtisch hängen, der vor dem Fenster steht, mit Blick nach draußen auf ein Stück Rasen, der an einer Hauswand endet, an der sich Sträucher emporziehen. Auf der zerkratzten Tischplatte des Schreibtisches liegen vier Zeitschriften, Kunstmagazine mit grellbunten Covern und großformatigen Infos, die Lesenswertes aus der Welt der Kunst verkünden: Einem Film über Gerhard Richter, ein angekündigt empörtes Interview mit der Beuys-Witwe als Reaktion auf eine jüngst veröffentlichte, wenig schmeichelhafte Biographie über den Krefelder. Dann fällt mein Blick auf den Stuhl hinter dem Schreibtisch: Er ist sehr viel weiter vom Schreibtisch weggerückt als bei unserem ersten Besuch.

In einer der Schubladen finde ich Schröders Kontoauszüge, ansonsten ein Sammelsurium von Restaurantbelegen, Tankquittungen, Bahntickets, mehreren Zeitungsartikeln, alle mit Bezug auf die Galerie Schröder & Putin. Ich blättere die einzelnen Kontoauszüge durch. Sparda-Bank West eG, Filiale Bonn, Heussallee 12–14. Irgendetwas bewegt mich dazu, mir die Abbuchungen genauer anzusehen. Aber zuerst finde ich nichts. Erst als ich das Heftchen schon wieder in die Schublade zurücklegen will, gehe ich es noch einmal systematisch durch. Ich versuche mich in die Lage desjenigen zu versetzen, der hier auf der Suche nach etwas gewesen ist: Wenn ich etwas in großer Eile suchen würde bzw. gefunden hätte, würde ich das nicht notieren oder abfotografieren, sondern einfach herausreißen. Allein aus Zeitgründen, weil ich damit rechnen müsste, jeden Augenblick gestört zu werden, sei es durch einen Telefonanruf, durch Klopfen an der Tür oder Schritte. Ich kontrolliere die Seiten der Auszüge, die Nummerierungen ... Eine Seite fehlt. Ein Auszug von vor zwei Monaten. Ich lehne mich im Stuhl zurück, kontrolliere nun, ob ich die Seite vielleicht irgendwo weiter hinten oder vorne in dem Heftchen finde ... aber nichts. Ich rufe Fabian, danach telefonieren wir mit der Bank.

Nach zehn Minuten bin ich immer noch nicht zum zuständigen Mitarbeiter durchgestellt worden, auch wenn ich jedes Mal betone, dass ich von der Kriminalpolizei bin und in einem Fall ermittle. Einerseits macht mich die Sturheit der Bankangestellten am anderen Ende der Leitung wütend, andererseits darf mir der Mann, den ich im Augenblick in der Leitung habe, Herr Brandt, gar keine persönlichen Auskünfte über einen der Kunden geben. Ich kann ihn verstehen und bleibe ruhig. Schließlich stellt mich Herr Brandt zu einem ebenfalls freundlich klingenden Filialleiter durch, der mir mit der Stimme eines Radiomoderators mitteilt, solch eine Auskunft könne er mir unmöglich am Telefon geben, für solch eine persönliche Auskunft über einen Kunden müsse ich in der Bank vorbeikommen, am besten mit einer Einverständniserklärung des Kontoinhabers. Ich sage ihm, dass der Kontoinhaber verschwunden ist und vernehme sein Seufzen. Bevor er weitere Einwände machen kann, erkläre ich ihm, wir seien in zehn Minuten da, dann lege ich auf.

Fabian hat sich aus der kleinen Küche Mineralwasser geholt, es ist eine dieser kleinen grünen Flaschen S.Pellegrino, die er nun im Türrahmen stehend leer trinkt. Sein Adamsapfel bewegt sich dabei auf und ab. Kurz verspüre ich auch Durst, verschiebe das Trinken dann aber auf später. Wir verlassen die Wohnung.

Die Bonner Heussallee ist aus Richtung Hofgarten nicht einfach zu erreichen, zumindest dann nicht, wenn man sich in der Stadt nicht gut auskennt. Autofahrer müssen auf Höhe einer Unterführung auf die linke Spur wechseln, sonst geraten sie an den Kreisel am Helmut-Schmidt-Platz und müssen einen U-Turn machen. Als ich vor ein paar Jahren hier ankam, bin ich fast jeden Abend auf der Heimfahrt verzweifelt, weil ich mich so gut wie jedes Mal verfahren habe. Mittlerweile kenne ich viele der Bonner Straßen so, dass Fabian und ich relativ entspannt in die Heussallee einbiegen und auf den Langen Eugen zuhalten, das ehemalige Abgeordnetenhaus, nun Hauptsitz der Vereinten Nationen in Bonn. Eine extraterritoriale Zone mitten im ehemaligen Regierungsviertel.

„Können Sie mir garantieren, dass Sie diese Information ausschließlich in Zusammenhang mit einer ... einer Mordermittlung benötigen und auch nur dafür nutzen werden?" Herr Hense, der Filialleiter, begutachtet ausgiebig Fabians und meinen Ausweis. Ich frage mich, ob er einen echten von einem falschen Ausweis unterscheiden kann. Hense trägt das traditionelle Bankangestellten-Outfit: dunkle Bügelfaltenhose, weißes Hemd, dunkles Jackett. Allerdings vernachlässigt er, wie so viele Männer, seine Schuhe: Die ehemals schwarzen Treter sind grau und faltig, und die Sohlen, das sehe ich auf zwei Meter Entfernung, erscheinen mir dermaßen dünn, dass er eigentlich jeden Stein auf dem Asphalt spüren muss.

„Ja, das können wir, wie gesagt!", lächle ich ihn mit meinem vertrauenswürdigsten Lächeln an.

Mit einem Seufzer lässt sich Hense hinter seinem Schreibtisch nieder. „Ich habe hier schon einmal etwas anfertigen lassen, das Sie mir bitte unterschreiben, ja?"

Ich seufze lautlos: Natürlich, anders hatte ich es auch nicht erwartet. Allerdings: Der Mann muss sich absichern, und ich kann mir ungefähr vorstellen, wie schnell auch gehobene Bankangestellte ausgetauscht werden, wenn sie Informationen zum Nachteil ihrer Bank herausgeben.

Ich schnappe mir das Papier, das er uns über den Tisch zuschiebt, überfliege die wenigen Zeilen, die in etwa erneut das wiedergeben, was er uns gerade gefragt hat, nämlich, dass wir die Informationen nur zum Zwecke der Ermittlung nutzen werden, und setze nachlässig meinen Namen darunter. Dann schiebe ich ihm das Papier über den Schreibtisch soweit zu, dass es fast an seinen kleinen Bauchansatz stößt. Zufrieden und abgesichert lächelt er uns nun an, starrt anschließend auf seinen Computerbildschirm, klickt mit seiner Maus hin und her, bis plötzlich hinter mir ein Drucker zu summen beginnt. Ich drehe mich um, sehe, wie das waschschüsselgroße Gerät langsam etwas Weißes ausspuckt, wage aber nicht, das Blatt aus dem Drucker zu ziehen. Vielleicht durchbreche ich damit ja irgendeine Vertrauenskette oder etwas ähnliches, was im Bankgeschäft wichtig ist. Also setzt sich Hense selbst in Bewegung, kommt hinter seinem Schreibtisch hervor (seine Schuhe sind wirklich eine Katastrophe!) und drückt mir das Papier in die Hand.

Es ist die Basislastschrift (was immer das sein soll) einer Stromrechnung, die mir sofort auffällt. Neun Euro. Pro Monat. Und darunter ein Name, den ich nicht kenne, zumindest nicht den Vornamen: Ewald. Mit dem Nachnamen freilich beschäftigen sich Fabian und ich seit gestern sehr intensiv: Schröder. Aber die Adresse ist das Wichtige: Ewald Schröder, An den Erlen 12, 53809 Ruppichteroth.

Ich schaue zu Fabian, weil ich mit dem Ortsnamen Ruppichteroth nichts anfangen kann. Fabians „Hm!“ hilft mir auch nicht weiter, so dass ich genötigt bin, ihn zu fragen, ob er weiß, wo der Ort liege. „Knapp fünfzig Kilometer zu fahren!“, murmelt er, steht auf und reicht Hense die Hand: „Vielen Dank für Ihre Hilfe.“ Dann verlässt er mit einem kurzen Blick zu mir das Filialleiterbüro. Ich nicke Hense zu und eile Fabian hinterher.

Fabian hat den Namen Ewald Schröder in unser System eingegeben. „Der Mann ist tot!“, sagt er, und reibt sich die Augen, als sei er müde. Was eigentlich nicht sein kann, denn ich war es, die fast die ganze Nacht wach lag.

„Es könnte der Bruder sein oder der Vater von Steven Schröder, oder?“, frage ich. “Vielleicht auch ein Opa oder Onkel. Und die Adresse … vielleicht lebten dort seine Großeltern oder Urgroßeltern oder dort steht nur eine kleine Wochenendhütte, in die er sich manchmal zurückzieht.“ Ich spinne einfach vor mich hin. „In diesem Ruppichteroth lässt er die Stromrechnung weiterlaufen, weil er vielleicht ab und zu doch hinfährt.“ Ich sage das, weil mir dieses Phänomen schon häufiger aufgefallen ist: Menschen behalten die Immobilien ihrer Verwandten aus reiner Sentimentalität. Zumindest wenn sie es sich leisten können.

Fabian nickt. Er wirkt sehr nachdenklich, schon seitdem uns Hense den Kontoauszug gegeben hat. „Lass uns da einfach mal vorbeifahren! Ich habe das Gefühl, das wir da aufpassen müssen."

Mit einem fragenden Blick schaue ich ihn von der Seite an. „Aufpassen? Warum? Was meinst …"

In diesem Moment klingelt mein Mobiltelefon und ich ziehe es umständlich aus der Tasche. Ein Taschentuch und eine winzige Parfümprobe purzeln gleich mit heraus. Ehe ich mich melden kann, höre ich die Stimme von Friedhelm von Blasierow, unserem Chef. Ungewohnt laut, ungewohnt lebendig, möchte ich fast sagen. „Kommen Sie sofort zu mir ins Büro, Frau Lukas, sofort!" Seine Stimme überschlägt sich, und ich befürchte im ersten Augenblick, er hat einen Herzinfarkt und braucht Hilfe, aber wieso ruft er mich an? Weder möchte ich ihm Erste Hilfe leisten, noch sind wir beide so eng miteinander verbunden, dass seine letzte Gesprächspartnerin auf Erden ich sein sollte. Außerdem bewegt sich von Blasierow morgens normalerweise kaum, mittags etwas weniger und abends dann gar nicht mehr. Seine Arbeitszeit verbringt er zu dreiviertel halb liegend in seinem Bürostuhl, die Beine über einer Schreibtischschublade ausgestreckt, den Blick starr auf seinen Fernseher gerichtet, in dem er von morgens bis abends irgendeine Golf-, Tennis oder Fußballübertragung verfolgt.

Nun, anscheinend hat er diese aufregende Tätigkeit gerade unterbrochen und mich angerufen.

„Wir sind gerade auf dem Weg nach …", versuche ich es, werde aber durch sein neuerliches Brüllen unterbrochen.

„Frau Lukas, das war keine Bitte, verstehen Sie?! Ich erwarte Sie spätestens in 15 Minuten in meinem Büro. 15 Minuten!" Blasierows Stimme klingt ausgesprochen kräftig, und ich verwerfe die Möglichkeit eines Herzinfarkts. Der Mann scheint einfach nur wütend zu sein.

Von Blasierow kappt die Verbindung mit einer Schnelligkeit, die ich ihm nicht zugetraut hätte. Verblüfft schaue ich zu Fabian: „Blasierow will mich sehen. Sofort, sagt er."

Fabian runzelt die Stirn. „Soll ich allein nach Ruppichteroth fahren?"

„Nein", ich überlege nur kurz, „ich komme mit. Kann ja nicht so lange dauern, was er von mir will." Das hoffe ich zumindest.

Wir fahren über die Südbrücke Richtung Polizeipräsidium, und zehn Minuten später klopfe ich an von Blasierows Bürotür. Fabian hat es sich unten in der Kantine bequem gemacht. Bequem machen bedeutet in Fabians Fall meist eine doppelte Portion. Von allem.

Von Blasierow steht am Fenster, den Rücken durchgedrückt, die Arme auf dem Rücken verschränkt, wie ein preußischer Feldherr, der aus sicherer Entfernung das Gemetzel einer Schlacht beobachtet. Aber von Blasierows Blick fällt nicht auf schwirrende Kanonenkugeln, sich aufbäumende Pferde, säbelschwingende Grenadiere, blutüberströmte Verletzte und zerfetzte Tote, von Blasierows Blick fällt wahrscheinlich auf einen Teil des Kameha Grand Hotel, oder er beobachtet die Last- und Containerschiffe auf dem Rhein.

Er dreht sich auch nicht um, als ich ihm artig einen „Guten Tag" wünsche. Okay, wenn es ihm bessere Laune verschafft, dort stehen zu bleiben und mich ins Leere laufen zu lassen … bitte. Aus dem Fernseher, der auf einer Art Buffetwagen thront, höre ich Zuschauerjohlen, das nicht zu einem Golfturnier passt, deswegen tippe ich auf eine Tennis- oder Fußballübertragung.

„Setzen Sie sich!", sagte er, immer noch mit dem Rücken zu mir, immer noch ganz Feldherr. Nun komme ich mir doch allmählich veralbert vor. Was soll das? Hat er dieses Cäsargehabe gestern Abend in einem Film gesehen?

„Gerne", sage ich. *Ich hätte dann gerne einen Espresso und eine Zimtschnecke!*, füge ich in Gedanken hinzu.

Ich nehme vor dem Schreibtisch Platz, den Fernseher nun im Rücken. Gerade ist ein Fußballspiel zu Ende gegangen, und ein Reporter versucht, kurze Statements der beteiligten Helden einzusammeln.

Plötzlich wirbelt von Blasierow herum. „Was haben Sie sich dabei gedacht?", bellt er mich an. Sein Gesicht ist fleckig rot, hektisch fährt er sich mit einer Hand über die Stirn. Dabei sticht mir wieder einmal der goldene Siegelring mit seinem Familienwappen ins Auge, auf das er so stolz ist. Immer wieder habe ich bei Besprechungen versucht, das Siegel zu entziffern, habe aber nie mehr erkennen können als etwas Huhnähnliches. Wahrscheinlich ist es ein Fasan oder ein Pfau, das würde es treffen, aber für mich sieht es eindeutig aus wie ein Huhn.

Von Blasierow macht einen Schritt auf seinen Schreibtisch zu, bleibt dann, die Hände in die Hüften gestützt, stehen. Seine Schuhe sind im Gegensatz zu denen von Hense neu und blank gewienert. Alles andere hätte mich auch verblüfft. Sympathischer macht ihn mir das aber trotzdem nicht. „Was haben Sie sich nur dabei gedacht?“, giftet er mich mit einem erneuten Griff an seine Stirn an.

Fast muss ich lachen, weiß aber, dass es in der Situation nicht angemessen ist. „Was meinen Sie?“, frage ich deswegen einfach. Ich habe keine Ahnung, wovon er spricht.

„In der Gegend rumzuballern!“ Er schnappt nach Luft und wirft sich fast in seinen Stuhl, der unter seinem Gewicht ein Stückchen zurückrollt.

„Rumballern?“, frage ich ratlos. Tatsächlich weiß ich noch immer nicht, was er meint.

„Ja, rumballern! Sie schießen auf harmlose Spaziergänger! Frau Lukas, sind Sie vollkommen verrückt geworden?“

Hinter mir auf der Mattscheibe sucht ein überbezahlter Balltreter nach den richtigen Worten, die er aber auch nach längerem Nachdenken nicht findet. Das Gestammel („Ja, gut, ja, … wir waren nicht so … so frisch die ersten 20 Minuten, hatten keinen Teamspirit, und dann sind wir, möchte ich sagen, auch, äh … für den Rest des Spiels nicht zu einer richtigen Mannschaft geworden!“) ist so jämmerlich, dass ich versucht bin, mich umzudrehen und den Apparat auszuschalten. Das allerdings wäre ein Abmahnungsgrund. Von Blasierows Fernseher rührt niemand an.

Der Mann mit dem Hund, jetzt weiß ich, was er meint. „Na, der Kerl ist mitten durch …“

Von Blasierow stützt beide Hände auf die Schreibtischplatte und schraubt sich hoch. „Das war der ehemalige Oberstaatsanwalt, Sie, Sie … Sie verrückte Person.“

Das Gestammel hinter mir wird nun von einem anderen tätowierten Kraftprotz fortgesetzt und ich kann nicht anders, als hinzugucken. Obwohl Fußball heutzutage doch kaum noch zu ertragen ist. Jeder dieser dummen Jungs muss gefühlt mindestens einmal die Woche ein politisches Statement abgeben. Dabei halten die meisten von ihnen die Shoah für eine arabische Liedersammlung.

Bevor ich mich zu sehr in meine „Früher-war–alles-besser!"-Gedanken zurückziehe, holt mich mein adliger Chef zurück in die Realität.

„Frau Lukas?" Ich drehe mich rasch wieder um. „Hören Sie mir überhaupt zu, Frau Lukas? Das kann Konsequenzen haben! Der Kerl mit seiner Töle war heute Morgen direkt beim Polizeipräsidenten! Und hat sich über Sie beschwert." Von Blasierow holt tief Luft und sein Teint nimmt noch dunklere Züge an. „Was ich ihm übrigens nicht verdenken kann. Wer kommt auf so eine hirnrissige Idee, wegen eines Hundes von der Schusswaffe Gebrauch zu machen? Sind Sie denn noch ganz richtig im Kopf?"

Da diese Frage sicherlich rhetorisch gemeint ist, schweige ich und lausche weiter dem pseudoanalytischen Geplapper der Fußballer in meinem Rücken.

„Dieser Hundebesitzer will eine Dienstaufsichtsbeschwerde anstrengen. Ich weiß noch nicht genau, wie er das anstellen will, aber der Mann hat natürlich Verbindungen." Von Blasierow schüttelt den Kopf. „Können Sie mir sagen, welcher Teufel Sie da geritten hat?"

„Die Situation drohte zu eskalieren und da …"

„Die Situation drohte zu eskalieren? Wollen Sie mich eigentlich verarschen?" Von Blasierow beugt sich über den Schreibtisch in meine Richtung, näher, als mir lieb ist. „Sie wollten also eine Diskussion mit einem Schusswechsel deeskalieren?" Er sackt in sich zusammen, als hätte ich all jene heiße Luft aus ihm gelassen, aus der er zu großen Teilen besteht.

Ich schweige, denn zugegebenermaßen hört sich manches in diesem Zusammenhang im Nachhinein doch zumindest fragwürdig an. Mir scheint, ich hätte möglicherweise doch ein wenig Energie aus der Begegnung mit dem Alten und seinem Hund herausnehmen können. Allerdings: Von einem Schusswechsel kann keine Rede sein, das ist faktisch falsch, es ging schließlich nur um einen einzigen Schuss. Ich denke nicht, dass der alte Knacker auch eine Pistole dabeigehabt hat. Nur dann hätte es ein Schusswechsel werden können. Den ich aber schnell zu meinen Gunsten beendet hätte, denke ich jetzt böse.

„Wissen Sie, welche Mühe mich das gekostet hat, Sie aus der Schusslinie zu nehmen? Der PP wollte Sie direkt von dem Fall abziehen! Sie können sich nicht vorstellen, wie er getobt hat, nachdem der alte Knochen mit seinem Hund verschwunden ist." Von Blasierow greift sich wieder an die Stirn, als sei er sich vollkommen sicher, der einzig denkende Mensch auf Erden zu sein. Und ich die Dümmste aller Hirngeschwächten.

Als ich ihn jetzt so betrachte, so verzweifelt an der Welt im Allgemeinen und an mir im Speziellen, muss ich plötzlich lächeln. Ich weiß, es ist nicht angemessen, da verfehle ich häufig den richtigen Moment, aber mit einem Mal wird mir klar, dass von Blasierow sich vor mich gestellt hat, zum ersten Male! Er hat Partei für mich ergriffen, sich auf meine Seite gestellt, mich in Schutz genommen, oder was hatte das gerade zu bedeuten, als er das mit der Schusslinie sagte? Zum Glück hat er mein Lächeln noch nicht bemerkt.

„Auf jeden Fall können Sie erstmal weitermachen, aber ich sage Ihnen: Wenn Sie noch einmal irgend so einen Mist …" Er hält inne. „Was grinsen Sie mich denn so an?" Seine Augen verraten, dass er überhaupt nicht weiß, wie er mit dieser Frau da vor sich umgehen soll.

Ich stehe auf, beuge mich etwas über den Schreibtisch und klopfe ihm auf die Schulter. Ohne noch etwas zu sagen, und ehe er zurückweichen kann, drücke ich ihm ein Küsschen auf seine rechte Wange. Sein Rasierwasser riecht schauderhaft nach einem herben Seifenextrakt, aber selbst das kann mein Lächeln nicht wegwischen. „Danke, Chef!", sage ich nur und bin nur wenige Sekunden später aus seinem Büro verschwunden.

Kapitel 20

Der Weg nach Ruppichteroth dauert mehr als eine Stunde, weil die A 59 für all die Autos zu wenige Fahrspuren besitzt. Wir fahren auf die A 560 Richtung Hennef und nehmen die Ausfahrt Much. Ich bin dafür, das Blaulicht anzuschalten, aber Fabian ist wie immer dagegen. Bei Heide prescht Fabian mit knapp 75 km/h bei erlaubten 50 km/h in eine Radarfalle und ist mindestens zehn Minuten stinksauer. Erst hinter Seelscheid beruhigt er sich wieder. Die Landschaft wird zusehends welliger und grüner, häufig fahren wir durch größere Waldstücke, bis wir schließlich an einen winzigen Ort namens Hodgeroth gelangen. Wie sich herausstellt, liegt die Straße „An den Erlen" nicht in Ruppichteroth selbst, sondern in einer kleinen Ortschaft rund drei Kilometer entfernt.

Das Dorf ist in Wirklichkeit ein Dörfchen. Ich schätze, es besteht aus nicht mehr als einem Dutzend Häuser. Eine schmale Straße schlängelt sich zwischen etwas zurückversetzten alten Höfen und Fachwerkhäusern hindurch, kurz vor der zweiten Abzweigung im Dorf blüht ein mächtiger Nussbaum. Fabian möchte in den engen Weg kurz dahinter abbiegen, aber auf dem Navi erkenne ich, dass wir noch einen Weg weiter müssen. Lachend erkläre ich Fabian, dass er wahrscheinlich der erste Mensch auf der Welt ist, der sich in diesem kleinen Ort verfährt. Er grunzt irgendetwas, macht aber sonst den Eindruck, dass er wieder besser gelaunt ist und das Bußgeld, das er wegen zu schnellen Fahrens zahlen muss, vergessen hat.

Wir rumpeln an einem verlassen wirkenden Bauernhof vorbei, es ist kein Hund zu sehen, keine Kuh, keine Hühner, kein Traktor. Ich frage mich, ob hier noch jemand wohnt. Autos stehen vor kleinen Häuschen, aus Fachwerk oder gemauert. Nach zweihundert Metern endet die Straße. Als ich denke, die Straße endet in einem Wald, erkenne ich auf der rechten Seite ein kleines Holzhäuschen inmitten eines eingezäunten Grundstücks. Nirgends ist ein Auto zu sehen. Oberhalb des Häuschens wiegt sich ein Fichtenwäldchen bedrohlich im Wind. Auf der Wiese links des Weges suchen zwei schmutzig wirkende Pferde nach ersten Gräsern.

Nach einem prüfenden Blick auf die Umgebung steigen Fabian und ich aus. Irgendwo schimpfen Krähen, als würden sie sich um etwas streiten. Das grüne Türchen quietscht leise, als wir das Grundstück betreten. Auf den ersten Blick kann ich nichts erkennen, was darauf schließen lässt, dass Schröder hier ist. Hinter einer Wiese links des Häuschens, auf der ein paar alte Obstbäume stehen, verschwindet das Sonnenlicht in einem Wald aus Buchen und Birken. Dort krächzen die Krähen unangenehm laut und flattern hin und her. Zank in der Großfamilie.

Ich schaue mich um und habe plötzlich kein gutes Gefühl. Fabian macht sich an der Holztür des Häuschens zu schaffen. Das kleine Fenster links der Tür ist durch Klappläden abgeschirmt. Fabian drückt sie auseinander und versucht einen Blick ins Innere des Häuschens zu werfen. Ich beobachte, wie er die Klinke der Tür herunterdrückt. Das Holz schrabbt über den Boden, die Tür lässt sich sonst aber mühelos öffnen. Ich kann noch nicht beurteilen, ob das ein gutes oder schlechtes Zeichen ist, ich werte es aber als schlechtes. Solch ein abgelegener Ort sollte gesichert sein.

Fabian ruft Schröders Namen, aber niemand antwortet. Es ist jetzt ganz still, auch das Krähengezeter ist für einen Augenblick nach Fabians Rufen verstummt. Bevor ich ihm folge, schaue ich mich noch einmal um. Es ist niemand zu sehen. Weder im Dorf hinter uns, noch auf dem Wirtschaftsweg vor uns, der an Schröders Häuschen vorbei zweihundert Meter weiter an dem Wald entlangführt, ehe er in einer leicht ansteigenden Kurve verschwindet. Am Wegrand ranken Brombeersträucher empor, Dornen, Gestrüpp und Büsche. Hier fährt sonst niemand lang außer Traktoren, denke ich, als ich die tiefen Reifenspuren weiter vorne auf dem Weg entdecke. In der Ferne röhrt ein Moped oder aufgemotztes Mofa. Faszinierend, wie in der Stille einzelne Geräusche plötzlich mehr Bedeutung erlangen. In einer Stadt sind sie nur Begleitmusik in einem riesigen Lärmorchester. Vielleicht sind meine Sinne aber in diesem Augenblick auch nur besonders wach. Ich bin angespannt, weil mir diese Ruhe missfällt, sie wirkt unnatürlich auf mich.

Fabian ruft mich in das kleine Häuschen. Das Licht ist angeknipst, denn trotz des Fensters ist es relativ dunkel. Der kalte Raum ist spärlich möbliert: Eine alte Eckbank, ein Holzofen, dessen Platte aber vollkommen kalt ist, mehrere Schränke, eine Spüle. Im angrenzenden Raum stehen zwei Liegen, eine aufgeklappt mit zwei Decken darauf, die andere hochkant an einen hässlichen Kleiderschrank gelehnt.

„Das kann auch noch von vor einem Jahr sein“, sagt Fabian und betastet die Liege, so wie ich gerade den Ofen betastet habe.

„Ist das alles nicht ein bisschen spartanisch für einen reichen Galeriebesitzer?“, frage ich. Noch nicht einmal eine Toilette gibt es hier, denke ich, und merke, dass meine Blase drückt. Auf dem Tisch im Nebenraum stehen mehrere leere und trockene Gläser. Kein Champagner hier, kein Kaviar. Mit einem lauten Klicken springt ein alter Kühlschrank in der Ecke an und summt. Ich öffne ihn.

„Okay!“, sag ich nur. Sekunden später steht Fabian neben mir. Brot, Käse, Wurstkonserven, mehrere Mineralwasserflaschen stehen ordentlich nebeneinander in drei Fächern. Ich greife mir den Käse, eine in Plastik eingeschweißte Packung Gouda. „Läuft in zwei Monaten ab“, stelle ich fest.

Fabian prüft die übrigen Lebensmittel. Auch Tomaten liegen dort, aber wenn sie aus Holland stammen, werden sie wahrscheinlich auch einen Atomkrieg überstehen, ehe sie schlecht werden. Allerdings sehe ich auch zwei Äpfel, und die schrumpeln normalerweise viel schneller.

Mein Blick geht wieder nach draußen. Noch immer habe ich kein gutes Gefühl, im Gegenteil, die Stille macht mir weiter zu schaffen. „Auf jeden Fall müssen wir die Spurensicherung holen. Kann sein, dass Schröder uns gehört hat und weg ist“, meint Fabian.

Wenn er es denn ist, dem das hier gehört, denke ich mit einem Restzweifel. Langsam schlendere ich zurück auf den Wirtschaftsweg und prüfe, ob ein Fahrzeug vielleicht von hier aus weiter Richtung Weiden gefahren ist, aber ich kann keine Spuren erkennen, zumindest keine frischen. Alles hier macht einen verlassenen Eindruck, aber trotzdem werde ich das Gefühl nicht los, dass etwas nicht stimmt.

In dem kleinen Buchenwald neben den Fichten beginnen die Krähen erneut zu krächzen, und das Geräusch ist unmelodisch und aggressiv. Die schwarzen Schatten zwischen den Bäumen fliegen kurz auf oder stolzieren auf dem moosigen Boden, als gehöre ihnen die Welt.

„Was machen Sie hier?“ Neben Fabians Cherokee steht eine ältere Dame. Sie schaut mich forschend an. In der linken Hand hält sie eine Plastiktüte, die schlaff herunterhängt. Obwohl es nicht wirklich kalt ist, trägt sie einen dunklen Schal und einen dicken, schwarzen Wintermantel. Sie wirkt, als käme sie gerade von einer Beerdigung.

Ich mache ein paar Schritte auf sie zu. „Wir sind von der Polizei!“, sage ich und suche wieder einmal meinen Ausweis.

„Ach ja?“, fragt sie und streckt mir ihren Arm entgegen, damit ich ihr meinen Ausweis zeige. Sie mustert ihn gründlich, dann gibt sie ihn mir zurück. „Der Mann dort auch?“, fragt sie, und deutet auf Fabian, der jetzt aus dem Häuschen kommt.

„Ja, der Mann auch!“, sage ich und setze ein Lächeln auf. „Wohnen Sie hier?“, frage ich.

„Da vorne“, sagt sie, stützt sich mit einer Hand an Fabians Wagen ab und deutet auf eins der Häuser in ihrem Rücken. Dann beäugt sie mich wieder misstrauisch, obwohl sie meinen Ausweis ja bereits gesehen hat. Sie erscheint mir noch misstrauischer als Hense von der Bank.

„War hier vor kurzem jemand?“, frage ich mit der eher geringen Hoffnung, dass sie etwas bemerkt hat. Andererseits: So schnell, wie sie hier gewesen ist, nachdem wir angekommen sind, entgeht ihr vielleicht wenig, von dem, was hier passiert.

„Außer Ihnen?“, fragt sie.

„Ja, außer uns.“

„Na, der Steven.“ Sie deutet mit der Plastiktüte auf das kleine Holzhäuschen. „Dem gehört das ja hier, seit sein Vater tot ist.“

„Steven Schröder, meinen Sie?“

„Ja, der Steven.“ Ihr Gesichtsausdruck wird, wenn das überhaupt möglich ist, noch misstrauischer. „Was wollen Sie denn von ihm?“

„Wir haben ein paar Fragen“, sage ich gewohnt vage. „War der Steven denn hier die vergangenen Tage?“

„Gestern habe ich ihn noch gesehen. Gestern Abend.“ Sie kneift die Augen zusammen, als könnte sie sich dann besser erinnern. „Eigentlich wollte er noch rüberkommen zu uns, aber das hat er wohl vergessen, oder er ist noch nach auswärts gefahren. Er geht meistens schwimmen abends in Ruppichteroth, wenn er hier ist." Sie lächelt. „Hat ja keine Dusche im Häuschen, die musste er zurückbauen. Das wollte die Gemeinde so." Sie betrachtet Fabian, der nähergekommen ist, als würde sie ihm zutrauen, in den kommenden Minuten den ganzen Ort abzufackeln.

„Verabschiedet er sich denn normalerweise bei Ihnen, wenn er wieder fährt?", frage ich.

Die Frau legt einen Zeigefinger an den Mund, eine Geste, die ich vor kurzem schon einmal an jemandem bemerkt habe.

„Ja, eigentlich schon, aber nicht immer. Er ist ja meist nicht allein, wenn er hier ist, bringt seine Freundin mit oder im Sommer seine Freunde aus der Stadt."

„Aber bis gestern war er allein hier, ja?", frage ich.

„Gestern war er allein." Sie hält den Kopf ein bisschen schräg. „Um was geht es denn, wenn ich Sie das mal fragen darf?"

„Ach", ich winke ab, als wollten wir nur den Stromzähler ablesen, „wir suchen Herrn Schröder in einer Sache, bei der er uns vielleicht helfen kann. Nichts Wichtiges." Das ist natürlich reichlich untertrieben, aber soll ich ihr vielleicht von der verkohlten Leiche erzählen, die wir in Schröders Bett gefunden haben?

Hinter uns wird das Gezeter der Krähen lauter. „Mistviecher! Das werden immer mehr. Von Jahr zu Jahr. Aber stehen natürlich unter Schutz. Ungeziefer! Vertreiben uns die ganzen Singvögel!" Die Frau schwingt ihre leere Plastiktüte, aber außer mir erschreckt sie damit niemanden.

Wir müssen das Grundstück und die Umgebung absuchen, und ich möchte die alte Dame so schnell wie möglich loswerden. Aber bevor ich mich bedanken kann und zurück auf Schröders Grundstück gehe, hat sie sich bereits umgedreht und schlurft zurück in Richtung ihres eigenen Häuschens. „Ich rufe den Steven mal an und sag ihm Bescheid!", ruft sie mir nach, als sie schon zehn Meter entfernt ist.

Ich schaue ihr hinterher, in Gedanken wieder bei der verbrannten

Leiche in Schröders Wohnung. Warum mir dieses verstörende Bild gerade jetzt in den Sinn kommt, kann ich nicht ergründen. Ich glaube nicht, dass Schröder an sein Handy geht, das haben wir die vergangenen Stunden immer wieder versucht.

Irgendetwas stimmt nicht, denke ich wieder, während ich die alte Frau weiter beobachte. Langsam und vorsichtig schlurft sie zurück in das Dörfchen, in dem sie vielleicht schon geboren wurde. Als ich mich umwende und nachdenklich die Krähen betrachte, die weiter krächzend zwischen den Buchen und Birken hin und her flattern, erkenne ich plötzlich, dass mich mein schlechtes Gefühl nicht getäuscht hat.

Kapitel 21

Durch die fehlende Blutzirkulation wirken Schröders Beine im Schatten der Bäume noch bleicher. Jemand hat ihm die Hose heruntergezogen, oder vielleicht musste er das auch selbst tun. Seine Oberschenkel, bläulich wirkend und behaart, sind übersät mit Brandblasen. Schwielig dunkelrot und zigarettenspitzengroß. Schröder sitzt zusammengesunken an eine Buche gelehnt, als wäre er nach einem ausgiebigen Mahl eingenickt. Sein Kopf, sein Hals und seine Beine sind von den Schnäbeln der Vögel blutig gehackt, die Arme im Rücken um den Baum mit einem schwarzen Kabel zusammengebunden. Die Krähen, nur ein paar Meter entfernt, betrachten uns wütend und beschimpfen uns heiser. Die Biester lassen sich nicht vertreiben, so sehr ich auch johle, zische und fluche. Am liebsten würde ich auf sie schießen, aber das wäre dann wohl der zweite unangemessene Gebrauch meiner Dienstwaffe innerhalb eines Tages.

Die Krähen hüpfen aufgeregt hin und her, einige auf dem moosigen Boden, andere auf den niedrigen Ästen der Buchen, unruhig und nervös wie Pferde vor dem Start eines wichtigen Rennens. Fabian steht wortlos neben mir, ich weiß nicht, ob er das empörte Gekrächze der Vögel überhaupt wahrnimmt.

Einen Augenblick frage ich mich, warum niemand Schröders Schreie gehört hat, denn lautlos kann er diese Folter nicht ertragen haben. Als ich neben der Leiche in die Hocke gehe, erkenne ich, dass er mit einem grauen Tape geknebelt ist. Ich habe es nicht gleich bemerkt, weil sein Gesicht auf seiner Brust liegt. Die Nase blau und geschwollen, aus dem rechten Nasenloch ist Blut gesickert, das in einem kleinen Rinnsal Richtung Mund gelaufen und längst geronnen ist. Schröders linkes Auge ist geschlossen, das rechte, ich versuche den Ekel wegzuatmen, nicht mehr vorhanden, wahrscheinlich von den Krähen herausgepickt. Auch seine Ohren sind kaum noch zu erkennen. Übrig geblieben sind blutige Stummel, Fetzen, die an einen zerfransten Vorleger erinnern, der geschreddert wurde. Aber möglicherweise sind das auch Resultate der Folter und nicht das Werk der Vögel.

Merkwürdig, aber mir kommt der Gedanke, dass ich froh bin, den Mann nicht zu Lebzeiten gekannt zu haben. So weiß ich nicht, wie sein Lachen geklungen hat, ob der Blick seiner Augen hart und kalt oder warm und mitfühlend gewesen ist. Er bleibt mir unpersönlich, ein lebloses Etwas eben.

Plötzlich frage ich mich, ob der Tote tatsächlich Schröder ist. Unwahrscheinlich, dass es sich hier um jemand anderes handelt, das wäre ein unglaublicher Zufall, trotzdem …

Ich gehe erneut in die Hocke. Ein übler Gestank geht von der Leiche aus, ein schweres Gemisch aus Blut, Kot und Schweiß. Vorsichtig greife ich dem Toten in die Innentasche seines Jacketts und ziehe eine dunkelbraune Geldbörse heraus. Noch ehe ich in einem Fach seinen Personalausweis finde, erkenne ich hinter einer durchsichtigen Folie Barbara Thiel auf einem Foto. Sie steht an einem Sandstrand, im Hintergrund sich kräuselnde Wellen und hellblau wirkendes Meer, eine mindestens fünfzehn Meter lange Motorjacht, am Bug blau gestrichen, der Rest weiß. Den Namen des Bootes kann ich auf dem Foto nicht erkennen. Barbara Thiel lächelt den Betrachter an. Ich überprüfe den Personalausweis und weiß, dass es Schröder ist, der hier am Baum lehnt. Ich klappe das Portmonee wieder zu und stecke es zurück in die Innentasche seines Jacketts.

Fabian dreht sich weg, und ich sehe, wie er mit seinem Mobiltelefon hantiert. Haben wir die Kollegen der Spurensicherung nicht schon angerufen? Ich kann mich nicht erinnern, aus irgendeinem Grund fühle ich mich wie betäubt. Während ich Schröder erneut betrachte, wird mir klar, dass wir vor etwas ganz Neuem stehen, einer vollkommen anderen Richtung: Bislang sind wir eher davon ausgegangen, dass Schröder seine Freundin getötet hat (obwohl das auch im Nachhinein ein abstruser Gedanke war, denn warum legt er sie sich dann ins Doppelbett?), jetzt können wir davon ausgehen, dass beide verfolgt wurden. Es sei denn, Schröder hat seine Freundin selbst umgebracht und ist dafür von jemand Drittem verfolgt worden. Einem Verwandten oder Freund von Barbara Thiel beispielsweise. Solch einen Fall hatten Fabian und ich vergangenen Winter, als ein Kind in Bad Honnef getötet wurde und kurze Zeit später jemand die Kindsmörderin ebenfalls ermordet hatte.

Erst jetzt fällt mir das ausgehobene Viereck auf, rund zwei Meter von Schröders Leiche entfernt, etwas tiefer im Wald liegend. Eher tief als klein, ich schätze die Maße auf 1 x 1 Meter. Daneben das ausgehobene Erdreich, fester, brauner Boden, durchsetzt mit wenigen Steinen. Wo ist die Schaufel oder der Spaten, mit dem das Loch gegraben wurde? Ich trete näher an die Grube heran. Sollte Schröder hier verscharrt werden? Sollte er sich sein eigenes Grab schaufeln? Aber das Loch ist so klein, Schröder hätte da unmöglich hineingepasst. Möglicherweise sollte die Grube ja aber auch noch größer werden, und die Mörder waren durch irgendetwas unterbrochen worden. Aber was kann das hier sein? Waren es möglicherweise Schreie, die ein paar Spaziergänger oder einen Bewohner des Dorfes aufmerksam werden ließen?

Eine der Krähen flattert dicht an meinem Kopf vorbei. Warum mussten Thiel und Schröder sterben? Was haben sie getan, um dermaßen in Schwierigkeiten zu geraten, dass sie dafür getötet wurden? Haben sie etwas bemerkt, dass sie nicht hätten bemerken dürfen? Mit welcher Art Mensch haben sie sich angelegt?

Im Geiste sehe ich Putin vor mir, sein taxierendes Lächeln, seine überlegene Ruhe. Mir fällt Professor Borchert ein und seine Bemerkung, die Putins, also Wladimir Putin und seine Tochter Wiktoria Wladimirowna, seien in diverse kriminelle Angelegenheiten verwickelt. Aber einen Mord … einen Doppelmord? Oder sind Schröder und Thiel vielleicht doch nur Zufallsopfer? Haben sie ohne jeden Grund die Aufmerksamkeit eines oder mehrerer Psychopathen auf sich gezogen? Diese Möglichkeit gibt es zwar, ist aber sehr unwahrscheinlich. Allerdings: Als ich an Psychopathen denke, erscheint kurz das Bild von Katrin Kuhler vor meinem inneren Auge. Diese Frau ist mir unheimlich und ich habe das Gefühl, dass wir uns noch häufiger begegnen werden.

Bis die Kollegen kommen, setze ich mich an einen der Apfelbäume, die in der Nähe der Holzhütte stehen. Ich schließe die Augen und versuche für einen Augenblick, nicht an den Toten im Wald zu denken, nicht an den zerfetzten, verunstalteten Körper, nicht an Grausamkeit und Tod. Meist gelange ich in diesen kurzen Ruhephasen unweigerlich zu der Frage, ob dieser Beruf überhaupt der richtige für mich ist. Oder jemals war.

Vielleicht hätte ich mich doch mit irgendeinem mittelmäßigen Ehemann zufriedengeben sollen, mit einem Kind, das mich nach fünfzehn Jahren nicht mehr verstanden hätte. Und dann wäre ich jeden Nachmittag in mein kleines Dachgeschosszimmer unserer Doppelhaushälfte geschlichen, um auf meinem hypermodernen Apple Book einen dieser sinnfreien Romane zu schreiben, die im schlimmsten Fall auf der Spiegel-Bestsellerliste landen. Eines dieser schrecklichen Bücher über eine fünfzehnjährige Tochter, die ihre sich selbst bemitleidende Mutter nicht mehr versteht. Und umgekehrt. Dem Ganzen hätte ich dann einen schwachsinnigen Titel gegeben – vielleicht „Und gestern warst du noch mein Baby!“ – und hätte damit Millionen verdient.

Sei's drum … zu spät. Sowohl für das Baby als wahrscheinlich auch für den Ehemann. Bleibt nur noch der Roman.

Als ich zwei Fahrzeuge näher kommen höre, drücke ich meine Hände ins kühle Gras. Der Boden ist blassgrün und unansehnlich nach dem langen Winter, und ich warte sehnlichst darauf, dass alles neu beginnt. Für Steven S. Schröder wird nichts Neues mehr beginnen. Auch für Barbara Thiel nicht. Ich stehe auf und gehe den Kollegen entgegen.

Kapitel 22

Ich klopfe an die Tür eines der alten Fachwerkhäuser im Dorf, eine Klingel kann ich nirgendwo entdecken, auch kein Glöckchen. Eine uralte Frau öffnet mir die kaum zwei Meter hohe Tür. Winzige Fenster mit Butzenscheiben flankieren die Tür rechts und links, aber das Glas der Scheiben ist dermaßen wellig, dass ich auf der linken Seite im Häuschen zwar eine Bewegung wahrnehme, aber nicht erkennen kann, ob sich gerade ein Tier oder ein Mensch der Tür nähert. Auf der Dorfstraße fährt einer unserer Wagen Richtung Schröder-Grundstück, langsam, jedes der vielen Schlaglöcher umfahrend, wie mir scheint. Dann schaue ich herab in das wettergegerbte, aber hübsche Gesicht einer mindestens 85 Jahre alten Frau. Auf einen Stock gestützt und gebeugt steht sie vor mir, so wie auch die Hexe vor Hänsel und Gretel gestanden haben muss.

Die Alte blinzelt mich im mittlerweile spärlicher werdenden Tageslicht an, kneift ihre Augen zusammen, als könne sie mich so besser erkennen. Ihr graues Haar hat sie in einen Dutt am Hinterkopf gezwängt, über einem schwarzen Kleid trägt sie eine Schürze. In der anderen Hand hält sie ein Messer. Ein Messer? Einen Moment bin ich irritiert, erkenne dann aber schnell, dass es sich um ein Kartoffelmesser handelt.

„Ja bitte?“, fragt sie, viel energischer, als ich es in ihrem Alter vermutet hätte. Ihre Stimme ist tief und voll.

„Guten Abend.“ Ich räuspere mich. „Wir … ich bin von der Polizei. Meine Kollegen und ich untersuchen einen Todesfall drüben auf dem Grundstück von Schröders.“

Ich erzähle der alten Frau einen Teil von dem, was wir wissen und frage sie, ob sie oder jemand hier im Haus etwas bemerkt hat. Aber sie schüttelt den Kopf, und auch ein paar zusätzliche Fragen lassen erkennen, dass hier niemandem so etwas wie ein fremdes Auto oder fremde Menschen aufgefallen sind. Ich will mich bereits wieder verabschieden, da fällt mir noch etwas ein: „Entschuldigen Sie, wir suchen eine Gaststätte, ein Restaurant. Können Sie mir denn da weiterhelfen?“

Anstelle einer Antwort knipst sie einen Lichtschalter links neben der Tür an und ich stehe plötzlich im gleißenden Licht einer nackten Glühbirne, die oberhalb der Tür angebracht ist. Mit dem Stock schabt sie über den Boden, als überlege sie. „Was wollen Sie? Essen?“ Sie schüttelt den Kopf. „Wir haben nichts!“ Ihre Augen deuten so etwas wie ein Funkeln an, das besagt, ich solle gefälligst wie jeder anständige Mensch arbeiten gehen. Die Frau will die Tür schließen, aber da höre ich hinter ihr eine Stimme.

„Mama, warte mal, wer ist denn da?“ Ich sehe einen etwa 50-jährigen Mann in einem blauen Arbeitskittel. Er kommt näher und stellt sich hinter die Alte. Seine Augen sind braun und freundlich, durch das zurückgekämmte Haar wirkt er wie eine Figur aus einem Spielfilm über den Zweiten Weltkrieg.

„Erst fragt sie mich aus und dann will sie auch noch was zu essen!“, entrüstet sich die alte Frau und schaut mich diesmal noch eine Spur empörter an. Ihr Stock zeigt nun drohend in meine Richtung.

„Nein, nein, das ist ein Missverständnis!“ Ich hebe beide Hände. „Wir suchen nur eine Gaststätte, ein Restaurant, wir wollen nichts zu essen.“ Ich krame in meiner Jackentasche. „Entschuldigen Sie, wir sind von der Polizei.“

Der Mann scheint einen Augenblick verwirrt, dann lacht er und legt seine Hände auf die schmalen Schultern der Frau. „Meine Mutter hört etwas schlecht, entschuldigen Sie.“ Er blickt an mir vorbei, ob da noch jemand ist. Ich rieche sein Haarwasser.

„Also, wenn Sie nicht in Fußballmannschaftsstärke auftreten, dann fahren Sie nach Ruppichteroth rein. Unten auf der Brölstraße gibt es mehrere Lokale. Versuchen Sie es mal im Hotel Krone. Das ist ganz nett und die machen gute Schnitzel.“

„Danke!“, lächle ich, verabschiede mich und gehe zurück zu Fabian, der mittlerweile im Cherokee sitzt und auf mich wartet. „Auf nach Ruppichteroth!“, sage ich, „wo immer das sein mag.“

„Wofür haben wir unseren klugen Navigationsassistenten?“, fragt mich Fabian gut gelaunt. Die Aussicht auf etwas Essbares bessert wie immer seine Laune.

Erst als wir im Auto sitzen, fällt mir auf, dass der Mann gar nicht erstaunt war und sich erkundigt hat, warum die Polizei in sein kleines Dorf gekommen ist.

Kapitel 23

Eine halbe Stunde später starre ich auf einen endlos röhrenden Hirsch, der einer imaginären, nicht sichtbaren Hirschkuh imponieren will. Vielleicht hält sie sich gerade in dem Wäldchen links versteckt, vielleicht gibt es in seiner Umgebung aber auch gar keine und er muss noch weiterziehen. Ich muss immer wieder zu dem Bild hochschauen, aber nicht, weil es schön ist. Eher denke ich: Wer malt so etwas? Aber zu meiner Kindheit hingen solche Landschaftsbilder in fast jeder guten Stube, warum also nicht auch hier im Gastzimmer des Hotel Krone? Es passt ja auch in diese Atmosphäre, denn in Ruppichteroth, mit seinen beiden für das Dorf überdimensionalen Kirchen und dem gemütlichen Kopfsteinpflaster in den engen Gässchen, scheint die Zeit Ende der 60er Jahre stehen geblieben zu sein. Trotzdem gefällt mir das Dorf irgendwie.

Wir sitzen im großen Schankraum, oder wie man das früher nannte. 15 Tische für je sechs Personen füllen das saalgroße Zimmer, eine rot-weiße Tischdecke mit Servietten und Besteck ziert jeden der Tische, dazu markiert jeweils eine kleine weiße, bauchige Vase mit fünf gelben und roten Kunststoffnelken die Tischmitte. Fabian und ich sind nicht die einzigen Gäste. Am Nebentisch plappern zwei etwa zwölfjährige Jungs über die neuesten Spielkonsolen, während ihre Eltern ab und zu die Augen verdrehen, wenn ihr Nachwuchs das nicht bemerkt. Soweit ich dem Gespräch der Eltern folgen kann, hat der eine der beiden Jungen bald Geburtstag und jetzt fragen sich beide, was aus erzieherischen Gründen geschenkt werden darf und was nicht.

Fabian und ich sitzen am Fenster. Ab und zu schaue ich hinaus auf die dunkle Straße, auf die Autos und Lkw, die dort entlangfahren. Manchmal vibrieren die Fensterscheiben, wenn ein besonders großer Laster vorbeidonnert. Eine Laterne lässt den Asphalt ein paar Meter weit blassgelb glänzen, ehe er in der hereingebrochenen Nacht verschwindet. Es ist eine andere Dunkelheit hier auf dem Lande, genauso wie es eine andere Stille ist. Sie ist tiefer und eindringlicher.

Fabian hat sich ein Jägerschnitzel bestellt, ich begnüge mich mit einem Salatteller. Immer noch sehe ich Schröders Leiche vor mir, seine geschundenen Beine, seine zerfetzten Ohren.

„Wir müssen mit Professor Borchert reden“, sage ich und schaue zu, wie Fabian sich die Hälfte seines Salatschälchens in den Mund stopft. Ich kann nicht entscheiden, ob er versucht, eine Antwort auf die Frage zu geben, ob man an einem Pfund Grünzeug erstickt, wenn man versucht, es mit einem Mal zu verschlingen.

„Hmm!“, mampft mich Fabian an, und nun bekomme ich doch Hunger, trotz der Bilder in meinem Kopf.

Fabian scheint das, was wir vorhin gesehen haben, nichts auszumachen. In den Jahren unserer Zusammenarbeit habe ich noch nie bemerkt, dass ihm schlecht wurde. Kurz schaue ich erneut auf den einsamen Hirsch, der weiterhin Ausschau hält nach Mrs. Right, dann beuge ich mich näher zu Fabian: „Wir müssen diese Putins so schnell wie möglich überprüfen. Ich will wissen, ob die Tochter mit ihrem Vater allein dort arbeitet oder ob da noch andere dazugehören. Das kann doch nicht nur diese Wiktoria sein. Und ihr Wladimir. Wenn er denn wirklich so heißt. Was ich nicht glaube.“ Meine Stimme klingt trotzig. „Wer weiß, wer noch alles dahintersteckt.“

Fabian wischt sich mit seiner Serviette um den Mund. Zwei kleine Sahneflecken am Kinn bleiben trotzdem hartnäckig haften. „Warzer ist doch bei der Wirtschaftskriminalität seit ein paar Monaten“, sagt er mit immer noch vollem Mund, „vielleicht kann er uns helfen. Vielleicht sind die Kollegen da auch schon dran, an diesen Putins, und wir wissen wieder mal nix, weil wir die ganze Zeit unterwegs sind.“

Ich stutze. „Warum meinst du die Wirtschaft? Was sollte die Wirtschaftskriminalität damit zu tun haben?“

Fabian legt die Serviette neben seinen Teller und dreht sich Richtung Küche. Wenn ich die Bewegung richtig deute, darf dem Herrn nun sein Jägerschnitzel serviert werden. Ich entscheide mich, auch etwas Warmes zu bestellen, Bilder im Kopf hin oder her.

„Na ja, dieser Kunstmensch, dieser Borchert meinte doch, dass Schröder mit Geld um sich geworfen habe die letzten Monate. Anders als sonst. Dass er sich verändert habe. Ich meine, wenn jemand plötzlich Geld hat, obwohl er nix anderes macht als vorher, dann hat sich da einkommensmäßig wohl etwas verändert, aber arbeitsmäßig nicht. Und nach meinen Erfahrungen zu urteilen, stimmt dann häufig etwas nicht." Fabian ordnet sein Besteck. Am Nebentisch serviert die Bedienung der Familie mit den beiden Jungen die Getränke.

Ich nicke. Vielleicht ist Schröder, vielleicht auch seine Freundin, in etwas verwickelt worden, das einfach eine Nummer zu groß für die beiden war, so simpel das auch klingt. Weil sie etwas unterschätzt haben … Wiktoria Wladimirowna zum Beispiel. Oder ihren Vater.

Ich seufze. Möglicherweise sind wir wirklich auf die Hilfe, zumindest auf Informationen von Warzer angewiesen. Obwohl ich darauf gerne verzichten würde. Ich mag ihn nicht! Fabian entspannt sich, sein Essen wird serviert. Die Kellnerin stellt einen, wie mir scheint, XXL-Teller auf den Tisch: Mit Pommes frites, einem weiteren kleinen Salat und einem ungefähr 30 x 30 cm großen Schnitzel, das nur zur Hälfte unter einer hellbraunen, dampfenden Pilzsoße hervorlugt. Mir läuft das Wasser im Mund zusammen. Ich schlucke und kann nur noch stottern: „Mir bitte das gleiche!"

Weiter vorne an der Theke des Schankraumes unterhalten sich mittlerweile ungefähr ein Dutzend ältere Herren. In ihren kurzen schwarzen Höschen, den meist zu engen pinken bzw. gelbfarbenen Trikots und Kappen sind sie sehr schnell als Rennradler auszumachen. Vor fünf Minuten sind sie auf ihren Spezialschuhen hereingeklackert, suchend um sich schauend, als würde es hier eine Siegerehrung geben.

Einer in der Truppe lacht über etwas dermaßen laut, dass das Gespräch der beiden Jungen mit ihren Eltern am Nebentisch kurz verstummt. Alle vier schauen sie wortlos in Richtung der Radler.

Aus meiner Tasche krame ich die Notizen hervor, die ich gestern gemacht habe. Bislang sind wir in diesem Fall in einem hohen Tempo vorangeprescht, wir haben aber kaum etwas in der Hand, das annähernd wie ein Motiv für die beiden Morde aussieht.

Auf dem Rückweg nach Bonn fahren wir erneut an dem Dörfchen Hodgeroth vorbei. Eine Minute, nachdem wir es in der Dunkelheit hinter uns gelassen haben, bitte ich Fabian zu halten. Er stoppt den Cherokee auf einem Wirtschaftsweg oberhalb eines alten, flachen

Steingebäudes, das an eine alte Schule oder ein ehemaliges Kinderheim erinnert. Als ich aussteige, höre ich in einem Schuppen hinter einer Hecke vereinzeltes schlaftrunkenes Gegacker von Hühnern. Ich gehe ein paar Schritte, atme die kalte Luft und versuche die Stille zu genießen. Ich blicke auf die Fachwerkhäuser, hinter deren Fenster nun wahrscheinlich in den kleinen Stuben über das, was geschehen ist, diskutiert und gemutmaßt wird.

„Lass uns fahren, Margot, mir ist kalt." Fabian ist ebenfalls ausgestiegen und steht ein paar Schritte hinter mir. Kein Stimmengewirr, kein Motorengeräusch, das letzte Gackern der Hühner ist auch wieder verstummt, es scheint tiefer Friede zu herrschen. Allerdings: Vor rund zehn Jahren hat es ganz in der Nähe mehrere Morde gegeben, vielleicht sogar in einem der Dörfchen auf der anderen Seite der Talsenke. Mindestens drei Menschen wurden damals getötet, soweit ich mich erinnere, der Fall war sogar Vorlage für einen Kriminalroman.

Als wir kurz vor Bonn sind, A 59 Höhe Abfahrt Pützchen, klingelt mein Handy.

Peter Braun erklärt mir, dass Professor Borchert im Krankenhaus liege, schwerverletzt, mit mehreren Knochenbrüchen. Ich frage, was passiert sei, und Peter schildert mir, dass Borchert, als er vor gut zwei Stunden das Kunstmuseum verlassen habe, von einem Auto angefahren worden sei. Eine Zeugin habe den Unfall beobachtet, als sie gerade auf ihrem Balkon gestanden und geraucht habe. Ein Wagen sei hochtourig durch eine Straße ganz in der Nähe des „Hauses der Geschichte" gerast. Borchert hatte dort seinen Wagen abgestellt, er sei von dem Auto erfasst und mehrere Meter durch die Luft geschleudert worden. Der Wagen, „ein Amischlitten", wie Peter die Zeugin zitiert, habe sich nicht um den Verletzten gekümmert und sei nach wenigen Sekunden weitergefahren. Ich frage Peter, in welchem Krankenhaus Borchert liegt, wie schwer die Verletzungen sind und ob er vernehmungsfähig ist.

Fabian nimmt die Abfahrt an der Ramersdorfer Kommende. Irgendetwas an der alten Karosserie des alten Cherokee rattert. Ich hoffe, es ist nicht die Radaufhängung. Ich frage Peter noch einmal, wo Borchert jetzt liege. Woher solle er das wissen, fragt Peter, das Ganze sei ja gerade erst passiert. Er grummelt, ich solle einen Augenblick warten, er fragt bei der Leitstelle nach.

Nach einem kurzen Augenblick ist er wieder in der Leitung. Er schickt uns in die Chirurgie auf dem Venusberg. Borchert werde dort gerade operiert.

Kapitel 24

Wenn verletzte Menschen, die in einen Unfall oder ein Verbrechen verwickelt waren, vernehmungsfähig sind, erfolgt die erste Befragung meist in ihrem Krankenzimmer. Ich hoffe, dass Borchert bereits wieder bei Bewusstsein und in der Lage ist, uns annähernd schildern zu können, was passiert ist. Soweit ich mich erinnere, hatte Peter erklärt, Borchert sei durch die Luft geschleudert worden, und er hatte von Knochenbrüchen gesprochen. Der Umstand, dass Borchert als Freund von Schröder kurz nach dessen Tod in einen Unfall mit Fahrerflucht verwickelt gewesen ist, macht mich unruhig … gelinde gesagt!

Wir parken in der Nähe der Essenszufahrt an der Chirurgie. Es ist mittlerweile kurz nach halb zehn und ich merke, wie meine Konzentration weiter nachlässt. Ein Grüppchen aus fünf Rauchern hat sich neben einem rund einen Meter hohen sanduhrförmigen Aschenbecher versammelt. Gemeinsam pusten sie Rauch in die Luft, als ginge es darum, möglichst viel vom Nachthimmel und den Sternen zu verschleiern. Dabei heben sie die Köpfe in die Höhe und erinnern mich an Wölfe, die ihre Artgenossen anheulen.

„Sie dürfen hier nicht parken!", ruft einer von ihnen, ein Mann um die dreißig in schwarzem Adidas-Trainingsanzug und weißer Baseballkappe, kaum dass wir die Autotüren zugeschlagen haben. Über dem Kappenschirm prangt das bekannte Symbol der New York Yankees.

„Schön weiter rauchen!", lächle ich ihn an. Fabian hält kurz seinen Ausweis hoch und unter dem Gemurmel der Gruppe öffnen sich vor uns die Türen zur chirurgischen Klinik.

Patrick Borcherts Kopf ist so dick bandagiert, wie ich es nur aus einem Fernsehkrimi kenne. Allein sein Gesicht schaut unter dem weißen Verband hervor, es wirkt wie ausgeschnitten. Dort, wo ich Borcherts linkes Ohr vermute, deutet ein eigroßer, dunkler Fleck auf Blut oder irgendein Desinfektionsmittel hin. Borchert hat die Augen geschlossen, als wir das Zimmer betreten. Das Licht ist gedämmt, zwei Betten stehen unter einer Kunststoff-Lichtleiste, an der auch Anschlüsse für Sauerstoff, Strom und medizinische Geräte zu sehen sind. Im zweiten Bett, näher an der Tür, schlummert ein überlanger Mann um die fünfzig. Seine Füße ragen über den Bettrand hinaus. Ich betrachte kurz seinen großen Zeh, um mich zu vergewissern, dass dort kein Zettel befestigt ist. Aber nein, der Bursche lebt noch.

Vor uns steht Schwester Carola. Sie darf uns mit dem Patienten nicht alleinlassen, wie sie uns bereits auf dem Stationsflur mitgeteilt hat. In ihrer gestärkten Krankenschwesterkluft, die eindeutig nach Zitrone und Vanille riecht, wirkt sie frisch und ausgeruht. „Nur fünf Minuten!“, hat sie uns mit einem strengen Augenaufschlag mitgeteilt. Schwester Carolas Dienst beginnt eigentlich erst in einer Viertelstunde, zur Nachtwache ab 22 Uhr, aber da die Schwestern des Spätdienstes noch die letzten Einträge in Krankenakten erledigen, hat sie sich bereit erklärt, mit uns zu kommen.

Als wir zum ersten Mal an Borcherts Bett stehen, schläft er oder liegt noch in der Narkose. Schwester Carola bittet uns, in einer Stunde wiederzukommen, wir dürften den Patienten nicht wecken. Schweren Herzens verlassen wir das Zimmer wieder. Eine Stunde später sind wir allerdings wieder auf Station, und nachdem Schwester Carola einem jungen Mann ein Schmerzmittel verabreicht hat, der beim Säubern der Dachrinne von der Leiter gefallen ist und sich die Hüfte gebrochen hat, stehen wir gemeinsam mit ihr erneut in Borcherts Krankenzimmer. Die Luft riecht verbraucht nach Essen und Desinfektionsmittel. Die ockerfarbenen, bodentiefen Gardinen an beiden Fenstern sind zugezogen, ein kleiner, eckiger Holztisch mit zwei dunkelgrünen, unbequem aussehenden Stühlen gibt dem Zimmer zumindest den Anschein von Wohnlichkeit. Borcherts Nachbar murmelt etwas im Schlaf und dreht sich von uns weg zur Seite. Dabei schiebt sich sein dünnes Plumeau nach oben und entblößt eine kurze, rote Turnhose.

Als Schwester Carola gerade „Wenn er noch schläft, müssen Sie aber wieder gehen!“ flüstert, schlägt Borchert die Augen auf.

Borchert stöhnt leise, schaut uns an, ohne uns wahrzunehmen, wie mir scheint, zuckt leicht zusammen und greift sich mit der eingegipsten rechten Hand an den bandagierten Kopf.

„Professor Borchert, hier sind zwei … hier sind zwei Polizisten. Die wollen Sie etwas fragen." Schwester Carola tätschelt ihm die rechte Hand beziehungsweise den Gips darauf.

Langsam richtet sich Professor Borchert auf, verzieht aber gleich wieder das Gesicht und sinkt ins Kissen zurück. „Die … Polizei?", fragt er mit wackliger Stimme.

Ich nicke und lächle ihn an. Vielleicht haben wir Glück und er erkennt uns.

„Warum … die … Polizei?", krächzt er und sein Blick wandert zwischen Schwester Carola, Fabian und mir hin und her. Seine Pupillen schimmern so glänzend, als würde er noch etwas Zeit brauchen, um nach der Betäubung für die OP wieder klar denken zu können.

„Sie hatten einen Unfall, Herr Borchert!", sagt Schwester Carola so laut, als sei der Mann vor allem taub und nicht verletzt. „Einen Autounfall!"

Professor Borcherts Blick bleibt bei mir hängen. „Ich … ich kenne Sie doch!", sagt er.

Ich lächle breiter und nicke. „Ja, Professor Borchert, wir haben uns in Ihrem Museum kennengelernt. Mein Kollege und ich haben Sie nach dem Galeristen Schröder gefragt, Ihrem Freund. Erinnern Sie sich?" Ich ertappe mich dabei, dass ich ebenfalls laut spreche. Vielleicht liegt das aber auch daran, dass ich vermute, dass er unter dem dicken Verband kaum etwas hören kann.

Borchert will nicken, lässt es aber gleich wieder sein. „Ja, ich erinnere mich. Sie waren bei mir im Museum … bei der Eröffnung der Ausstellung Fitschkie. Sie haben mich nach Steven gefragt."

„Genau!", nicke ich. „Haben Sie mit jemandem über unseren Besuch gesprochen?"

„Nein!", krächzt Borchert, seine Stimme wird allmählich kräftiger, wie mir scheint. „Ich … habe mit niemandem über Sie gesprochen. Warum … warum hätte ich das tun sollen?"

Fabian schiebt sich neben mich, beide stehen wir vor Borcherts Bett, als wollten wir für längere Zeit – oder für immer – Abschied von ihm nehmen. Im Bett nebenan dreht sich der Riese wieder zurück auf den Rücken und beginnt leise zu schnarchen.

„Können Sie sich an den Unfall erinnern?", fragt Fabian.

Borchert schließt kurz die Augen „Kann ich bitte etwas zu trinken haben?", flüstert er. „Meine Kehle … meine Kehle ist so trocken."

Schwester Carola stützt Borcherts Kopf im Nacken und flößt ihm ein paar Schlucke Mineralwasser ein.

Kurz denke ich, dass es Borchert besser geht als er vorgibt, weil er sich so theatralisch anhört wie eine dieser am Leben verzweifelten Figuren aus einem Tennessee-Williams-Drama, aber dann verwerfe ich den Gedanken wieder. Der Mann hat einen Verkehrsunfall, vielleicht sogar einen Mordanschlag überlebt.

„Unfall?", fragt er jetzt und sieht Fabian verwundert an. „Bin ich … gestürzt?" Er stutzt und meint dann fast empört: „Oh, diese Treppe, da bin ich …"

„Nein!", unterbreche ich ihn, „Sie sind von einem Auto angefahren worden. Können Sie sich erinnern?" Wieder lächle ich.

„Auto?", fragt er. „Nein, ich dachte, die … die Treppe im Museum."

Kurz schaue ich zu Fabian, der mit den Schultern zuckt. Schwester Carola schüttelt mit dem Kopf, was bedeutet, dass wir unsere Befragung abbrechen müssen. Borchert kann sich an nichts erinnern. Noch nicht, hoffe ich. Wir wünschen Borchert alles Gute, kündigen unseren Besuch für den nächsten Tag an und verlassen das Krankenzimmer.

Auf dem Flur verabschieden wir uns von Schwester Carola, die sich nun hastig von uns entfernt, weil sie bereits wieder auf dem Weg zu einem anderen Patienten ist.

Kapitel 25

Ich lehne mich über das Geländer des Balkons und blicke hinab auf die Straße. Zwei junge Frauen mit Rucksäcken radeln vorbei, beide lachen, als sie auf unserer Höhe sind. Das Chrom ihrer Radfelgen blitzt im Licht der Laternen, beide tragen Regencapes mit Reflektoren.

Hinter uns höre ich Frau Loosen in der kleinen Küche werkeln. Sie hat den Unfall mit Borchert beobachten müssen, wie sie eben noch einmal aufgeregt wiederholt hat, vor Schreck sei ihr die Zigarette aus der Hand gefallen.

„Was kann man von hier sehen?“, frage ich Fabian, der neben mir steht, obwohl ich die Antwort schon weiß.

„Nicht viel“, brummt er.

Tatsächlich sind es bis zur Straße sicherlich 30 Meter, einen uneingeschränkten Blick verhindern mehrere Laubbäume auf einem schmutzig-grünen Rasen, der am Bürgersteig zur Straße endet. Es scheint so gut wie unmöglich, von hier aus den Fahrer eines Wagens zu erkennen. Meine Hoffnung schwindet, dass Frau Loosen den Wagen uns gegenüber genauer beschreiben kann als ich.

Hinter uns klappert Geschirr und ich drehe mich zur Wohnung. Frau Loosen stellt ein Tablett mit drei Teetassen, einer Zuckerdose und einer Kanne Tee auf ein winziges Wohnzimmertischchen mit Deckchen ab. Weil darauf zwei TV-Zeitschriften liegen, steht das Tablett schief und die Tassen sind verrutscht.

„Ich hab eher Hunger!“, mault Fabian leise. Vor ein paar Wochen, als wir wegen eines Gewaltdeliktes am Drachenfels Zeugen befragten, sagte er tatsächlich, sein Traum wäre es, wenn uns bei den Ermittlungen immer eine Art Imbisswagen folgen würde. So wie das ja auch an Spielfilmsets üblich sei. Ab und zu würden wir dann zum Catering gehen, heißen Kaffee oder Suppe schlürfen, belegte Brötchen essen und in aller Ruhe über den jeweiligen Fall plaudern.

Ich mache einen Schritt zur Balkontür, damit Frau Loosen mich besser hören kann. „Entschuldigen Sie, könnten Sie meinem Kollegen vielleicht ein Wurstbrot machen? Er muss im Augenblick eine Menge appetitfördernder Medikamente nehmen und hat deswegen immer Hunger!“

Hinter mir höre ich Fabian nach Luft schnappen.

Frau Loosen richtet sich auf und faltet die Hände über ihrem Busen. Sie ist eine kleine Frau um die fünfzig mit langen, silbrig-blonden Haaren, die ihr fast bis zum Po reichen. In ihrem dunkelblauen Hosenanzug und den schwarzen Halbschuhen, die so glänzen, als habe sie sie erst am Nachmittag gekauft, wirkt sie, als käme sie gerade aus einem wichtigen Geschäftsmeeting. Ich vermute, sie arbeitet bei den UN. Im kleinen Hausflur, in dem ein Rennrad an der Wand lehnt, habe ich mehrere Fotografien von ihr und diversen UN-Generalsekretären wie Boutros Boutros-Ghali entdeckt. Ich weiß, wenn ich so wunderschöne Haare hätte wie sie, würde ich sie mir trotzdem jederzeit zu einem Pferdeschwanz zusammenbinden.

„Ja, gerne, ich könnte …“

„Frau Loosen, machen Sie sich doch wirklich keine Mühe, ich …“, höre ich Fabian hinter mir.

„Das ist gar kein Problem, Herr Kommissar, ich habe selbst ein wenig Hunger.“ Sie verschwindet wieder in der kleinen Küche, die so hell ist, als würde dort unter Flutlicht ein Fußballspiel stattfinden. Die übrige Wohnung ist in warmes Licht getaucht und liebevoll eingerichtet. Dunkle Holzkommoden, dunkle Holzschränke im Kolonialstil, das dunkle Holztischchen mit zwei schmalen Sesseln und einer Couch. An den blau gestrichenen Wänden hängen Dutzende kleinerer oder größerer gerahmter Fotos. Die meisten zeigen Frau Loosen mit wichtig wirkenden Menschen. Auf einem erkenne ich erneut den ehemaligen UN-Staatssekretär Boutros-Ghali, auf einem anderen steht sie hinter der früheren Bonner Oberbürgermeisterin Bärbel Dieckmann, die augenscheinlich gerade eine Rede hält. Andere zeigen Frau Loosen mit einem jungen Mädchen, ich vermute ihre Tochter. Auf diesen privaten Bildern lacht Frau Loosen, auf denen mit den prominenten Menschen blickt sie eher unbeteiligt und ernst.

„Womit möchten Sie es belegt haben?“, kommt es aus der Küche. Fabian schnauft mich noch einmal kurz von der Seite an, ehe er antwortet: „Frau Loosen, machen Sie sich wirklich keine Mühe.“

„Kein Problem!“, kommt es zurück. „Ich mache einfach ein paar Schnittchen, ich habe wie gesagt auch Hunger. Sie auch, Frau Lukas?“

„Nein, Frau Loosen, jetzt nicht, danke!“

Ein Auto hält auf der Straße, der Motor läuft weiter. Es ist natürlich nicht der Wagen, den wir suchen, der hier ist klein, vielleicht ein Micra, ein Fiesta oder ein Polo. Eine Person steigt aus, eine junge Frau. Sie beugt sich noch einmal zurück in den Wagen.

„Setzen Sie sich doch“. Ich erschrecke, weil Frau Loosen plötzlich neben mir steht. Ein dezenter Geruch nach Vanille steigt mir in die Nase. Einen Augenblick schaut sie auf die Straße und schüttelt den Kopf. „Viel gesehen habe ich ja nicht“, sagt sie entschuldigend. Ich folge ihrem Blick und bemerke, dass die junge Frau nun wieder im Wagen sitzt.

Frau Loosen klatscht leise in die Hände. „Kommen Sie, trinken Sie einen Tee, vielleicht fällt mir ja doch noch etwas ein.“

Die Sessel sehen bequemer aus als sie sind. Ich habe das Gefühl, mich auf einer Holzbohle niedergelassen zu haben. Der Tee ist köstlich, eine Wintermischung mit Ingwer und einem Hauch Zimt, wie Frau Loosen sagt, als ich sie danach frage. Er dampft aus kleinen, geschwungenen Tassen heraus, die so filigran wirken, dass ich Angst habe, sie zu zerbrechen, wenn ich sie mit meinem Mund berühre.

Fabian hält einen Teller vor die Brust und stopft sich bereits das dritte Salamibrot in den Mund. Wie üblich überlässt er es mir, das Gespräch zu führen.

Tatsächlich scheint Frau Loosen nichts gesehen zu haben, was uns weiterhilft. Borchert überquerte gerade die Straße, als ein herannahender Wagen plötzlich Gas gab, und mit Borchert kollidierte, kurz bevor er die andere Straßenseite erreichte. Ich vermute, Borchert hatte etwas getrunken und den Wagen möglicherweise gar nicht bemerkt. Der „arme Mann“, wie Frau Loosen Professor Borchert nennt, sei fast über den gesamten Wagen gerutscht, wie sie sagt, und dann mit einem ganz hässlichen Geräusch auf die Straße gefallen. Der Wagen habe kurz gehalten, vielleicht drei Sekunden, so die Erinnerung von Frau Loosen, dann habe der Fahrer oder die Fahrerin Gas gegeben und sei weitergefahren.

„Ist der Wagen schnell gewesen, als er wieder anfuhr?", frage ich. „Hat der Fahrer richtig Gas gegeben? So als sei er in Panik gewesen?" Wenn er relativ langsam weiterfuhr, deutet das möglicherweise darauf hin, dass er den Zusammenstoß bewusst herbeigeführt hat, und nun seine Aufgabe als erledigt betrachtete. Allerdings: Wenn man jemand mit Absicht anfährt bzw. überfährt, um ihn zu töten, dann geht man auf Nummer sicher und setzt über denjenigen zurück, der auf der Straße liegt. Überfährt ihn ein zweites Mal. Obwohl dazu natürlich eine Menge Kaltblütigkeit gehört. Die hatte der Fahrer in diesem Fall nicht. Aber vielleicht sollte der Zusammenstoß ja auch „nur" so etwas wie eine schmerzhafte Warnung sein, vielleicht sollte Professor Borchert gar nicht oder nicht unbedingt getötet werden.

Ich schnappe mir nun doch eins der kleinen Brote, ehe Fabian alles allein aufisst. Leider habe ich irgendeinen Käse erwischt, der zwar lecker aussieht, aber die Konsistenz einer Plastiktüte besitzt. Tapfer kaue ich auf dem Bissen herum und frage mich, wie und wo ich den Rest des Brotes unauffällig entsorgen kann, als Frau Loosen plötzlich ihren linken Zeigefinger in die Luft reckt, als würde sie die Windrichtung prüfen. „Warten Sie, warten Sie, da fällt mir ein ... das Auto war nicht ganz dunkel. Wenn ich ... wenn ich jetzt drüber nachdenke, dann hatte der vorne über der Kühlerhaube und auch auf dem Dach ... zwei weiße Streifen."

Ich habe einen guten Grund, mein Käsebrot zurück auf den Teller zu legen: „Zwei Streifen. Rallyestreifen, meinen Sie?"

„Ja, diese Sportstreifen, richtig dick, so wie man das im Fernsehen manchmal sieht. Von diesen Halbstarken."

„Halbstarken", sagt sie. Ich dachte eigentlich, dieser Ausdruck sei Ende der 1950er Jahre ausgestorben.

Ich stehe auf und gehe zurück auf den Balkon, gleichzeitig zücke ich mein Mobiltelefon. Vielleicht kann mir irgendjemand auf dem Präsidium weiterhelfen. Möglicherweise ist ein Sportwagen mit Rallyestreifen bei uns registriert, aufgefallen durch einen Unfall, diverse Bußgelder, Führerscheinentzug, illegales Rennen, etwas in dieser Art.

Auf der Straße steht immer noch der Wagen, in dem ich die Umrisse der jungen Frau erkennen kann. Ich vermute eine längere Beziehungsaussprache.

Den Kollegen im Präsidium bitte ich, sich auf die Suche nach dem beschriebenen Wagen zu machen. Der Kollege ist nicht sonderlich begeistert, sichert mir aber zu, sich in der nächsten freien Minute darum zu kümmern. Allerdings macht er mir wenig Hoffnung, dass das in den kommenden zwei Jahren der Fall sein wird. Ich bedanke mich trotzdem und lege auf.

Wenig später verabschieden wir uns von Frau Loosen. Noch ehe wir an der Wohnungstür sind, wird sie von außen geöffnet. Die junge Frau, die ich eben noch an der Straße im Auto gesehen habe, kommt herein. Ich schätze sie auf Mitte zwanzig. Ihre Wangen sind gerötet, sie strahlt über das ganze Gesicht. Beim Hinausgehen bleibt Fabian am Lenker des Rennrades hängen, das daraufhin an der Wand entlangrutscht. Dann fahren wir nach Hause.

Kapitel 26

Während sich Fabian die Zähne putzt, stelle ich den Wasserkocher an. In der Ferne funkeln die Lichter der Nordbrücke. Fast glaube ich, die Scheinwerfer der Autos zu erkennen, die auch jetzt noch, kurz vor Mitternacht, nur im Schritttempo über die Brücke kommen. Seit gefühlten zehn Jahren bastelt Straßen.NRW an der Brücke herum.

Ich höre das Tappen nackter Füße hinter mir. Fabian steht da, in Boxershorts und einem weiten T-Shirt, auf dem in großen Buchstaben „Bla Bla Bla!“ steht. Seine Art von Humor, allerdings entspricht das genau dem Gefühl, das ich des Öfteren während unserer Morgenkonferenzen empfinde.

Ich blicke auf Fabians dicke Zehen und denke, dass unsere Partnerschaft allmählich eindeutig familiäre Züge annimmt. Ich weiß noch nicht, ob ich das gut finden soll. Oder bis zu welcher Grenze ich das gut finden soll. Selbstverständlich kann er hier schlafen, warum sollte er sich ein teures Hotelzimmer mieten müssen, wenn bei mir ein Zimmer leer steht, allerdings möchte ich ihn nicht bis in den Sommer beherbergen.

„Hast du mit Susanne gesprochen?“, frage ich mit einem Blick über die Schulter. Fabian zwängt sich neben mich, sein Blick wandert ebenfalls in die Ferne. Etwas verstimmt bemerke ich, dass er nach meinem Duschgel riecht, sage aber nichts. Das Wasser brodelt und ich gieße mir eine Tasse Pfefferminztee auf.

„Ich hab versucht sie anzurufen, aber es hat keiner abgenommen.“ Er räuspert sich. „Vielleicht ist sie nicht zu Hause. Und auf den Anrufbeantworter wollte ich nicht sprechen.“ Dreimal klopft er mit den Fingerknöcheln an den Fensterrahmen, als wolle er damit böse Geister fernhalten, und verschwindet Richtung Wohnzimmer. Wenig später höre ich mehrere aufgeregte Stimmen aus dem Fernseher.

Die Lichter auf der Nordbrücke kriechen langsam vorwärts. Plötzlich bin ich froh, hier im Warmen zu stehen, nicht allein in einem Auto im Nirgendwo. Ich greife nach meinem Tee, schlendere zu Fabian, setze mich auf die Couch, ziehe die Beine an und werfe eine Wolldecke über mich. Fast den gesamten Tag über habe ich gefroren, ohne mir dessen bewusst gewesen zu sein.

Im Fernsehen lässt sich ein ehemaliger Formel-1-Weltmeister auf einer Gala dafür feiern, dass er einen Tag mit Familien verbracht hat, deren Kinder durch einen Unfall zu Pflegefällen geworden sind. Eltern, die ihre Kinder von einem auf den anderen Tag verloren haben, zumindest so, wie sie sie kannten. Als noble Geste spendet der Rennfahrer am Ende des PR-Termins einen Rollstuhl. Die Kamera inszeniert alles in bunten, schillernden Farben. Dafür bekommt der Multimillionär nun auf der Gala einen Bambi. Ich schüttle den Kopf. „So ein Heuchler!", sage ich in Richtung Fabian, „der Kerl hätte ein Dutzend Rollstühle schenken sollen, aber ohne Kameras." Ich puste in meinen Tee. „So ein verlogener Lackaffe!"

Fabian rutscht in seinem Sessel hin und her. „Na ja, er hätte ja auch gar nichts tun müssen!", murmelt er in meine Richtung.

Als das Publikum frenetisch zu klatschen beginnt, stehe ich auf. „Gute Nacht!", sage ich, „Schlaf gut." Die halbvolle Tasse Tee lasse ich dampfend auf dem Wohnzimmertisch zurück.

Fabian reibt sich über die Augen. „Ja, du auch." Als ich schon fast aus der Tür bin, sagt er: „Margot?!"

Ich drehe mich um. „Was denn?"

„Bleib locker", sagt er und grinst mich an, obwohl er nun wirklich keinen Grund dafür hat.

Kapitel 27

Dritter Tag

Am Morgen telefoniere ich als Erstes mit Peter. Wieder schaue ich vom Fenster auf die Nordbrücke, wieder erkenne ich die Autolawine, eingehüllt, so bilde ich es mir zumindest ein, in eine graue Abgaswolke. Ich frage Peter, ob es etwas Neues in Bezug auf das Unfallauto gibt, gleichzeitig versuche ich, ausgiebig und lautlos zu gähnen.

Peter verneint, die Kollegen befragen seit sieben Uhr die Zulassungsämter der Region. Ich seufze, weil ich denke, dass der Wagen ja durchaus auch von außerhalb gekommen sein kann … aber vielleicht haben wir Glück. Ich danke ihm, lege auf und strecke mich ausgiebig. Meine Träume der vergangenen Stunden waren wirr und unzusammenhängend, soweit ich mich an sie erinnere. Ich lasse die Stirn gegen das Fensterglas sinken, spüre die morgendliche Kälte und beschließe, mich heute wärmer anzuziehen. Als ich ein neugieriges Augenpaar in einem der Fenster auf der anderen Straßenseite erkenne, zucke ich zusammen und gehe ins Wohnzimmer hinüber.

Wo machen wir weiter? Ich möchte als Erstes ins Kunstmuseum. Vielleicht ist einem der Mitarbeiter während der Ausstellungseröffnung doch noch etwas aufgefallen. Vielleicht ist Borchert mit jemandem in Streit geraten oder es gibt eine andere Spur, die mehr Licht in diesen merkwürdigen Unfall bringen könnte. Allerdings bezweifle ich, dass irgendjemand schon so früh im Museum sein wird.

Zudem bin ich neugierig, wie die Partner von Schröder, die Putins, auf seinen Tod reagieren. Ich denke an diesen großen, schweren Mann, der so ruhig und unergründlich wirkt, so als habe er die Gewissheit, uns immer einen Schritt voraus zu sein.

Und mit Kollege Warzer müssen wir auch sprechen, vielleicht sind seine Landsleute ja alte Bekannte in seiner Abteilung Wirtschaftskriminalität. Vielleicht kann er uns weiterhelfen, obwohl ich im Augenblick noch nicht sagen könnte, wie.

Ich höre Fabian unter der Dusche pfeifen, irgendeinen Song von Huey Lewis & the News aus den 90ern, dessen Titel mir gerade nicht einfällt. Ich frage mich, woher dieser Mann seine gute Laune nimmt. Hat er nicht gerade seine Familie verloren?

Ich ziehe meinen Morgenrock enger um die Schultern. Durch den undichten Fensterrahmen pfeift leise der Wind. Seit einem Jahr habe ich mir vorgenommen, die undichte Stelle abzukleben, aber sobald ich das Wohnzimmer verlasse, ist das Problem vergessen.

„Morgen, Margot“, höre ich es hinter mir. Mit einem erneuten Gähnen drehe ich mich um. Fabian trägt eine Jeans und ein schwarzes T-Shirt, das derart über seinen Bauch spannt, als habe er im Supermarkt eine Wassermelone geklaut. Vorübergehend war er mal in besserer Verfassung, als er für das Polizei-Sportabzeichen trainiert hat. Aufgrund einer Verletzung wurde das jedoch verschoben, und seitdem ist Fabian wieder ganz zu seinem eher phlegmatischen Wesen zurückgekehrt. Er isst mehr als seinem Idealgewicht, nein, seinem Normalgewicht gut tut.

„Morgen, Fabian. Hol dir Kaffee.“ Ich gehe Richtung Küche. „Nimm dir, ist ganz frisch.“ Ich schiele in den Brotkorb und sehe, dass er außer einer halben Packung Toast leer ist. „Willst du was essen?“

Fabian öffnet die Hängeschränke über der Spüle. „Nee, danke, aber hast du Zucker?“

„Nur Süßstoff!“, sage ich, obwohl das nicht stimmt. Ich schnuppere in die Luft. „Sag mal, hast du mein Deo genommen?“, frage ich einigermaßen konsterniert. Das Duschgel von gestern Abend habe ich ja unkommentiert gelassen, aber ein gemeinsames Deo geht dann doch zu weit.

Er schaut mich an, als sei diese Frage absolut ungewöhnlich. „Klar, ich hab ja noch keins hier. Riecht gut, finde ich, danke.“ Er hebt seinen Arm, so als solle ich an seiner Achsel schnuppern. Als er merkt, dass ich keine Anstalten mache, meine Nase unter seinen Arm zu zwängen, lässt er ihn wieder sinken.

„He, hier ist doch Zucker“, sagt er und hält mir die weiße Dose hin.

Ich lächle säuerlich, zwänge mich an ihm vorbei und gehe ins Wohnzimmer. Irgendwie bin ich unruhig. Wenn er es nicht selbst schafft, werde ich ihm nachher ein Deo kaufen. Und ein eigenes Duschgel für Männer, damit er nicht meins benutzen muss.

Wir nehmen die Kennedybrücke. Dutzende Radfahrer stemmen sich gegen den Wind. Fabian fährt am Hilton entlang und biegt dann wieder rechts ab. Unterhalb des Alten Zolls fahren wir Richtung Museumsmeile. Mittlerweile sind auch einige Läufer unterwegs, die allein oder auch in kleinen Gruppen – zu zweit oder zu dritt – am Rheinufer entlanglaufen. Ihre bunte Kleidung, gelbe, rote und grüne Laufjacken wirken positiv in diesem eher verregneten Vorfrühling.

Ich nehme mir auch immer wieder vor, meine Laufschuhe anzuziehen und abends einfach loszulaufen; von meiner Wohnung aus ist es maximal einen halben Kilometer bis zum Rhein. Aber irgendetwas hat mich bislang abgehalten. Die Arbeit, rede ich mir ein. Dabei weiß ich, dass das natürlich nur eine Ausrede ist, man kann fast immer und überall laufen. In ein paar Monaten bin ich ebenfalls mit dem Polizei-Sportabzeichen dran, dann wird mir ohnehin nichts anderes übrig bleiben. Und vielleicht wird es ja ein Hobby, denke ich hoffnungslos, als wir langsam den kurzen Anstieg am Bundesrechnungshof entlangfahren. Besser als Stricken oder irgendeinem Schlagerstar hinterherzufahren.

Eine Grundschulklasse sammelt sich gerade vor dem Eingang zum Museum Alexander König. Kleine Jungen und Mädchen, ebenso bunt gekleidet wie die Läufer unten am Rhein. Ein halbes Dutzend versucht auf die lange grüne Schlange zu klettern, die sich rechts vom Eingang entlangwindet. Oder ist es eine Echse? Zwei überforderte Lehrerinnen versuchen, die Klasse in Zweiergruppen zu ordnen, dann sind wir vorbei.

„Wir sollten aber mehr wissen über die Partner von Schröder!", sage ich. „Hattest du nicht das Gefühl, dass dieser … dieser Putin sehr überlegen wirkte, fast abgebrüht? So als wüsste er, was wir suchten, und als sei er derjenige, der entscheiden könnte, ob wir das finden könnten."

„Nö", sagt Fabian einfach. Ich warte, ob er das begründen will, aber er konzentriert sich weiter auf den Verkehr auf der B9.

Erst jetzt habe ich Zeit, die kühle Schönheit des Museums auf mich wirken zu lassen. Am Infoschalter hat uns eine kleine, ältere Dame in einem grauen Kostüm und hochgesteckten Haaren (sie sieht eher aus wie eine Kuratorin als eine Empfangsdame) gebeten, kurz zu warten. Professor Borchert werde sicher gleich kommen, sie wolle einmal durchrufen. Als ich daraufhin sage, dass Professor Borchert heute gar nicht im Hause sei, stutzt sie kurz und meint, dann werde sie es eben bei Dr. Libow versuchen, seinem Stellvertreter.

Nach zwei Minuten des Wartens schlendere ich langsam durch das Foyer, das bei der Ausstellungseröffnung noch mit Dutzenden Gästen gefüllt war. Das langgezogene Erdgeschoss wirkt kirchlich still, nichts erinnert an verschütteten Sekt, verlorene Kanapeekrümel und zertretene Salzbrezeln.

Während wir auf Libow warten, schlendere ich zur Dauerausstellung der rheinischen Expressionisten. Vor allem Mackes Bilder strahlen mich voller Lebenslust an. Zudem verbreiten sie für mich eine große Ruhe und Zufriedenheit. Ich trete gerade einen Schritt zurück, um den „Seiltänzer" besser betrachten zu können, als sich hinter mir jemand räuspert.

Ich drehe mich um und blicke in das runde Gesicht von Dr. Libow. Die kleine, runde Brille auf seiner Nase gibt dem Mann ein jungenhaftes, schelmisches Aussehen. Er trägt einen grauen Dreiteiler, und augenblicklich komme ich mir in meiner schwarzen Winterjacke und der ziemlich ausgewaschenen Jeans unvorteilhaft gekleidet vor.

„Frau Lukas?", fragt er und streckt mir mit einem Lächeln auf den Lippen seine kleine Hand entgegen. Winzige Grübchen zieren seine Wangen.

Ich ergreife seine Hand und wundere mich über die Hitze, die sie ausstrahlt. Fast so, als habe er sie über einem Feuer geröstet.

„Ja", sage ich „und Sie sind … Dr. Libow?" Während ich das frage, überlege ich, wo Fabian abgeblieben ist.

Libow nickt, gleichzeitig verschwindet sein Lächeln. „Sie kommen wegen des Unfalls, oder? Waren Sie schon im Krankenhaus? Wissen Sie, wie es ihm geht?" Libow wringt die Hände, als würde er sich einseifen. Seine gute Laune scheint verflogen, er wirkt zerknirscht.

Diesmal bin ich es, die es mit einem Lächeln versucht. „Eine Menge Fragen!"

„Entschuldigen Sie!", lächelt er zurück. „Sie sind natürlich zu uns gekommen, um etwas zu erfahren, oder? Und nicht umgekehrt." Er reibt sich erneut die Hände. „Also, was möchten Sie wissen?" Ängstlich erwartungsvoll wie ein Zweitklässler schaut er mich an, ein Zweitklässler, der vorne an der Tafel auf die Aufgabe der Lehrerin wartet.

„Sagen Sie", frage ich stattdessen, einfach, weil es mich interessiert, „gehören diese Gemälde alle Ihnen? Also dem Museum? Oder sind das Leihgaben?"

Mit ausgestreckten Armen dreht sich Libow in den Raum hinein, als begrüße er eine unsichtbare Schar Besucher. „Vieles sind Dauerleihgaben, natürlich, wir haben gar nicht das Geld dafür. Wir sind ja eine städtische Einrichtung, anders als die Bundeskunsthalle." Er seufzt leise. „Manches sind Schenkungen, tatsächlich, ja, aber die werden leider auch weniger. Mäzene fallen nicht vom Himmel, und die reichen Leute sind nicht mehr so freigiebig wie noch vor zehn Jahren."

„Hm!", mache ich, denn mit reichen Leuten kenne ich mich nun wirklich nicht aus. Verstohlen suche ich mit den Augen die angrenzenden Räume ab. Wo zum Teufel ist Fabian?

„Sagen Sie, Dr. Libow, Sie haben ja sicher vom Tod von Steven Schröder geh…"

„Ja, ist das nicht schrecklich?", unterbricht er mich, „und wie ich gelesen habe, ist seine Freundin auch tot. Zwei so nette Menschen!"

Sein Mitleid wirkt ein wenig aufgesetzt, und der gute Eindruck, den ich anfangs von ihm hatte, löst sich allmählich in Luft auf. Was soll das Getue? „Waren Herr Schröder und Sie eng befreundet?", will ich wissen.

„Nein, befreundet kann man nicht sagen, befreundet … nein." Libow überlegt kurz. „Wir haben natürlich miteinander zu tun gehabt, standen fast jede Woche in Kontakt … In einer so kleinen Stadt ist es vollkommen unmöglich, sich aus dem Wege zu gehen, selbst wenn man wollte."

„Wollten Sie denn?", frage ich und lächle breit.

„Nei… nein, natürlich nicht, Steven war ein feiner, ein … ein feiner Geist. Er hat viel für die Stadt getan … Und Barbara … mit Barbara, das ist einfach nur traurig."

„Sagen Sie", hake ich nach, „Professor Borchert sagte uns gestern, dass sich Schröder die vergangenen Monate verändert habe. Allerdings nicht zum Guten. Viel Geld ausgegeben, sein guter Kunstgeschmack sei ihm mehr oder weniger abhanden gekommen … Ist Ihnen das auch aufgefallen?"

Libow dreht sich etwas von mir weg, aber auch so sehe ich, dass er schlucken muss. Allerdings kann ich nicht entscheiden, ob es die Frage ist, mit der ich ihn in Verlegenheit gebracht habe, oder ob er einfach überlegen muss, was er jetzt sagen will. Dass er vorsichtiger geworden ist in seinen Aussagen, habe ich längst bemerkt.

„Ach, wissen Sie", beginnt er lapidar. „Kunst …" Wieder macht er eine Pause. „Steht es mir zu, Stevens Kunstgeschmack zu beurteilen? Oder zu verurteilen? Ja, Professor Borchert hat sicher recht gehabt, dass sich Steven verändert hat, aber mein Gott, ja, vielleicht war es das Geld, wer weiß?"

Plötzlich purzeln rund zwanzig Schulkinder lärmend in den Raum. Zwei Lehrerinnen ermahnen sie zunehmend laut, die Gemälde nicht zu berühren, da sonst die Alarmanlagen des Hauses reagieren würden, aber die Jungen und Mädchen sind mehr damit beschäftigt, sich gegenseitig zu schubsen und zu necken.

„Welches Geld?", frage ich über den Lärm hinweg. Jetzt könnte es interessant werden. Leider ist Fabian immer noch wie vom Erdboden verschluckt.

„Nun ja, als sich Steven entschlossen hat, mit den Putins zusammenzuarbeiten, da rollte der Rubel eben." Er lacht laut über seinen kleinen Scherz, und ich gönne ihm ein kurzes „Haha" meinerseits.

„Haben die Putins Anteile an Schröders Galerie gekauft oder etwas in der Art?", frage ich.

In dem Moment betritt ein älteres Ehepaar den Raum, beide hochgewachsen, beide um die siebzig. Sie hat sich bei ihm untergehakt, er redet belehrend auf sie ein, und ich kann förmlich fühlen, wie er ihr eine Lehrstunde in Sachen rheinische Expressionisten erteilt. Beide registrieren die lärmende Schulklasse, die glücklicherweise in den nächsten Raum wechselt, mit einem missbilligenden Blick.

Libow schüttelt den Kopf und spricht nun wieder leiser. „Ob die

Putins die Galerie oder vielleicht auch nur die halbe Galerie gekauft haben, das kann ich nicht sagen. Aber irgendwoher muss das Geld ja gekommen sein, oder? Man fährt ja nicht einfach so plötzlich einen neuen Porsche Carrera und trägt eine Rolex am Arm, oder?"

Ich nicke. „Hört sich ein bisschen neureich an, oder?"

„Genau!", stimmt mir Libow enthusiastisch zu.

„Oder kann es ein, dass die Putins einfach die besseren Maler mitgebracht haben, bessere Kontakte hatten, vermögendere Käufer oder so etwas in der Art?"

Kaum habe ich das ausgesprochen, lacht Libow, und diesmal hört es sich unverhohlen gehässig an. „Die besseren Maler, dass ich nicht lache! Gucken Sie da mal rein ... Im Augenblick stellt da so ein hergelaufener junger Kerl aus, von dem noch nie irgendjemand aus der Szene etwas gehört hat, Abbilder weiblicher Geschlechtsorgane."

„Ach!", sage ich und hoffe ihn damit zum Weiterreden zu animieren, was gelingt.

„Ja, ein ... Bolko. Bolko! Soll wohl so was wie ein Künstlername sein. Noch nie hat jemand von ihm gehört. Keinen einzigen Artikel gibt es in unseren Zeitschriften oder Blättern über ihn. Alles Humbug. Und diese ... diese Werke, die dort ausgestellt sind, kosten fünfstellig! Fünfstellig! Ich frage Sie, wer soll die kaufen?"

Ich zucke die Schultern. „Sagen Sie es mir."

Er schnaubt und schaut mich kurz an. „Lieber nicht!"

„Warum?"

„Warum? Weil ... weil ich mich dafür nicht interessiere. Und weil ich damit nichts zu tun haben möchte."

„Womit möchten Sie nichts zu tun haben?", frage ich.

„Na, Sie wissen schon ... ob das mit rechten Dingen zugeht." Abwehrend hebt er beide Hände. „Aber damit beschäftige ich mich nicht. Und Professor Borchert auch nicht. Wir sind keine Unternehmer, wir sind städtische Angestellte." Er lächelt und erneut erscheinen die Grübchen, was ihn mir wieder sympathisch macht. „Und da spekulieren wir nicht. Wir verwalten."

Er lächelt weiter, und ich kann nicht entscheiden, ob er das ernst oder ironisch meint.

Plötzlich legt Libow seine Hand auf meinen Arm. „Aber erzählen Sie nicht weiter, was ich Ihnen gesagt habe, ja? Ich will … keine Schwierigkeiten bekommen."

„Von wem denn Schwierigkeiten?", frage ich gespielt naiv.

„Na, von … von Schröders Partnern." Er scheint erstaunt, dass ich das nicht in Erwägung gezogen habe.

„Haben Sie Angst vor denen?", frage ich provokant.

Libow winkt heftig ab. „Angst? Nein. Aber mit denen möchte ich ehrlich gesagt nichts zu tun haben."

„Warum?"

Libow setzt gerade zu einer Antwort an, da hastet Fabian in den Raum. Mit einem so hochroten Kopf, als sei er gerade einen Marathon gelaufen.

„Punktlandung!" Meine Stimme trieft vor Ironie.

„Tschuldigung", Fabian reibt sich über die Stirn und scheint Libow gar nicht zu registrieren, „aber das war Susanne, und sie will heute Abend mit mir reden." Sein Lächeln ist breiter als ein Garagentor.

Trotzdem kann ich seine Freude noch nicht teilen. Ich wende mich wieder zu Libow. „Warum möchten Sie mit Schröders Partnern nichts zu tun haben?"

Libow wackelt mit dem Kopf, und drückt damit unmissverständlich aus, dass er nach einer passenden Antwort sucht. Nach ein paar Sekunden nuschelt er: „Ist einfach nicht meine Art Kunst, verstehen Sie?"

Ich nicke, obwohl das natürlich nicht die wahre Antwort ist.

Fabian und ich verabschieden uns und verlassen das Museum.

Als wir auf Höhe der bunten Riesenscherbe von Katharina Grosse kommen, berühre ich kurz seinen Arm. „Das freut mich, das mit Susanne."

Und ich meine es wirklich so. Wahrscheinlich natürlich auch, weil ich froh bin, meine Wohnung bald wieder ganz für mich allein zu haben.

„Und wenn du willst", füge ich hinzu, „kannst du mir hinterher erzählen, was sie gesagt hat, okay?"

Eigentlich bin ich nicht erpicht darauf, Erläuterungen zu Fabians

Ehekrise zu erhalten, aber ich versuche, höflich zu sein.

„Das brauche ich dir nicht zu erzählen." Fabian druckst und lächelt mich ein wenig gequält an. „Susanne will, dass du dabei bist! Also bei unserem Gespräch. Das ist … äh … das ist eine ihrer Bedingungen."

Kapitel 28

Wir fahren am Haus der Geschichte auf den Helmut-Schmidt-Platz zu. Im Mittelpunkt des vierspurigen Kreisverkehrs ragen mehrere rostbraune, lange, dünne Barren in die Luft. Ihre Ähnlichkeit mit Pommes frites ist unverkennbar, deswegen wird der Platz von vielen der Einfachheit halber auch „Fritten-Kreisel" genannt. An der Fassade der Bundeskunsthalle kündigt die große LED-Tafel eine Michael-Jackson-Ausstellung an. Dann wechselt das Bild und wir sind vorbei. Der Cherokee röhrt ungesund, und ich denke, dass Fabian nun doch bald ein neues Auto kaufen muss.

Sein Handy klingelt, und obwohl er fährt, greift er in die Tasche und beginnt zu telefonieren. Ich versuche mich zu entspannen und schließe die Augen. Doch als ich das mache, erscheint das Bild des gemarterten Schröder in meinem Kopf, gefesselt, geknebelt, gefoltert.

„Wir haben möglicherweise den Unfallwagen von gestern Abend", höre ich Fabians Stimme.

„Der, der Borchert angefahren hat?"

Fabian nickt und blickt verdrießlich auf die Wagenkarawane, die sich vor uns staut.

„Wo müssen wir hin?", frage ich. Plötzlich habe ich die Vorstellung, dass wir zurück zu Schröders Wohnung in die Südstadt fahren müssen, dass der Wagen dort auf eine gewisse Katrin Kuhler gemeldet ist, aber Fabian sagt nur: „Rhöndorf. Peter wollte mir die Adresse aufs Handy schicken."

Mittlerweile sind wir unterhalb des Johanniter-Krankenhauses angelangt und biegen links auf die Südbrücke. Glücklicherweise ist die Strecke frei.

Wir schaffen es tatsächlich ohne Stau nach Rhöndorf. Vor dem Tunnel Oberkassel ist zwar die linke Fahrbahn wegen Reinigungsarbeiten gesperrt, aber wir sind dennoch schnell an der Ausfahrt Richtung Rhöndorf/Bad-Honnef. Fabian klärt mich auf, dass hier früher die berühmte Penaten-Creme hergestellt wurde, und wenig später fahren wir an einem Grundstück vorbei, dass ich als altes Werksgelände wahrnehme, aber ein Emblem mit Schaf und Hirten kann ich nirgendwo entdecken.

Fabian biegt links ab, die Straßen werden enger, die Häuser schöner. Vorgärten, die auf einen warmen Frühling warten, der Rasen noch grün-braun, dafür strahlen in Blumenkübeln Veilchen in der bleichen Sonne, die ab und zu hinter den grauen Wolken hervorbricht.

„Siehst du eine Nummer 17?" Fabian beugt sich weiter über das Lenkrad, so als sei er kurzsichtig. Ich habe bislang noch keine einzige Hausnummer ausmachen können, noch weiß ich, in welcher Straße wir uns gerade befinden.

„Da ist es!" Fabian steigt so abrupt auf die Bremse, so dass ich froh bin, dass niemand hinter uns fährt. Haus Nr. 17 liegt wie viele hier am Berg etwas zurückversetzt. Wir fahren eine gepflasterte, schmale Einfahrt entlang. Begrenzt wird sie von einem nachlässig gestrichenen Holzzaun, der einen Rasen abtrennt, der den Winter erstaunlich gut überstanden zu haben scheint. Fabian lässt den Wagen direkt auf ein kleines Rondell zurollen, das an eine Doppelgarage stößt. Links von uns erhebt sich selbstbewusst eine imposante, hellblau gestrichene Gründerzeitvilla, zweistöckig, mit großen, hohen Fenstern, mehreren kleinen, spitzen Giebeln und glänzenden Dachziegeln.

Die beiden Garagentore sind geschlossen. Während ich mich umschaue und das kleine vergitterte Fenster rechts der Haustür betrachte, steigt Fabian schon die drei Stufen hinauf. Vor dem Fensterchen hängt ein Blumenkübel mit weiteren Frühlingsblumen, Narzissen und Vergissmeinnicht, gelb, blau und einladend. Ich bleibe auf der Stufe stehen, unterhalb der von Fabian.

„Krüger!", sagt er, „da bin ich jetzt aber mal gespannt." Er lächelt säuerlich.

Peter hat uns telefonisch benachrichtigt, dass in Bonn mehrere Wagen gemeldet sind, wie der, der gestern Abend in den Unfall verwickelt gewesen ist, allerdings käme nur dieser hier in Frage (wenn er denn aus der Region kommt) wegen der Sportstreifen, die sich über die gesamte Karosserie ziehen. Schade, dass die beiden Garagentore geschlossen sind, so sind wir erst einmal auf die Kooperation der Besitzer angewiesen.

Eine Gestalt nähert sich der Tür. Ein etwa 60-jähriger Mann steht vor uns, weißes Hemd, dunkle Baumwollhose (braun oder schwarz) und glänzende Lackschuhe. Im Hintergrund höre ich Musik, nichtssagender Pop eines Kommerzsenders.

„Ja bitte?", fragt er in einem Tonfall, der nicht unfreundlich oder ängstlich klingt, sondern eher neugierig. Ich sehe, wie er etwas in die linke Hosentasche schiebt, wahrscheinlich ein Handy oder einen Schlüssel. Der Mann schaut abwechselnd zu Fabian und mir. „Womit kann ich Ihnen helfen?" Immer noch klingt er neugierig, ich erkenne in seinen Augen keine Angst oder Aggressivität.

„Herr Krüger?", fragt Fabian.

„Ernst-Dieter Krüger, ja. Was kann ich für Sie tun?" Seine Stimme ist selbstbewusst, er spricht laut und deutlich, und das passt zu seiner Erscheinung und Haltung. Ein höherer Bankangestellter, denke ich. Oder möglicherweise Chef oder Vorstandsmitglied eines kleinen Unternehmens. Ich höre, wie die Musik im Haus leiser gedreht wird. Ob aus Interesse an unserem Gespräch oder um generell unsere Trommelfelle zu schonen, vermag ich nicht zu sagen. Auf jeden Fall ist da noch jemand anders.

„Herr Krüger, können Sie uns sagen, wo Sie gestern Abend gewesen sind?", frage ich.

Krüger runzelt die Stirn, eine Geste, die wohl Ungläubigkeit ausdrücken soll. Ob echte oder vorgetäuschte … wir werden sehen.

„Wie bitte?", fragt er, so als habe ich ihn gebeten, seine Villa abzubrennen.

„Wir würden gerne wissen, wo Sie gestern Abend gewesen sind, ab circa 21 Uhr. Bis 23 Uhr."

Nun wird er förmlich, sein ganzer, eher magerer Körper strafft sich, wird aufrecht, wehrhaft, scheint zur Verteidigung bereit. „Warum wollen Sie das wissen? Wer sind Sie denn überhaupt?" Er wirft einen raschen Blick über seine linke Schulter, so als habe er im Inneren des Hauses etwas oder jemanden gehört. Erkennen kann ich dort aber niemanden. „Ich nehme an, Sie sind von der Polizei. Und dann erwarte ich, dass Sie sich ausweisen, bevor ich Sie darauf aufmerksam machen muss. Oder sehe ich das falsch?" Er hebt die Augenbrauen und schaut uns prüfend an.

Nein, das sieht er nicht falsch. Wir wünschen Antworten auf Fragen, von denen er nicht einmal weiß, welche Folgen sie für ihn oder seine Familie, soweit er eine hat, haben können.

Wir besitzen keinerlei rechtliche Handhabe für eine Kooperation seinerseits, sein gutes Recht wäre es, uns vom Hof zu jagen, wenn wir seiner Meinung nach zu forsch oder frech auftreten. Ich nicke ihm zu. „Herr Krüger, gestern Abend gegen 22 Uhr hat es in der Nähe der Bundeskunsthalle in Bonn einen Verkehrsunfall gegeben. Dabei ist ein Mann schwer verletzt worden. Es besteht die Möglichkeit, dass Ihr Wagen oder …", ich schaue Richtung Doppelgarage, „… einer Ihrer Wagen in den Unfall verwickelt gewesen sein könnte." Immer schön im Konjunktiv bleiben, denke ich bei mir.

Unsere Zeugin, Frau Loosen, lasse ich unerwähnt. Je nachdem, ob Ernst-Dieter Krüger die Putins kennt oder mit ihnen sogar eng befreundet ist, besteht die Möglichkeit, dass die Dame als Nächstes auf der Kühlerhaube eines Autos landet.

Einen Augenblick überlegt er, blickt an uns vorbei auf eine hohe Fichte auf dem Nachbargrundstück, dann schaut er mich an. „Welchen Wagen suchen Sie?" Plötzlich habe ich das Gefühl, dass er unsere Antwort schon kennt.

„Einen Mustang V8."

Seine Augen wandern hin und er, als überlege er, was er nun sagen könne. Von einem auf den anderen Augenblick weiß ich, dass die Suche nach dem Unfallwagen erfolgreich war.

Nervös beginnt Krüger mit dem Schlüssel oder was es ist, in seiner Hosentasche zu spielen. Die stramme Haltung weicht einer Art Resignation, seine Körperspannung lässt nach und er wirkt schlaff, gleichzeitig älter und müde. Langsam schüttelt er seinen Kopf. Noch immer sagt er nichts, dann entfährt seinem Mund ein Seufzen. „Ich hoffe wirklich aus tiefstem Herzen, dass ich Ihnen nicht weiterhelfen kann, aber … warten Sie bitte einen Augenblick."

Krüger steigt die Treppen hoch zurück ins Haus, im Dunkel des unbeleuchteten Flurs bleibt er vor einer Kommode stehen. Er zieht eine Schublade auf, nimmt etwas heraus und kommt zurück. Ohne ein Wort oder einen Blick geht er an uns vorbei Richtung Garage.

Mit einem unangenehmen Quietschen der Scharniere fährt das Tor hoch. Schon als es sich einen Meter vom Boden entfernt hat, beginnt mein Herz schneller zu schlagen. Aus dem Dunkel taucht das breite Hinterteil eines Mustangs auf. Der Wagen steht mit der Schnauze Richtung Garagenwand, so dass wir nicht sofort erkennen können, ob das Auto im Frontbereich eine Delle hat, oder ob sogar Blutspritzer oder Kleidungsfetzen von Borchert am Lack kleben.

Krüger will sich links an der Garagenwand vorbei zur Fahrertür zwängen, aber ich stoppe ihn.

„Wäre es okay, wenn Sie den Wagen so stehen lassen?", frage ich ihn. „Und nicht berühren. Bitte!"

„Warum?", fragt er nur, bleibt aber stehen.

„Wegen möglicher Fingerabdrücke!", sagt Fabian.

Wieder seufzt Krüger. Kurz schaut er Richtung Haustür, dann wieder zu uns. „Schauen Sie selbst nach, ich seh mal, ob meine Tochter schon ansprechbar ist."

Während Krüger zurück ins Haus geht, zwänge ich mich am Wagen entlang in Richtung rechter Kotflügel. Ich stoße an ein dunkelgraues Metallregal, auf dem Schraubenzieher, Hämmer, Schraubenschlüssel und anderes Werkzeug liegen, und fluche leise. Nur wenig Licht fällt bis hierhin, wo ich nun stehe, aber ich sehe die footballgroße Beule am rechten Kotflügel sofort. Ich nicke Fabian zu, der am Garagentor steht, und zwänge mich, ohne den Wagen und das Regal zu berühren, wieder nach draußen.

Fabian hat sein Handy gezückt, um die Spurensicherung zu rufen, als auf der rechten Seite des Hauses ein Fenster aufgeht. Wenige Sekunden später sehe ich einen Turnschuh, ein Hosenbein, noch eines, und dann springt ein junges Mädchen auf den Rasen. Mühelos federt es sich in der Hocke ab und richtet sich auf. Als Erstes fallen mir die langen, lockigen Haare des Mädchens auf, die um ihren Kopf wirbeln, als sie uns entdeckt. Einen Augenblick schauen wir uns ungläubig an, dann spurtet sie in die entgegengesetzte Richtung. Glücklicherweise umgibt die rückwärtige Seite des Grundstücks ein hoher Maschendrahtzaun, so dass das Mädchen keine Chance hat, zu entkommen.

Sie muss einmal ums Haus und vorne an uns vorbeispurten, wenn sie das Grundstück verlassen will. Ich habe den weitaus kürzeren Weg und bin bereits an der offenen Haustür vorbei Richtung Einfahrt. Das Mädchen läuft mir fast in die Arme. Sie versucht noch einen Haken zu schlagen, aber ich greife sie einfach an den Haaren und ziehe sie zu mir. Floskeln wie „Hier geblieben" oder „Wohin so eilig?" erspare ich uns beiden, ich drehe ihr nur vorsichtig einen Arm auf den Rücken. Als sie sich zu wehren versucht, schiebe ich den Arm etwas höher. Zuerst flucht sie lautstark, dann wird sie ruhig.

Ich höre Schritte auf der Treppe und wenig später stehen uns Fabian und Vater Krüger gegenüber. Krüger macht ein Gesicht, als sei seine Tochter gerade des zweifachen Mordes überführt worden.

Kapitel 29

In Fabians Mund verschwinden ein Berg Kartoffelpüree, sechs Nürnberger Würstchen und Unmengen Sauerkraut. Ich sitze ihm in der Kantine im Polizeipräsidium gegenüber und frage mich, wie ein menschlicher Magen dermaßen viel Masse aufnehmen kann. Ich selbst habe keinen Appetit, stochere mit der Gabel in meinen Gnocchi, die Ähnlichkeit mit weißlich-dicken Maden besitzen.

Janine Krüger hat sofort zugegeben, gestern Abend den Wagen ihres Vaters gefahren zu haben. Sie hat sogar zugegeben, einen Passanten in der Paul-Clemen-Straße angefahren zu haben. Sie habe den Mann nicht gesehen, der plötzlich über die Straße gelaufen sei, sagt sie uns. Nach dem Zusammenprall und einer kurzen Schrecksekunde sei sie sofort weitergefahren, weil sie Panik gehabt habe. Das alles sagt sie, während sie gemeinsam mit ihrem Vater, Fabian und mir in der Einfahrt des Krüger-Hauses steht, kurz nach ihrem Fluchtversuch. Dabei schaut sie uns drei seltsam unbeteiligt an, gleichzeitig hackt sie stoisch auf einem Kaugummi herum. Ich betrachte ihre Pupillen und bin mir sicher, dass sie unter Drogen steht. Aber daran liegt es nicht, dass ich ihr nicht glaube. Das, was sie uns erzählt, klingt einstudiert, abgelesen, auswendig gelernt, einfach unecht. Und ich frage mich, welchen Grund sie hat, zu lügen.

Als ich meinen Teller Gnocchi beiseiteschiebe und überlege, ob ich mir nicht einfach einen Tee holen soll, setzt sich Peter an unseren Tisch. Drei Meter entfernt lassen sich lärmend sechs Polizeianwärter nieder, und einen Augenblick bin ich versucht, sie darüber aufzuklären, dass sie hier nicht mehr im Kindergarten sind und gefälligst das pubertäre Gejohle unterlassen sollen. Aber das Papier, das Peter mir hinhält, lässt mich die Jungs sofort vergessen. Es ist das etwas unscharfe Foto einer Überwachungskamera. Peter sagt, er habe das Kennzeichen, das er von Fabian und mir bekommen habe, ins System gegeben und fast augenblicklich diesen Treffer bekommen: Es zeigt einen jungen Mann, der Richtung Beifahrer schaut. Ich betrachte die

Daten am unteren Rand der Schwarz-Weiß-Fotos: Tag gestern, Uhrzeit: 22:21 Uhr. Aufgenommen nur rund einen halben Kilometer vom Unfallort Paul-Clemen-Straße entfernt.

Ernst-Dieter-Krüger hat uns hereingebeten, wir stehen im Hausflur. An einer Garderobe hängen dunkle und helle Herrenmäntel und mehrere bunte Jacken und Schals. Auf einer Kommode liegen in einer Metallschüssel diverse Schlüssel, Kugelschreiber und Post-it-Blöcke. Janine ist in ihrem Zimmer. Krüger führt uns ins angrenzende Wohnzimmer. Bis hierher hören wir Musik, ich erkenne Bob Marley & The Wailers und fühle mich kurz zurückversetzt in die 80er Jahre. Jeden Moment, denke ich, wabert der Geruch von Marihuana zu uns ins Wohnzimmer herüber.

Krüger hat versucht, Janine dazu zu bewegen, mit uns zu kooperieren, aber sie hat nicht einmal die Zimmertür geöffnet, als er versuchte, mit ihr zu sprechen.

„Dieser Mann hier", ich reiche Krüger das Foto und tippe mit dem Finger darauf, „ist das der Freund Ihrer Tochter?"

Krüger nippt an einem Glas Martini, und kurz beneide ich ihn. „Ich glaube schon." Die beamtisch-korrekte Fassade ist vollkommen von ihm abgefallen, er ist nun ausschließlich besorgter Vater, der begreift, dass ihm wichtige Dinge entglitten sind.

„Sie glauben schon? Haben Sie den Mann denn noch nie gesehen? War der noch nie hier?", frage ich.

Krüger druckst herum. „Ja, ich … also, wir haben da mal drüber gesprochen, aber …" er hebt entschuldigend die Arme „ich bin alleinerziehend, wissen Sie? Janines Mutter ist vor drei Jahren gestorben, und … ja … mit Janine über Sexualität zu sprechen, über Freundschaft, machen Sie das mal …" Sein Seufzen geht in ein Räuspern über.

„Ich habe keine Kinder!", sage ich unbarmherzig, obwohl ich durchaus vermuten kann, wie schwierig Jungen und Mädchen in Janines Alter sein können.

„Ja", Krüger stellt das Martiniglas auf den Tisch und die drei Eiswürfel darin klirren in einem verführerischen Klang gegeneinander. „Irgendjemand hat Jani in letzter Zeit immer häufiger abgeholt. Ohne mir etwas zu sagen. Und abends ist sie dann heimgekommen, ebenfalls ohne mit mir zu sprechen. Meist ist sie ohne ein Wort in ihrem Zimmer verschwunden. Und dann habe ich sie zur Rede gestellt, oder besser gesagt …" Er zögert und sein Blick wandert Richtung Terrassentür. „Nein, es war eigentlich ein gutes Gespräch. Wir haben hier gesessen und viel gesprochen … über meine Frau, Janines Mutter. Ich habe versucht, ihr klar zu machen, wie schwer es auch für mich ist, plötzlich allein für alles verantwortlich zu sein." Er nickt, ganz in Gedanken. Ich folge seinem Blick und sehe zwei Tauben, die sich auf dem Holztisch auf der Terrasse niedergelassen haben. „Und ich hatte das Gefühl, dass sie mich versteht, dass sie es zumindest versucht. Jani hat mir dann auch von ihrem … ihrem Freund erzählt, dass der so cool sei, so gutaussehend, aber ich denke, ihr hat am meisten imponiert, dass der Junge Geld zu haben scheint."

„Wieso glauben Sie das?" Fabian schiebt Krügers Martiniglas Richtung Tischmitte.

„Janine erzählte mir, dass Ilias, so heißt der Junge wohl, dass Ilias sie zum Essen ausführen wollte. Und dass die beiden ein Museum besuchen würden." Er lacht kurz auf und schaut uns an. „Können Sie sich das vorstellen? Zum Essen ausführen und ein Museum besuchen! Der Junge ist sicher nicht älter als zwanzig und Janine grade volljährig.

Ich stutze, weil ich seinen Unglauben nicht ganz nachvollziehen kann. Warum sollten junge Menschen nicht in ein Museum gehen?

„Wie heißt der Junge mit Nachnamen?", frage ich. Irgendwo in meiner Jacke ist der kleine Block mit dem noch kleineren Bleistift, aber ich kann ihn nicht finden. In der Zwischenzeit hat Fabian seinen eigenen Block gezückt.

Krügers Hand greift erneut nach dem Glas. Er nippt in kleinen Schlucken, so als sei die durchsichtige Flüssigkeit eine übelriechende, bittere Medizin. „Ich weiß nicht mehr …. Es ist so ein bekannter Name, aber …" Er steht auf und geht mit dem Glas Richtung Flur.

Er klopft an Janines Tür, aber die einzige Antwort darauf ist, dass Bob Marley noch ein bisschen lauter singt. Krüger setzt sich wieder zu uns, schiebt sein Glas auf den Tisch und starrt erneut an uns vorbei nach draußen. Die Terrasse, die in den Garten übergeht, steht bis auf die Holzgartenmöbel leer. Übereinandergestapelte, leere Blumenkästen verstärken den trostlosen Anblick, den der Winter für mich häufig bietet.

„Irgendetwas Bekanntes“, sagt er nachdenklich „irgendwas Russisches, Sie wissen schon, ich komm jetzt nur nicht drauf.“

„Putin?“, fragt Fabian.

Krüger nickt.

Fabian und ich sitzen im Café am Kunstmuseum. Als wir in Rhöndorf in Fabians Cherokee gestiegen sind, hatte ich ihn gebeten, nicht sofort ins Präsidium zu fahren. Ich wollte meine Gedanken ordnen und das funktioniert meist besser ohne die unvermeidlichen Unterbrechungen am Schreibtisch. Vielleicht sind wir hier gelandet, weil die Museumsmeile trotz der riesigen Bauten für mich ein harmonischer Ort ist.

Die Kellner und Kellnerinnen haben vor das Café ein paar Stühle und Tische gestellt, obwohl es recht frisch ist und der Wind ab und an in kalten Böen an uns vorüberfegt, als wir aus dem Wagen steigen. Allerdings blinzelt ab und zu auch die Sonne durch die Wolken über der Bundeskunsthalle, und ein paar Wagemutige sitzen unerschrocken und kälteresistent auf den kleinen Metallstühlchen und trinken Glühwein, Kaffee oder Cappuccino.

Fabian und ich haben es nach kurzem Überlegen vorgezogen, nach drinnen zu gehen. Nun sitzen wir auf einer niedrigen, weißen Ledercouch, rechts der Eingangstür. Ich wärme meine Finger an einer Tasse grünen Tees, den ich mir in einem Anflug von Gesundheitsbewusstsein bestellt habe. Meine Ess- und Trinkgewohnheiten tragen sicherlich nicht dazu bei, dass ich irgendwann einmal auf der Liste der ältesten Menschen der Welt erscheine, deswegen versuche ich mir zumindest ab und zu ein gutes Gewissen zu bescheren. Obwohl ich mich mit dem Trinken beeilen muss, die Hälfte des Getränks scheint schon eilig Richtung Cafédecke zu verdunsten.

Neidisch beobachte ich eine ältere Dame am Tisch vor uns: Sie schlürft an einem riesigen Bottich Kakao, auf dem so viel Sahne sitzt, dass sie links und rechts an der Tasse herunterläuft. Die Frau schleckt sich die Finger und kümmert sich anscheinend genau wie ich nicht sonderlich um einen Eintrag auf der Liste der ältesten Menschen. Ich greife tapfer nach meinem Tee und überlege, mir als Belohnung gleich auch einen Kakao zu gönnen.

Fabian blättert neben mir in seinem Block. „Da ist doch was Größeres im Gang, oder, Margot?", murmelt er, ohne mich anzuschauen. Ob er das gerade aus seinen Notizen herausgelesen hat, oder ob ihm diese Erkenntnis schon länger gekommen ist, weiß ich nicht. Ich stelle meinen Tee zurück auf die kleine Untertasse und stimme ihm zu. Nicht einmal einen dieser verpackten länglichen Ekelkekse haben sie dazugelegt. Den könnte ich jetzt gut gebrauchen, um wenigstens ein bisschen was für meinen Zuckerhaushalt zu tun.

„Wir finden eine verbrannte Frauenleiche im Bett eines bekannten Galeriebesitzers … oder soll man Kunsthändler sagen? Egal. Wir finden seine Frau … Barbara Thiel, und wir gehen davon aus, dass Schröder sie ermordet hat, warum auch immer. Beziehungsärger, Geld, Eifersucht, was weiß ich." Er reibt sich mit der Hand über sein Kinn, es macht sogar über den Gesprächspegel im Café hinweg ein kratzendes Geräusch.

„Sie war nicht sein Frau!", widerspreche ich.

„Du weißt, was ich meine. Irgendwie passt das nicht. Beziehungsmorde sind … sind anders … Impulsiver und …"

„Eigentlich finde ich verbrennen ganz schön impulsiv!", stelle ich fest und meine es in diesem Fall noch nicht einmal zynisch.

„Egal. Auf jeden Fall finden wir eine Frauenleiche, der Mann, der mit der Toten zusammen war, ist verschwunden. Wir fahnden nach ihm, finden ihn einen Tag später dort, wo ihn niemand vermutet, zumindest nicht, wenn man Schröder nicht sehr gut kennt. Ihn und seine Familiengeschichte. Ein Fremder hätte nichts gewusst von diesem Haus in Hod … Hoden …"

„Sehr witzig!" Ich schaue sicherheitshalber noch einmal in meinen Block. „Hodgeroth heißt der Ort." Ich nippe wieder an meinem Tee und schaffe es zum ersten Mal, nicht das Gesicht zu verziehen. Das Zeug zieht mittlerweile so lange, dass es schon viel zu bitter schmeckt.

Vielleicht hätte ich doch den Teebeutel entfernen sollen. Aber ich dachte, je länger das Zeug im heißen Wasser aufweicht, desto gesünder ist es.

„Ja, auf jeden Fall finden wir ihn dort, wo er sich … ja, wahrscheinlich, ich denke mal, verstecken wollte. Und warum? Weil er doch schuldig ist? Oder weil er Angst hatte?“ Fabian rutscht hin und her, als müsse er auf die Toilette. „Dafür, dass er unschuldig ist, spricht ja wohl, dass wir ihn tot aufgefunden haben. Und nicht nur tot, sondern … gequält, gefoltert. Das war nicht einfach so getötet, Margot, das hatte was ganz Grausames, was ganz Systematisches.“ Er beugt sich näher zu mir, als würde ich ihn sonst über das angeregte Gemurmel und Klappern von Kuchengabeln und Löffeln auf Porzellan nicht verstehen.

„Das kann man wohl sagen.“ Im Kopf habe ich jetzt wieder die Verletzungen von Schröder, seine Leiche, verstümmelt an den Baum gelehnt, zerpflückt von Krähen, die ihn als Leckerbissen betrachtet haben.

„Egal.“ Fabian lehnt sich wieder zurück, „Was haben wir als Nächstes getan? Wir untersuchen Schröders Umfeld, die Putins einmal ausgenommen, und schwupps, liegt Schröders Bekannter oder Kunstfreund Professor Borchert schwer verletzt im Krankenhaus. Und Borchert kann froh sein, dass er auf dem Venusberg liegt und nicht bei Ben in der Rechtsmedizin. Und der Witz ist, dass das Auto aller Wahrscheinlichkeit nach von jemandem gefahren wurde, der zur Familie des Geschäftspartners von Schröder gehört, zu den Putins.“ Fabian verschränkt die Arme vor seiner Brust. „Das ist kein Zufall, Margot, oder glaubst du das? Ist meiner Ansicht nach so unwahrscheinlich wie ein Sechser im Lotto.“ Er zögert einen Augenblick und hält den Kopf schräg. „Na ja, okay, wie ein Fünfer. Diese Putins wollen doch irgendwas! Irgendwas verhindern oder vertuschen, und dafür gehen sie ziemlich große Risiken ein, finde ich.“

Eine Kellnerin steht plötzlich vor uns und fragt, ob wir noch etwas bestellen möchten. Fabian lächelt und verneint, und die junge Frau wendet sich an den Nebentisch.

„Na, ich würde sagen, dass die Putins, vorausgesetzt, sie haben überhaupt etwas mit Schröders Tod zu schaffen, etwas zu verbergen haben. Und vielleicht hat Schröder das entdeckt. Oder er zusammen mit seiner Freundin." Ich denke kurz nach. „Und die beiden hatten plötzlich Geld. Wer weiß, was passiert ist. Vielleicht war der Mord an Barbara Thiel so etwas wie eine letzte Warnung für Schröder."

Fabian schnappt nach Luft. „Letzte Warnung? Du spinnst ja, Margot! Die haben eine Frau umgebracht. Bestialisch umgebracht! Ist das etwa eine letzte Warnung?"

Ich drücke mich tiefer in die Ledercouch. „Du weißt, was ich meine. Vielleicht geht es nur um Schröder und gar nicht um Barbara Thiel. Oder seine Freundin hing da ebenfalls mit drin." Ich beobachte, wie die Dame am Tisch vor uns ihre Kakaotasse ausschleckt. Ihre Nase verschwindet fast darin und ihr Gegenüber, ein älterer Herr, schaut etwas befremdet drein. Wenn das das erste Date gewesen ist, wird es nach seinem Gesichtsausdruck zu urteilen wahrscheinlich auch das letzte sein.

„Professor Borchert hat uns gesagt, dass Schröder plötzlich viel Geld hatte, zumindest mit viel Geld um sich geworfen hat. Weißt du, ob sich Braun oder Bierganz schon die Kontoauszüge etc. vorgenommen haben? Ich meine, wir haben sie ihnen ja quasi auf den Tisch gelegt, als wir die Adresse von Schröders Vater gefunden haben. Oder ist sonst irgendwo Geld gefunden worden?"

Fabian brummt etwas, dem ich entnehme, dass das nicht der Fall war. Müssen wir also später selbst machen.

„Ich vermute, dass Schröder gemeinsam mit den Putins in irgendeine Schweinerei verwickelt gewesen ist, und vielleicht ist irgendetwas schiefgelaufen. Und wer weiß, vielleicht hat Putin Schröder die Schuld dafür gegeben. Oder Schröder hat Putin betrogen, oder Putin wollte sich rächen oder was auch immer. Und es kam zum Streit und …"

Fabian unterbricht mich wieder. „Nein, das glaube ich nicht. Diese Morde … die waren … gut durchdacht, geplant. Da gab es keinen plötzlichen Streit, bei dem einer plötzlich eine Axt im Kopf hatte. Barbara Thiel wurde entführt, was Planung voraussetzt, sie wurde verbrannt, und Schröder wurde gefoltert und umgebracht. Da hat sich jemand Zeit genommen. Entweder aus Rache, oder weil er etwas herausbekommen wollte."

„Oder weil es jemandem Spaß gemacht hat!", sage ich und hoffe, Unrecht zu haben.

„Oder das“, sagt Fabian wenig überzeugt. „Aber ehrlich gesagt, ich glaube, die haben ihn gefoltert, weil sie etwas Bestimmtes von ihm erfahren wollten.“

„Und was?“, frage ich skeptisch und werfe einen kurzen Blick auf meinen Tee. Mittlerweile ist er sicherlich nur noch lauwarm und schmeckt nach Gülle.

„Das ist doch naheliegend“, sagt Fabian. „Geld, was sonst?“

Ich nehme mir einen Augenblick Zeit und beobachte das ältere Pärchen am Tisch. Die Dame hat ihren Kakao mittlerweile vollständig ausgeschleckt und redet, halb über den Tisch gebeugt, auf den älteren Mann ein. Mitten auf ihrer Nase thront ein kleiner, brauner Kakaofleck, aber der Mann macht keine Anstalten, sie darauf aufmerksam zu machen. Wahrscheinlich hat er das Treffen innerlich bereits abgehakt. Sein Blick wandert immer wieder zu der rothaarigen Kellnerin, die weiterhin zwischen den kleinen Tischchen umhersaust. Obwohl es noch recht kühl ist, trägt sie nur ein gestärktes, weißes Hemd und einen kurzen, schwarzen Rock.

„Und woher haben die beiden das Geld? Und wie sollen sie es den Putins gestohlen haben? Und woher hatten die Putins das Geld? Und wofür?“

„Na, ist doch klar, Margot: vom Verkauf ihrer Bilder. Wenn du irgendwo richtig Geld verdienen kannst, dann mit Kunst. Du musst nur einen Namen etablieren, egal ob talentlos oder nicht, und irgendwann kommen die Leute oder die Kritiker nicht mehr dran vorbei, egal ob das gut ist, was die machen. Und bei moderner Kunst kannst du ohnehin fast alles machen, was du willst. Seit Warhol und Beuys kannst du aus jedem Aschenbecher ein Kunstwerk machen, du musst es halt nur so schwammig und kompliziert als Kunst verkaufen, dass das keiner mehr nachvollziehen kann. Dein Gegenüber kann dann nur noch nicken, weil er Angst hat, sich als Kunstprolet zu outen.“

„Na, ganz so einfach ist das auch wieder nicht“, räume ich ein, „sonst würdest du längst allein ermitteln.“

„Doch, Margot, das ist so einfach, ich sag's dir! Was du brauchst, sind Verbindungen, Kontakte, du musst die richtigen Leute kennen. Okay, stimmt, das ist vielleicht anfangs nicht so einfach, du brauchst einen Namen, aber mit Geld geht doch so gut wie alles. Du musst wie gesagt nur die richtigen Leute kennen."

Ich denke, dass Fabian zumindest zum Teil recht hat. Kurz nachdem ich in Bonn angekommen war, hatte ich das Kunstmuseum besucht. Ich wollte damals innerhalb einer Woche vor Dienstantritt alle Bonner Museen besuchen. Am zweiten oder dritten Tag war ich dann im Kunstmuseum, in der Ausstellung eines neuen Künstlers, der damals gerade groß in Mode war. Ich weiß nicht mehr, wie der hieß, ich habe nie wieder etwas von ihm gehört. Das Meisterstück seiner Ausstellung waren zwei acht Meter lange und zwei Meter hohe Leinwände, die an den Längsseiten eines Ausstellungsraumes angebracht waren. Die eine war bedeckt mit Nutella, die andere mit Sonnencreme. Nicht mehr, nicht weniger. Braun und weiß. Ich weiß nicht, ob am Ende eines der beiden Kunstwerke verkauft wurde, ich hatte mich damals nur gefragt, welchen Wert Kunst noch besitzt, wenn sie so beliebig ist wie Wasser in einem Fass. Ob man unten schöpft oder oben, es ist einfach egal.

„Aber man sollte auch noch ein bisschen originell sein, oder?", frage ich.

„Ja, sollte man." Fabian nickt und wir beobachten, wie der ältere Mann seinen Arm hebt und bei der rothaarigen Kellnerin die Rechnung verlangt. Ich befürchte, er möchte schnell weg, zumindest lässt sein eher verdrießlicher Gesichtsausdruck darauf schließen. Die Frau mit dem Kakaofleck auf der Nase redet währenddessen unbeeindruckt weiter auf ihn ein. Vielleicht geht es ihr gar nicht um ihn, vielleicht braucht sie nur ein Gegenüber, jemanden, der ihr zuhört.

Ich krame in meiner Jacke nach dem Portmonee. „Das heißt, wir gehen jetzt der Kunst näher auf den Grund?", frage ich.

„Ich denke, das sollten wir tun. Auch wenn ich nichts davon verstehe." Fabian klingt so, als freue er sich auf ein weiteres Wortgefecht mit den Putins.

Ich lege einen 10-Euro-Schein neben meine Teetasse, dann erheben wir uns und gehen hinaus auf den Museumsplatz.

In all dem Denken über Kommerz und Kunst hatte ich sogar vergessen, mir einen Kakao zu gönnen.

Kapitel 30

Eine schwarze, fast durchsichtige Tüllschleife ziert die Tür zur Galerie Schröder & Putin. Der Knoten hat sich fast gelöst, ein Ende des Tüllstoffes hängt kraftlos Richtung Boden. Geheuchelte Anteilnahme, die so gut wie nichts kostet, denke ich. Wenn sie wenigstens ein Schild angebracht hätten, auf dem sie erklärten, dass die Galerie wegen eines tragischen Todesfalls die ganze Woche geschlossen bleiben müsste. Aber das?

Ich drücke die Tür auf, in Erwartung überdimensionierter Vaginabilder, die mich anspringen. Kein einziges ist zu sehen! Stattdessen blicken mich ausdruckslos hässliche Pokémon-Wesen an, breit, asymmetrisch und grellbunt, jeweils eins auf einem der rund fünfzehn Gemälde, die an Stellwänden in rosa Rahmen klemmen.

Kurz überlege ich, in die hinteren Räume zu gehen, in der Hoffnung, irgendetwas Belastendes zu finden. Allerdings: Was sollte das sein? Ein Benzinkanister? Ein blutiges Messer? Streichhölzer? Fotos? Der Eindruck, den uns der alte Putin vermittelt hat, war alles andere als amateurhaft.

Als ich in Richtung Fabian die Schultern zucke, hören wir ein Geräusch, dann schließt sich im hinteren, nicht einsehbaren Teil der Galerie eine Tür und wir hören Schritte.

Wiktoria Wladimirowna ist wie immer in schwarz gekleidet, ihre Haare hat sie zu einem strengen Pferdeschwanz zusammengebunden. Diesmal trägt sie keinen Lippenstift und ihre Oberlippe wirkt dadurch um mindestens die Hälfte schmaler.

„Oh die Kommissare, wie schön!“, sagt sie lächelnd. Die Frau wirkt weitaus gelöster als bei unserem ersten Besuch, was mich irritiert. Denn der Anschlag auf Intendant Borchert zeugt nach meiner Schlussfolgerung davon, dass jemand Angst bekommen hat und hektisch geworden ist, aber eben diesen Eindruck vermittelt Wladimirowna nicht.

„Was kann ich für Sie tun?“, fragt sie freundlich. „Wollen Sie einen Tee? Oder …“ Jetzt lacht sie wirklich und ich frage mich, ob sie etwas genommen hat, Kokain oder ein Aufputschmittel oder vielleicht nur zu viel Alkohol. „Etwas Stärkeres vielleicht? Einen Wodka? Oder ein Bier, ein deutsches Bier?“ Sie wird immer munterer, scheint sich prächtig zu amüsieren, und meine Abneigung ihr gegenüber wächst weiter.

„Nein danke“, sage ich eisig, um ihr die gute Laune zu nehmen, was mir aber nicht gelingt.

„Sind Sie immer noch wegen dem armen Steven unterwegs?“, fragt sie mich und ihre Miene wechselt zu mitfühlend. Sie tut gerade so, als suchten wir einen entlaufenen Zwergdackel.

„Immer noch?“ Fabian tritt einen Schritt auf sie zu und seine Stimme vibriert vor Entrüstung. „Ihr Partner ist gerade einmal zwei Tage tot und Sie tun so, als habe er sich nur das Bein ausgerenkt.“ Er will der Frau noch etwas mehr sagen, aber ich schaue ihn strafend an. Die Dame will uns provozieren, warum auch immer.

„Nun ja, Herr Kommissar, natürlich ist diese ganze Geschichte tragisch, aber Steven war letztendlich auch nur ein Geschäftspartner, kein Freund, verstehen Sie?“ Wiktoria Wladimirowna wringt die Hände, als würde ihr diese Erklärung schwerfallen und sie habe Angst, missverstanden zu werden. „Wir haben mit ihm kooperiert, das stimmt, wir haben mit und durch ihn mehr Gemälde verkaufen können, wir …“

„Ihren komischen Bolko, oder was auch immer“, blafft Fabian.

Zum ersten Mal scheint Wladimirowna irritiert. Sie weicht einen Schritt zurück. „Ja, Bolko … Bolko gehört selbstverständlich auch dazu. Aber es ist natürlich nicht ‚der komische Bolko‘, wie Sie ihn nennen, sondern einer der begabtesten …“

„Wie bitte?“, ätzt Fabian. „Was soll er sein? Einer der begabtesten Hochstapler der Welt, meinen Sie wohl, oder?“

Wladimirowna lächelt ihn milde an, so wie ein Gefängnisdirektor einen Häftling, um ihm nach einem missglückten Fluchtversuch zu verdeutlichen, dass er nicht den Hauch einer Chance besessen hatte.

„Er gilt in der Avantgarde, auch wenn Sie das nicht verstehen, als einer der besten Maler Russlands. Und wir sind alle sehr stolz und froh, ihn in Deutschland bekannt machen zu dürfen. Sie dürfen nicht vergessen, dass …“

„Ich habe noch nie etwas von ihm gehört!“ Fabians Stimme klingt jetzt wieder deutlich beherrschter.

„Sie“, sagt Wladimirowna von sehr weit oben herab, „sind dabei nicht ausschlaggebend.“

„Lassen wir das“, unterbreche ich die beiden. Demonstrativ langsam schaue ich mich um. „Wo sind denn die Gemälde des hochbegabten Künstlers? Eingemottet? Beschlagnahmt? Oder verkauft? Von heute auf morgen?“ Den Spott in meiner Stimme darf sie ruhig hören, sie lässt sich dadurch aber nicht aus der Ruhe bringen.

Stattdessen lächelt sie mich wieder an, auf eine so herablassende Art, als pendle mein IQ ungefähr auf Höhe ihrer Absätze. „Eher wohl von gestern auf heute, Frau Lukas.“ Einen Augenblick hält sie inne und ich habe den Eindruck, dass sie sehr genau überlegt, was sie uns nun sagt, was sie uns gefahrlos mitteilen darf und was nicht. „Gestern Abend hat mein Vater noch drei Anrufe erhalten. Drei!“, betont sie und hält die entsprechende Anzahl Finger hoch, die ich ihr am liebsten auf der Stelle abschneiden möchte. „Die vergangenen Tage hatten wir hier viele Besucher, und da die Ausstellung nur bis gestern angesetzt war, hatten sich zum Teil Kunstliebhaber ein Bolko-Gemälde reserviert oder direkt erworben. Zum anderen, Frau Lukas, sind die Gemälde wieder zurück in Bolkos Besitz übergegangen.“

„Das trifft sich gut“, bellt Fabian erneut, „dann hätten wir gerne die Kontakte der Käufer.“

„Warum?“ Mit einer abrupten Drehung des Oberkörpers wendet sich Wiktoria zu Fabian, so als sei er ein Straßenköter, dem man kurzzeitig Aufmerksamkeit schenken müsse, damit man nicht gebissen wird.

„Weil wir uns ein Bild machen wollen von … vom Umfeld Schröders, und dazu gehören selbstverständlich auch diejenigen, mit denen Schröder hier in Ihrer Galerie Kontakt hatte.“ Fabians Blick wandert über die Pokémon-Bilder, so als frage er sich, wann die moderne Kunst die Richtung eingeschlagen hat, an der sie für ihn nicht mehr nachvollziehbar war.

„Das sehe ich nicht so.“ Wiktoria schüttelt leicht den Kopf. Ich merke ihr an, dass sie sich ärgert, uns einen Angriffspunkt gegeben zu haben.

„Wie sehen Sie das denn?“, frage ich sie.

„Sie sind nicht befugt, von mir Daten unserer Kunden zu erzwingen. Überlegen Sie einmal: Telefonnummern, Adressen, Kontonummern. Es gibt zwar kein Kunstgeheimnis ähnlich dem Bankgeheimnis, aber unsere Kunden sind überwiegend sehr vermögende Leute, die sich nicht unbedingt in der Öffentlichkeit präsentiert sehen möchten.“

„Das kann ich mir vorstellen!“, lächle ich, aber sie überhört meine Spitze.

„Deswegen ist es völlig unmöglich, dass ich Ihnen in dieser Richtung weiterhelfen kann.“

„Und wenn der Staatsanwalt anderer Meinung ist?“, fragt Fabian, wobei er allerdings weiß, dass wir ohne konkreten Verdacht gegen einen der Bolko-Käufer die Putins nie und nimmer zur Herausgabe irgendwelcher Daten zwingen können.

„Wenn Ihr Herr Staatsanwalt anderer Meinung ist als ich, dann dürfen Sie gerne wiederkommen und ich werde mich selbstverständlich seiner Autorität beugen. Aber so lange“, sie hebt bedauernd die Arme, „werde ich sicherlich nichts Derartiges tun und unsere Kunden selbstverständlich schützen. Das ist Ihnen wohl hoffentlich klar, oder?“

„Sagen wir so: Das hatten wir nicht anders erwartet“, meint Fabian.

Ich nicke ihr zu, und gebe Fabian ein Zeichen zum Gehen. Wir müssen nachdenken, wie wir mehr über diese Familie in Erfahrung bringen können, die pure Konfrontation wird uns nicht voranbringen. Dass die Putins Schröders Tod verursacht haben, und wahrscheinlich auch den seiner Freundin, steht spätestens jetzt für mich fest. Auch wenn ich es noch nicht beweisen kann.

Kapitel 31

Der Rhein hat eine höhere Fließgeschwindigkeit als ich, das ist mal ganz klar. Dazu gehört allerdings auch nicht viel, zumindest im Augenblick. Mit Hunderten anderer Autofahrer stehe ich im täglichen Stau auf der Kennedybrücke. Jeden Abend zieht sich die gleiche Schlange Richtung Beuel/Siegburg, aber die Bonner nehmen es mit erstaunlicher Gelassenheit. Immer wieder überholen mich Radfahrer und Läufer, und wenn wir uns von der Stelle bewegen, sind wir nicht einmal schneller als die Spaziergänger, die feixend und lachend in unsere Richtung winken. Die Brücke ist vor rund zehn Jahren saniert worden, hatte Fabian mir erzählt, außerdem sollte sie breiter gemacht werden, sagte die Stadtverwaltung damals. Und beides passierte wohl auch. Sie sieht wieder wie neu aus und sie ist auch breiter, allerdings nicht für die Autofahrer. Statt zwei Fahrspuren in jede Richtung, wie früher, dürfen sich Bonns Autofahrer nun mit einer Spur begnügen. Der Weg für Fußgänger und Radfahrer ist jetzt gefühlt mindestens genauso breit wie der Autofahrstreifen.

Ich bin auf dem Weg zu Fabian, Schwarzrheindorf, Werthstraße. Wenn er mich nicht vorhin an der Putin-Galerie daran erinnert hätte, dass wir gleich mit Susanne verabredet sind, wäre ich jetzt nach Hause gefahren. So muss ich mich als Mediatorin versuchen, Gott steh mir bei!

Ich fahre wieder zwei Meter, dann zwingen mich die rot aufleuchtenden Bremslichter meines Vordermannes erneut zum Stopp. Ich bin jetzt fast auf Brückenmitte. Meine Augen wandern nach rechts. Richtung Koblenz leuchtet der Posttower. Davor, fast verschluckt von der dunklen Silhouette des Turms, der Lange Eugen, jetzt Sitz der Vereinten Nationen. Auf der anderen Seite in meinem Rücken die ewige Baustelle Beethovenhalle. Aber die Bonner Stadtverwaltung kann sich Zeit lassen – die Kölner haben für ihren Dom gute 600 Jahre gebraucht.

Es ist dunkel und ich gähne. Wieder geht es ein Stückchen vorwärts. Wenn ich Glück habe, komme ich zu meiner Mediatorinnen-Premiere nur eine gute Viertelstunde zu spät.

Als ich Fabians irritierten Blick und die hochgezogenen Augenbrauen sehe, erkenne ich etwas zu spät, dass zwei Tüten Chips und eine Knabberbox mit Salzstangen und Minibrezeln vielleicht doch nicht so passend sind zu einem Eherettungs-Seminar. Kurz bin ich versucht, die Tüten einfach in Susannes kleinen Vorgarten fallen zu lassen, vielleicht zwischen die verregneten Osterglöckchen, aber dann gibt's sicherlich anderen Ärger.

„Zu welcher Party willst du denn?" Fabian starrt abwechselnd die rot-grünen Tüten und mich an.

„Ich hab noch nichts gegessen!", sage ich trotzig, als seien Kartoffelchips das A und O einer gesunden Ernährung. „Also lass mich in Ruhe." Ich bin froh, endlich über die Brücke gekommen zu sein, meine Geduld ist strapaziert. Es ist ja schließlich nicht so, dass ich mir den Abend so ausgesucht habe, wie er jetzt vor mir liegt. Auf der Couch zu sitzen, fernzusehen und dazu an einem Rotwein zu nippen, hätte ich eindeutig besser gefunden.

„Außerdem, Margot ..." Fabian kommt näher und zischt mich an: „Wo bleibst du?" Ich merke, dass er schon mindestens ein Bier intus hat. „Wir warten hier eine geschlagene Stunde, und falls ich dich daran erinnern darf: Susanne hat mich rausgeworfen, und ich bin heute Abend nur hier, weil sie mich quasi für dieses Gespräch eingeladen hat. Das ist zurzeit ihr Haus, verstehst du? Und alleine will sie nicht mit mir reden. Wir haben uns fast die ganze Zeit angeschwiegen! Kannst du dir das vorstellen?" Er zeigt auf die halboffene Tür neben dem Eingang, an der ein getrockneter Frühlingsstrauß baumelt. „Ich war die meiste Zeit auf dem Klo! Ich hab so getan, als hätte ich mir den Magen verdorben." Er macht einen Schritt zur Seite und lässt mich ins Haus. Ich kann nicht unbedingt sagen, dass ich mich auf den Abend freue.

Während Fabian mit Susanne so vorsichtig umgeht, als sei sie eine Tretmine, sie mit Salzstangen versorgt und ihr Bierglas immer wieder auffüllt, obwohl sie nur einen Schluck davon getrunken hat, versuche ich mich auf die Situation zu konzentrieren und meinen Ärger und Frust, der sich im Laufe des Tages angesammelt hat, beiseitezuschieben.

Ich frage mich, was Fabian und Susanne von mir erwarten. Ich glaube nicht, mir die vergangenen Jahre hier in Bonn den Ruf einer einfühlsamen, geduldigen Freundin erworben zu haben. Fabian kennt meine Macken, meine Ungeduld, meine Antipathien gegen viele Personen, bevor ich sie überhaupt kennengelernt habe, meine Unleidlichkeit, wenn ich mich einsam fühle, meine Aggressivität, die wahrscheinlich nur von der Angst herrührt, abgelehnt zu werden, so dass ich als Erste ablehne.

Die Ledercouch, auf die mich Susanne platziert hat, ist knochenhart, was verhindert, dass ich mich zurücklehne und Gefahr laufe einzuschlafen. Nicht dass mich Fabians Eheprobleme nicht interessieren würden, aber der Tag war lang und frustrierend.

„Was meinst du dazu, Margot?“, sorgt Susanne für einen kleinen Wachmacher.

Ich strecke die Hand nach meinem Weinglas aus (ja, hier habe ich auch meinen Wein bekommen, allerdings ist die Atmosphäre im Hause Faust im Augenblick nicht gerade so, dass ich damit das Wort „genießen“ verbinden kann) und räuspere mich. „Positiv ist zuerst einmal, dass Fabian das Ganze beendet hat und …“

„Na, hör mal“, unterbricht mich Susanne, „das ist doch wohl die Grundlage für dieses Gespräch hier, oder? Wenn er mit dieser … dieser Kuh weiter zu tun hat, dann kann er direkt seine Sachen packen.“ Sie schnaubt und ich kann es ihr nicht verdenken.

Die vergangenen fünfzehn Minuten habe ich nur zugehört, vor allem Fabian hat geredet. Wie ein Staranwalt in einem US-Film, der beim Plädoyer die Geschworenen mit einem letzten Versuch auf seine Seite ziehen möchte, versucht er, die Affäre zu erklären. Besser gesagt, zu beschönigen und als Bagatelle darzustellen. Was bleibt ihm auch anderes übrig …

Dass es nicht geplant war, dass es nicht gewollt war, dass es sich aus einer ganz dummen Situation heraus ergeben habe, dass es ihm schrecklich leid tue und dass er auf keinen Fall wegwerfen wolle, was Susanne und er gemeinsam aufgebaut hätten und ähnliches mehr.

Ich seufze lautlos. Letztendlich liegt die Entscheidung ohnehin bei Susanne. Nur bei Susanne.

Und die sitzt ganz ruhig da und zeigt kaum eine Regung. Vielleicht denkt sie über das nach, was Fabian gerade gesagt hat, vielleicht überlegt sie aber auch, wann sie uns endlich rausschmeißen und beginnen kann, Fabians restliche Sachen zu packen, um sie dann in die Altkleidersammlung zu geben.

„Letztendlich liegt die Entscheidung, ob ihr zusammen bleibt oder nicht, nur bei dir, Susanne!", sage ich also. „Du bist diejenige, die betrogen und verletzt worden ist, du entscheidest, ob du Fabian noch eine Chance gibst oder nicht." Susanne sagt zuerst nichts, dann nickt sie langsam. Gleichzeitig spüre ich, wie Fabian mich anstarrt. Seiner Meinung nach bin ich sicherlich etwas zu direkt gewesen. „Du kannst natürlich berücksichtigen, dass es wohl das erste Mal gewesen ist, dass Fabian …"

„Es war das erste und es war das letzte Mal!", unterbricht mich Fabian und er hört sich jetzt so staatstragend an wie ein Minister, der gerade auf die Verfassung vereidigt wird. Sogar im spärlichen Licht der beiden Stehlampen rechts und links des Kamins erkenne ich, wie rosig seine Wangen sind.

„Ja, sicher!", sage ich und meine *Das sagen sie doch alle!* „Also: Susanne, ich kenne mich damit nicht aus, aber ihr beide habt zwei Töchter, die noch nicht volljährig sind, und wenn du dich jetzt trennst von ihm, dann trennst du natürlich auch die Kinder von ihm."

Susanne dreht ihr Rotweinglas auf dem Tisch und sagt weiterhin nichts, sie ist eine kluge Frau. Das mit den Kindern ist vielleicht kein wirklich gutes Argument, weil man Kinder nie als Grund zum Schließen oder zur Trennung einer Ehe heranziehen sollte, aber mir ist nichts anderes eingefallen. Und letztendlich stimmt es ja auch: Kinder leiden mit, vielleicht sogar mehr als die Eltern, und die Frage ist doch, ob die Ehe generell überhaupt noch sinnvoll ist oder nur eine kirchliche Zwangsjacke, die sich über die Jahrtausende etabliert hat, ohne dass man sie einmal wirklich hinterfragt und auf unsere Gesellschaft überträgt.

Auf einmal merke ich, dass sowohl Fabian als auch Susanne mich entgeistert anstarren. Anscheinend habe ich das mit der Ehe gerade nicht nur gedacht, sondern auch gesagt.

„Du hältst die Ehe für Unsinn?", fragt mich Susanne. Sie richtet sich auf, streckt ihren Rücken durch, als sei ihr das Gespräch oder zumindest die Richtung, die es genommen hat, nun doch etwas unbehaglich.

Ich lehne mich zurück, um zumindest körperlich ein bisschen Abstand zu gewinnen und drücke mir eins dieser winzig kleinen Kissen in den Nacken. „Das würde ich jetzt so direkt nicht sagen, aber sind wir doch einmal ehrlich: Wie häufig geht so etwas gut? Die Hälftc aller Ehen in Städten wird geschieden, ein Drittel auf dem Lande, und daran sieht doch sogar ein Blinder, dass eine Ehe eher etwas mit Auswahlmöglichkeiten und Abhängigkeit zu tun hat als mit Liebe." Ehe ich mich versehe, fange ich an zu dozieren. „Max Frisch hat mal gesagt ‚Treue ist eine Frage der Gelegenheit'. Und genau das ist es doch auch." Mit großen Augen schaue ich die beiden an. Keine Ahnung, was ich genau mit Max Frischs Zitat sagen will, aber der Spruch ist einfach gut und mir war gerade danach, ihn loszuwerden.

Fabian und Susanne haben sich nicht gerührt und starren mich weiterhin an. Fabian stöbert mit seinen Fingern im Glas mit den Salzstangen herum und versucht, die letzten Reste zu erwischen. Dabei schaut er mich kurz an, als sei ihm gerade aufgegangen, mich in sein Haus zu holen, sei nicht seine beste Idee gewesen. Vielleicht gelingt es mir ja, die beiden derart zu irritieren, dass sie sich gemeinsam gegen mich verbünden. Dann hätte ich vielleicht doch eine Zukunft als Mediatorin.

Ich greife mein Glas und trinke die letzten Schlucke Wein, er schmeckt schwer und ein wenig pelzig. Meine Zunge sträubt sich gegen den Geschmack und ich habe den Wunsch, mir jetzt sofort die Zähne zu putzen. Meine mitgebrachten Chipstüten liegen ungeöffnet auf dem Tisch zwischen uns, aber ich habe nicht die Traute, sie aufzureißen. Wahrscheinlich ist es der leere Magen, der den Wein direkt in meinem Kopf wirken lässt.

„Schau mal, Susanne", höre ich mich wie aus weiter Ferne, „so eine kurze Affäre, die bedeutet nichts. Fabian liebt dich, aber ... aber die Menschen sind nun mal nicht dazu gemacht, treu zu sein, monogam. Und die Männer schon gar nicht." Mein Magen knurrt laut und ich spreche etwas lauter weiter. „Wenn sie könnten, wie sie wollten, würden die meisten von ihnen am liebsten ganze Stadtteile unter ihrem Samen begraben. Und ehrlich, das kriegst du auch nicht aus denen raus."

Susanne guckt mich an, als habe ich den Verstand verloren, dann steht sie wortlos auf und geht in die Küche. Fabian raunt mir irgendetwas zu, dass ich nicht verstehe, das vom Tonfall aber eher unfreundlich klingt, und folgt seiner Frau in die Küche. Gemeinsam lehnen sie an der Tür und ich höre sie flüstern. Vorsichtig stehe ich auf, halte mich mit einer Hand am Wohnzimmertisch fest und bleibe dann erst einmal auf wackligen Beinen stehen. Dieses Gesöff hat mich anscheinend mehr beschädigt, als ich bislang gemerkt habe. Das Hungergefühl ist mittlerweile gewichen, aber ich muss hier jetzt unbedingt verschwinden, sage ich mir, bevor ich noch mehr Unheil anrichte. Die ganze Atmosphäre hier mit den vielen Bildern an den Wänden, den kleinen, bunten Kissen überall, dem Kamin, den Stehlampen und dem flauschigen Teppich deprimiert mich. Entweder, weil ich das alles extrem scheußlich finde oder weil es mir fehlt.

Ohne mich zu verabschieden wanke ich langsam zur Haustür. Den Blick in den Spiegel im Flur erspare ich mir. Gott sei Dank höre ich die beiden in der Küche miteinander flüstern, kurz darauf lacht Susanne unterdrückt. Das freut mich. Ich öffne die Haustür und ziehe sie leise hinter mir zu.

Im Vorgarten atme ich die kalte, feuchte Nachtluft ein, was mich nur noch schwindliger macht. Am Himmel jagen Wolkenfetzen vorbei. Ein Dreiviertelmond lacht auf mich herab und ich hebe eine Hand zum Gruß.

Und auf Ihre mögliche Frage, ob ich jetzt tatsächlich noch Auto fahren werde: Ja, genau das werde ich tun!

Kapitel 32

Vierter Tag

Am Morgen weckt mich die Toilettenspülung aus meinem Badezimmer, das Rauschen gurgelt an der Wand entlang Richtung Keller. So schnell ist Susanne also nicht auf der Seite der alles Verzeihenden angelangt. Ich wälze mich auf den Rücken und blinzle in die Helligkeit. Draußen röhrt ein Müllwagen im ersten Gang von Tonne zu Tonne. Ich erinnere mich, dass ich gestern Abend vergessen habe, den Abfall aus der Küche nach unten zu bringen, aber das ist mir jetzt egal. Ich werde nicht hektisch den Morgenmantel überwerfen und das Treppenhaus runtersausen, in der Hand eine volle Mülltüte, um dann an einer Stufe hängen zu bleiben und zum Gespött der Nachbarn zu werden.

Ich blicke aufs Handy, aber niemand hat mir eine SMS, Whatsapp oder Sprachnachricht hinterlassen. Es ist kurz nach acht Uhr. Hoffentlich hat Fabian den Kaffee fertig, denke ich und rolle mich aus dem Bett. Bei der Bewegung merke ich, dass die erwarteten Kopfschmerzen durch den Rotwein zwar vorhanden, aber einigermaßen erträglich sind.

Unsere Konversation am Frühstückstisch ist stockend, und ich kann nicht entscheiden, ob es daran liegt, dass mein Hinterkopf pocht, als sei ich rückwärts gegen eine Wand gelaufen, oder dass mir Fabian weiterhin meinen Mediatorinnenauftritt verübelt. Das allerdings ist sein Problem. Die Idee, mich den Streitschlichter spielen zu lassen, kam schließlich nicht von mir.

„Warzer hat mir gestern Abend noch Infos zu den Putins gemailt", sagt er und bestreicht seinen Toast dick mit Butter.

Ich unterlasse einen morgendlichen Hinweis auf seinen Cholesterinspiegel, das würde nur weiteren Ärger geben.

„Hm", mache ich, während ich überlege, etwas so Ungesundes wie Nutella zu essen. „Und?"

„Die Putins sind vor zehn Jahren nach Deutschland gekommen.

Den Unterlagen zufolge, so wie sie Warzer geprüft hat, direkt aus Russland, aus Moskau."

„Und was haben die da gemacht?", frage ich und denke, dass sie für zehn Jahre Deutschland erstaunlich gut unsere Sprache sprechen.

„Da ist er noch dran, sagt er, und er meint, das könne dauern. Die Kollegen seien zwar nett, aber auch überarbeitet." Fabian schnauft und klatscht sich einen dicken Teelöffel Kirschmarmelade auf den Toast. „Der Scherzbold, wer ist das nicht? Na ja, jedenfalls hat er mir das so erzählt."

Ich nippe an meinem Kaffee, der höllisch stark ist und auch nicht schmeckt, nachdem ich drei Löffel Zucker dazugeschüttet habe, aber immerhin macht er mich wach. Auch die Kopfschmerzen werden weniger und ich bekomme Hoffnung, dass dieser Tag besser als der gestrige werden könnte.

„Hat Ben Spuren gefunden? In Schröders Wohnung? Oder in der von Thiel? Oder an den Leichen? Irgendwas?" Ich frage auch deswegen, weil ich gestern mindestens zehnmal bei Radio Bonn/Rhein-Sieg gehört habe, dass die Polizei weiterhin keine heiße Spur bei den Mordfällen in der Bonner Kunstszene habe. Das Ganze ist natürlich ein gefundenes Fressen für die Medien, und ich kann es ihnen nicht einmal verdenken. Es ist natürlich, dass die Menschen jeden Tag etwas Neues hören wollen, bis am Ende die Bösen bestraft und die Guten ihre Medaille bekommen haben.

Irgendwann am Nachmittag ist im Polizeipräsidium eine Pressekonferenz vorgesehen, aber ich hoffe, ich muss nicht dabei sein. Zwar gebe ich ohnehin keine Interviews, das macht Jörn Berg von der Pressestelle, trotzdem bin ich nicht scharf darauf, mein Gesicht im General-Anzeiger oder in einem Bericht der WDR-Lokalzeit zu sehen.

Im Präsidium finde ich auf meinem Schreibtisch einen Zettel von Peter: Es gibt Dutzende Schwestern, Pfleger und auch Ärzte, die Katrin Kuhler an der Information des Johanniter-Hospitals gesehen haben, in der Nacht, als Barbara Thiel ermordet wurde und Schröder verschwand. Ich betrachte den Zettel und stelle fest, dass diese Aussagen natürlich noch längst nicht so etwas wie ein Alibi darstellen. Katrin

Kuhler kann, so stelle ich mir das zumindest vor, möglicherweise für eine Stunde die Info verlassen haben und vom Krankenhaus in die Südstadt gefahren sein.

Weil Peter noch nicht im Büro ist, starte ich meinen Computer und schreibe ihm eine Mail, ob er mir die Uhrzeiten zu den jeweiligen Aussagen nennen kann. Ich habe ein seltsames Gefühl, wenn ich an diese Frau denke. Nicht nur, dass sie mir bekannt vorkommt, nein, insgesamt hat sie auf mich während unserer Gespräche einen lauernden, angespannten Eindruck gemacht, fast so wie ein Luchs kurz vor dem Angriff auf ein kleines Beutetier.

Ich betrachte erneut die Tatortfotos aus Hodgeroth: Schröder, blutüberströmt, geschunden und von Krähen angefressen, an einer Buche lehnend, neben ihm im nassen, schmutzigen Gras der Spaten und hinter der Buche, nur ansatzweise zu erkennen, das Loch in der Erde.

Ich setze mich aufrecht und betrachte das Foto genauer: Fabian und ich sind bislang davon ausgegangen, dass sich Schröder sein eigenes Grab schaufeln sollte, und dass dann jemand doch nicht die Geduld aufbringen konnte, bis Schröder diese Aufgabe zur Zufriedenheit seiner Mörder erledigen konnte, und ihn vorher getötet hat. Jetzt denke ich plötzlich, dass diese Grube vielleicht doch bereits fertig ausgehoben war, dass da niemand etwas hineinlegen wollte (nämlich Schröder), sondern jemand etwas herausnehmen sollte (ebenfalls Schröder). Und wenn dem so war, dann frage ich mich, was in dieser Grube versteckt war? Mein erster Gedanke ist natürlich eine Kassette mit Geld. Oder Papiere, ein USB-Stick, etwas, das Schröders Mörder unbedingt wiederhaben wollten.

„Das hieße, Schröder wollte die Putins austricksen, sie mit irgendetwas betrügen, erpressen, vielleicht Geld abzweigen?" Fabian nippt an einer Tasse Kaffee. „Und sie haben dann kurzen Prozess mit ihm gemacht und ihn … ihn dann einfach … ermordet?"

„Glaubst du, es gibt noch eine Chance herauszufinden, was da im Boden gelegen hat?", frage ich.

Fabian schüttelt den Kopf. „Hör mal bei der Spurensicherung nach, aber ich denke, das können wir vergessen. Wir haben ja keine Proben genommen, soweit ich weiß. Aber ich habe keine Ahnung, was die analysiert haben, versuch's halt."

Ich rufe bei den Kollegen an, lege eine Minute später aber enttäuscht wieder auf. „Keine Chance!"

Eine Minute sitzen wir einfach nur da und brüten vor uns hin. Wenn wir bis zur Pressekonferenz nicht zumindest den Ansatz einer neuen Spur präsentieren können, wird das Treffen mit von Blasierow unangenehm. Unser Chef kann durchaus auch schon vormittags cholerisch werden. Vor allen Dingen dann, wenn die Tennisspiele im Fernsehen erst gegen 14 Uhr beginnen.

„Hat jemand die Konten von Barbara Thiel überprüft?", frage ich, als ich die Fotos der Wohnung der Toten betrachte. In ihrem Arbeitszimmer steht ein Wandregal voller Aktenordner. Sie war, soweit ich mich erinnere, Finanzberaterin. Wenn ich Bargeld stehlen würde, würde ich es wahrscheinlich weit streuen. Aber geht es hier um Bargeld? Oder denke ich zu einfach, zu schablonenhaft? Sei's drum, gehen wir davon aus: Einen Teil würde ich in einem Schließfach unterbringen, einen Teil vergraben (nun, ich persönlich würde das nicht tun, aber Schröder vielleicht), einen Teil anlegen, es gibt so viele Möglichkeiten.

„Ich denke nicht", sagt Fabian, „alle waren erst einmal beschäftigt, überhaupt hinterherzukommen mit dem ganzen Mist." Was er mit „Mist" genau meint, weiß ich nicht, ich entnehme dem nur, dass sich noch niemand von uns der Möglichkeit angenommen hat, dass Thiel und Schröder die Putins betrogen haben, aufgeflogen sind und dann dafür den höchstmöglichen Preis zahlen mussten. Auch wenn sich das anhört, als stamme es aus einem Kriminalroman.

Genau weiß ich nicht, wonach wir suchen sollen, aber ich hoffe, wir bekommen in etwa einen Einblick in das, an was Barbara Thiel gearbeitet hat, wenn wir ihr Arbeitszimmer noch einmal unter die Lupe nehmen. Womit genau hat sie sich beschäftigt, wer waren ihre Klienten? Vielleicht ist sie ja nicht nur Mordopfer, sondern auch Betrügerin. Diese Vermutung darf ich nicht aussprechen, dafür haben wir noch keinerlei Beweise, aber irgendetwas muss die Täter doch dermaßen in Rage gebracht haben, dass sie sowohl Thiel als auch Schröder ermordet haben.

Die Wohnung von Barbara Thiel ist kalt, die Luft schal und abgestanden, weil alle Fenster geschlossen sind. Schon jetzt wirken die Zimmer unbewohnt. Niemand hat die Wohnung nach uns betreten, das Siegel an der Tür war intakt. Möglich, dass Barbara Thiel Familie hatte, eine Schwester vielleicht oder einen Bruder, vielleicht sogar noch Eltern, aber bislang haben wir noch niemanden ausfindig machen können. Ich öffne eines der Fenster und kalte Frühlingsluft strömt ins Zimmer. Vereinzelt ist von draußen Vogelzwitschern zu hören.

Ich bleibe in der Mitte des Zimmers stehen. Mindestens fünfzig Aktenordner stehen aufgereiht im Wandregal des Arbeitszimmers, und Fabian und ich machen uns schweigend an die Arbeit. Ab und zu hören wir von der Straße her Kinderstimmen und Autos, die vorbeifahren, ansonsten ist es still. Wortlos kämpfen wir uns durch Papiere, die ich nicht ansatzweise verstehe, bei denen ich auch nicht konkret weiß, auf was ich achten soll außer auf Datum und höhere Geldbeträge. Nach zwei Stunden schiebe ich den letzten der Ordner wieder zurück ins Regal. „Und jetzt?“, frage ich müde. Meine Kopfschmerzen pochen erneut gegen meine Schädeldecke, unangenehm pulsierend und nervtötend. Am liebsten würde ich nach Hause fahren, mich ins Bett legen und mir die Decke über den Kopf ziehen.

„Zu Schröder“, sagt Fabian. Ich kann mich täuschen, aber ich werde den Eindruck nicht los, dass Fabian Freude hat, mich ein wenig hin und her zu scheuchen. Als Rache für meine durchschnittliche Mediatoren-Performance.

„Ernsthaft?“, frage ich nur. In der Küche trinke ich ein Glas Wasser und drehe den Kopf in alle Richtungen. Dabei wird mir schwindelig und ich muss mich an der Spüle festhalten.

„Auf geht's!“ Fabian steht lächelnd in der Küchentür.

Gequält lächle ich zurück.

Auf einen freien Parkplatz in der Königstraße zu hoffen, erweist sich erneut als utopisch. Jede noch so kleinste Parklücke ist besetzt, zum

Teil stehen die Wagen tatsächlich Stoßstange an Stoßstange. Hier kann man nicht mal ein Fahrrad abstellen, ohne dass man den Lack eines der Autos beschädigt. „Frajo und Bianca“ lese ich auf einer Heckscheibe und frage mich, ob das jetzt die Namen der Eltern oder die der Kinder sind. Auf einem anderen erkenne ich „Abi 1946“, was ich irgendwie witzig finde. Dann frage ich mich allerdings, ob der- oder diejenige tatsächlich noch in der Lage ist, sicher am Straßenverkehr teilzunehmen. Kurz kommt mir die Beschlagnahme eines Parkplatzes in den Sinn, aber ich habe schon genug Ärger mit von Blasierow und deswegen lass ich's. Nach fünf Minuten vergeblichen Suchens steuere ich erneut die freien Patientenplätze vor der Arztpraxis an. Mein Blick fällt auf die heute leere Terrasse … kein Kind zu sehen.

Es hat angefangen zu nieseln und die Temperatur ist seit dem Morgen derart gesunken, dass der Atem der vorbeihastenden Passanten zu sehen ist. Es scheint, als würden sie eine Wolke durchsichtiger Zuckerwatte vor sich herpusten.

Auch das Siegel an Schröders Wohnung ist intakt. Als Erstes suche ich in dem kleinen Badezimmerschränkchen nach einer Kopfschmerztablette, die ich trocken schlucke. Ich lehne am Waschbecken und betrachte mich im Spiegel, bis ich Fabians Stimme aus dem Schlafzimmer höre.

„Schröder hatte privat wohl doch einen etwas anderen Geschmack als das Zeug, das er in der Galerie verkauft hat“, sagt er und deutet auf die Bilder im Zimmer.

Bunt sind sie, eindringlich, verstörend vielleicht. Ich kann nichts Gegenständliches darauf erkennen, aber das ist ja nicht entscheidend: Sie gefallen mir, weil die Farben zu leben scheinen und eine Originalität versprühen, die den Fotomontagen und frontalen Kopien aus der Galerie fehlt. Und wenn Kunst einen Anspruch haben sollte, dann ist es meiner Ansicht nach der der Originalität. So gesehen kann man sogar Beuys eine künstlerische Berechtigung nicht absprechen. Oder Warhol. Jeder für seine Zeit.

Wir durchforsten das Arbeitszimmer, aber außer einem Schlüssel, der in einem Kuvert in einer der Schreibtischschubladen liegt, finden wir nichts. Allerdings könnte dieser Schlüssel zu einem Schließfach passen. Eine vierstellige Nummer ist darauf gestanzt, und der Schlüsselbart sieht komplizierter und größer aus als bei einem normalen Büroschlüssel. Schröder war Kunde der Sparda-Bank, wie wir ja wissen, also müssen wir noch einmal bei dem Filialleiter in der Heussallee vorstellig werden, am besten sofort.

Fabian und ich sind zurück im Auto. Fabian mault, dass er Hunger habe, aber ich nehme seinen täglichen Wunsch nach Hamburgern, Fritten oder wenigstens einem Fischbrötchen kaum noch wahr.

Gedankenverloren betrachte ich die Terrasse, die dieses Mal, bis auf den zusammengeklappten Wäscheständer an der Hauswand, leer ist. Ich betrachte die Terrassentür, gegen die ich geschlagen habe, als ich so wütend auf die rothaarige Frau gewesen bin, und ich betrachte das Fenster, durch das ich in die Wohnung geschaut habe. Etwas ist anders, etwas irritiert mich.

Plötzlich bin ich hellwach, meine Kopfschmerzen sind verschwunden. Mein Blick bleibt an den kleinen, roten Spritzern hängen, die vielleicht einmal Perlen gewesen sind, die dann aber an der Fensterscheibe herabgelaufen sind, wenige Zentimeter nur, und danach in kleinen, roten Rinnsalen erstarrten. Wie Regentropfen, die gefrieren. Blut, denke ich, dunkel und mit einer Konsistenz, die unverwechselbar ist. „Warte!“ Ich lege Fabian eine Hand auf den Arm und tatsächlich gelingt es mir, seinen Sermon über schlechtes Essen zu unterbrechen.

Ich steige aus, werfe die Autotür zu und nähere mich mit einer Mischung aus Ungläubigkeit und Vorsicht der Terrasse. Je näher ich komme, desto sicherer bin ich, dass dort Blut am Fenster klebt. Das meiste erkenne ich in einer Höhe von ungefähr einem Meter siebzig, aber das hat nichts zu bedeuten. Je nach Druck, mit dem das Blut aus einem Körper geschossen kommt, kann Blut an einem Tatort sogar an die Zimmerdecke gelangen. Ich denke wieder an den kleinen, schluchzenden Jungen, der hier barfuß gestanden hat, an die Wut der Mutter und … an meine Wut. Ich bete, dass es ihm jetzt gerade in diesem Augenblick gut geht und ich ihn nicht am Boden liegend hinter der Terrassentür finde. Dass er sich hoffentlich gerade im Sportpark Nord in einem Schwimmkurs an seinen ersten Kraulbewegungen übt, sich in der Nachmittagsbetreuung der Till-Eulenspiegel-Grundschule langweilt oder mit ein paar Freunden lachend durch die Sternstraße in der Fußgängerzone stromert.

Ich atme tief ein, zögernd noch, und schirme meine Augen mit der linken Hand ab, so schaue ich durch das Glas. Zuerst erkenne ich nichts, das Fenster auf der gegenüberliegenden Seite der Wohnung blendet mich und lässt mich die Gegenstände in der Wohnung vorerst nur schemenhaft erkennen. Aber nach ein paar Sekunden wird das Bild klarer und ich registriere langsam ein Chaos, ähnlich dem, wie wir es in Barbara Thiels Wohnung vorgefunden haben, genauer gesagt in Thiels Wohnzimmer – dort, wo sie aller Wahrscheinlichkeit nach überwältigt wurde.

Auch in dieser Wohnung ist ein Stuhl umgekippt, Zeitschriften liegen verstreut auf dem Boden, eine Vase oder ein Blumentopf ist zersprungen, und die Scherben liegen neben einem Körper, der – ist es verwunderlich oder verwerflich, dass ich augenblicklich erleichtert bin? – zu groß ist, um der eines Acht- oder Neunjährigen zu sein.

Kapitel 33

Das Gesicht der rothaarigen Frau ist kaum wiederzuerkennen. Die Augenpartie, soweit ich das durch das geschlossene Fenster erkennen kann, ist geschwollen und um Augen und Nase herum dunkel. Erfahrungsgemäß, so muss ich das leider nach Dutzenden Fahrten zu häuslicher Gewalt sagen, tiefrot bis lila, aber das kann ich von hier aus nicht sehen. Meine erste Befürchtung – wegen des vielen Bluts – jemand habe der Frau die Kehle durchgeschnitten, ist falsch. Ich erkenne nur Gesichtsverletzungen. Ich laufe zurück zum Auto, reiße die Tür auf und bitte Fabian, einen Krankenwagen zu rufen. Er zuckt zusammen, als hätte ich ihn mit heißem Wasser verbrüht.

Ich haste zurück zur Terrassentür und klopfe an die Scheibe, aber die Frau rührt sich nicht. Ich springe über die kleine Hecke, die den Gehweg zur Haustür begrenzt und drücke auf alle vier Klingeln. Gleichzeitig hämmere ich gegen die Tür, was natürlich sinnlos ist.

Nach ein paar Sekunden höre ich das typische Rauschen einer Gegensprechanlage:

„Ja bitte?" Eine Frauenstimme, schon älter, zögerlich.

„Polizei! Machen Sie bitte die Haustür auf. Ihre Nachbarin liegt verletzt in ihrer Wohnung!"

Ich warte ab und bin fast sicher, dass sie so etwas sagt wie „Da könnte ja jeder kommen", aber fast sofort summt der Türöffner und ich stürze in den dunklen Hausflur. Natürlich ist die Wohnung der Rothaarigen ebenfalls verschlossen und einen Augenblick stehe ich ratlos vor der Entscheidung, die Tür einzutreten oder …

„Ich habe einen Schlüssel!", kommt es vom oberen Absatz der Treppe. Eine ältere Dame in einem eleganten, hellen Kostüm, als wolle sie gleich eine Operngala besuchen, kommt eilig auf mich zu. Die goldenen Knöpfe an ihrer Jacke blitzen mich an.

„Danke!", sage ich und will ihr den Schlüssel entreißen, aber sie zieht ihre Hand zurück. „Zuerst muss ich Ihren Ausweis sehen!", sagt sie bestimmt.

Ich wühle in meinen Taschen und drücke ihr meinen Ausweis in die Hand, als müsste ich ihr Geld geben, damit sie endlich aufhört zu betteln. Im Gegenzug nehme ich ihr den Schlüssel aus der Hand.

Während sie den Ausweis studiert, als sei es ein Backrezept, öffne ich die Wohnungstür.

Es riecht nach Frühling, genauso wie die Rothaarige bei unserer ersten Begegnung auch gerochen hat, ein starkes Parfüm – unbedacht versprüht vielleicht, aber wahrscheinlicher ist, dass der Flakon von irgendwo heruntergefallen und zerbrochen ist, vielleicht während eines Kampfes …

Ich schließe die Tür hinter mir, ehe es der älteren Dame gelingt, mir zu folgen. Rasch gehe ich durch alle Räume, weil ich fürchte, den kleinen Jungen hier ebenfalls zu finden, in einer Ecke vielleicht, unter seinem Bett, die Beine angezogen, den Kopf an den Knien, wieder schluchzend, aber er ist nicht zu sehen.

Ich haste ins Wohnzimmer und beuge mich über die am Boden liegende Frau. Ich drücke ihr zwei Finger gegen den Hals. Ihr Pulsschlag ist schnell und unregelmäßig, aber er ist vorhanden. Einen Augenblick versuche ich mich zu entspannen, dann betrachte ich die Frau genauer. Wahrscheinlich haben Faustschläge sie so entstellt, Ohrfeigen haben nicht diese Folgen: Ihre Augenpartie ist geschwollen und tiefrot bis lila, über dem linken Wangenknochen ist die Haut aufgerissen, die untere Gesichtspartie ist seltsam deformiert und asymmetrisch, als sei ihr Kiefer gebrochen. Am Körper erkenne ich keine offenen Wunden, keine Stichverletzungen oder ähnliches. Ob sie gebrochene Rippen hat, vermag ich nicht zu beurteilen, es ist im Augenblick auch nicht wichtig, solange sich keine Rippe in einen Lungenflügel gebohrt hat.

Die Frau atmet relativ gleichmäßig, ich brauche sie nicht zu verlagern, damit sie besser Luft bekommt. Stattdessen stehe ich auf und beginne mit meinem Handy zu fotografieren. Ihr Gesicht, ihren Körper in Gänze, dann die Umgebung, schließlich die Blutspritzer am Fenster.

Ich vermute, dass sich das herzlos anhört, aber es ist wichtig. Außerdem höre ich von weitem eine Sirene, die näher kommt, ein Blick durch die Terrassentür zeigt mir, dass eine Notfallambulanz hinter Fabians Cherokee hält. Durch das Terrassenfenster sehe ich Fabian mit dem Notarzt sprechen. Der Mann schaut sich kurz um und kommt auf die Haustür zugeeilt. Ich öffne ihm, trete wortlos beiseite und folge ihm wieder zurück ins Wohnzimmer. Der Mann ist groß und Anfang fünfzig, seine Haare sind kurz und grau, er wirkt mit seiner schlanken Statur und den zackigen Bewegungen eher wie ein Bundeswehrsanitäter als ein Notarzt.

„Wer sind Sie?", fragt er mich und schaut kurz auf.

Ich will meinen Ausweis zücken, erinnere mich aber, dass ich ihn auf dem Hausflur der alten Dame gegeben habe. „Kripo, Lukas", sage ich und stehe auf. Irgendeine Sehne in meinem linken Knie knackt verdächtig laut.

„Wohin gehen Sie?", fragt er, und hält mich am Arm fest. Vielleicht denkt er, ich sei Mittäterin oder etwas Ähnliches.

Ich schaue von seiner Hand auf meinen Arm und er lässt mich los. „Meinen Ausweis holen", sage ich und verlasse kurz die Wohnung. Der Hausflur ist leer. Na prima! Wo ist die Frau? Ich schaue mich um, ob sie meinen Ausweis auf eine der Treppenstufen gelegt hat, an die Wohnungstür, neben die Haustür, aber ich kann ihn nicht entdecken.

„Was ist los?" Fabian hat die Haustür aufgedrückt, kalter Wind weht herein. Die Wohnungstür will wegen des Durchzugs zuschlagen, aber ich springe dazwischen und stelle einen Fuß in die Tür.

„Ist eine ältere Dame an dir vorbei?", frage ich. „Graue Haare, helles Kostüm mit Goldknöpfen?" Dann denke ich, dass sie sich wegen der Kälte sicher noch einen Mantel übergezogen hat, sollte sie das Haus tatsächlich verlassen haben.

„Ältere Dame? Nee", Fabian schüttelt den Kopf, „hab ich keine gesehen."

„Das gibt's doch nicht." Ich schaue den Hausflur entlang. Dann muss ich die Wohnungen abklappern.

Ich schaue Fabian an, der seinen Hunger vergessen zu haben scheint. „Kannst du zu dem Arzt reingehen? Ich muss nur schnell meinen Ausweis suchen."

Fabian brummt etwas, was mit viel Phantasie so klingt wie „Deinen Ausweis?", und ich steige die Treppen hoch zu den anderen Wohnungen.

Im ersten Stock wohnen „Tanita, Antonio, Sonjii und Frank Krüger", sagt mir eine dieser Tontafeln, die man vor allem auf Weihnachtsmärkten kaufen kann. So merkwürdig wie die Auswahl ihrer Vornamen anmutet, so merkwürdig grinsen die vier Krügers auf einem angeklebten Handyfoto neben der Tontafel.

Die Wohnung darüber gehört einer Annegret von Bülow, hier passen Alter und Name der Dame eher zusammen als bei den Krügers, aber auch hier macht auf mein Klingeln niemand auf.

Im obersten Stockwerk wohnt Horst Franke. Neben der ziemlich abgenutzten Fußmatte – „Come in!", garniert mit einem Smiley – stehen drei Paar sehr gebraucht aussehende Halbschuhe. Kurz irritiert mich der Nachname, aber ich habe keine Zeit darüber nachzudenken, da geht auch schon die Tür auf.

Ein – anders kann ich es nicht ausdrücken – ungepflegter und übelriechender Mann steht mir gegenüber und lehnt sich betont lässig gegen den Türrahmen. Mitte vierzig, schütteres, zurückgekämmtes Haar. Ein schweißiges, schwarzes T-Shirt weist ihn als in die Jahre gekommenen „Guns-N'-Roses"-Fan aus. „Not in this lifetime" steht vorne in roten Buchstaben unter einem ziemlich einfallslos gehaltenen Ensemble aus Pistolen und Rosen und natürlich dem Schriftzug der Band.

„Was?", fragt Herr Franke ausnehmend unfreundlich und schaut mich aus ziemlich geröteten Augen an. Was ich im Augenblick wirklich nicht brauchen kann, ist ein zugekiffter Alkoholiker, der versucht, cool zu sein. Nur weil ihm eine Frau gegenübersteht, die weder beeindruckt noch eingeschüchtert ist. Ich liebe das.

Kurz frage ich mich, ob mir die T-Shirt-Botschaft etwas sagen soll, denke dann aber, dass mir das herzlich egal sein kann, zumindest im Augenblick.

„Was?", fragt also Herr Franke. Seine wässrigen, roten Augen taxieren mich, checken mich missmutig ab, als habe er etwas bestellt, das er jetzt nicht mehr haben will.

Diese Anrede höre ich immer wieder, sie scheint in irgendeinem Film vorgekommen und dort ausgesprochen erfolgreich gepflegt gewesen zu sein. Im wirklichen Leben wirkt sie dagegen lächerlich. Aber, das gebe ich zu, sie drückt Eindeutigkeit aus. Und da ich empfindlich bin und mein Blutdruck schnell steigt, wenn ich potentiell vorbestraften Angebern gegenüberstehe, lehne ich mich ebenfalls an den Türrahmen. Ganz dicht an Herrn Franke, Schulter an Schulter, weil wir beide ja gleich groß sind, und ich lächle ihn an, auch wenn mich das aufgrund seines Körpergeruchs einige Überwindung kostet. Jetzt verzieht sich sein Gesicht zu einem Grinsen, und er ähnelt noch mehr einem Frettchen: lang, mager und stinkend.

„Schätzchen, wie wär's denn mal mit Waschen?", frage ich. „Die Nachbarn haben sich schon beschwert!"

Seine Pupillen werden größer, sein Kopf nimmt eine dunkle, ungesunde Tönung an, aber er hat er sich weiter unter Kontrolle und rührt sich nicht. Das Dope, oder was er gerade raucht und das hinter ihm aus der Wohnung drängt, als giere es selbst nach frischer Luft, muss ihm so etwas wie Mut verliehen haben.

„Was willse?", fragt er mich, und drückt sich jetzt doch vom Türrahmen ab … eins zu null für mich. Sein Atem stinkt bestialisch, eine Mischung aus Rauch und billigem Schnaps. Trotzdem rücke ich sofort nach, gehe wieder auf Tuchfühlung und bleibe an ihm dran. Ich frage ihn freundlich, ob er eine ältere, wohlriechende Dame in einem hellen Kostüm in seiner Wohnung versteckt hält, wovon ich aber nicht ausgehe. Es wäre so, als würde Karl Lagerfeld oben im Himmel freiwillig in einer Jogginghose herumlaufen.

„Seh ich so aus?", fragt er mich amüsiert.

„Ehrlich gesagt, nein, aber vielleicht haben Sie die Dame ja entführt." Das meine ich natürlich nicht ernst, aber mir fällt nichts Besseres ein. „Also: Sind Sie allein in der Wohnung oder ist noch jemand bei Ihnen?"

Er weicht einen weiteren Schritt zurück, hält sich nun an der Tür fest. Ich bin gewappnet, falls er sie jeden Moment zuschlagen will. Wahrscheinlich hat er längst gemerkt, dass ich von der Polizei bin, anderenfalls hätte er mich längst nach meinem Ausweis gefragt. Solche Typen kennen uns. Und umgekehrt.

„Wer bist du denn überhaupt, Schätzchen?", fragt er mich jetzt wie aufs Stichwort und macht sich breit. Eine Schweißwolke schwappt mir entgegen, vermischt mit dem süßlichen Duft von Dope. Ich atme durch den Mund, Rückzug geht jetzt nicht mehr, und wenn ich Glück habe, steht gleich Fabian neben mir. Allerdings ist er die vergangenen Tage selten genau dann aufgetaucht, als ich ihn brauchte.

„Kriminalpolizei!“, sage ich nur.

Er schnauft. „Zeig mir mal deinen Ausweis, Schätzchen.“ Und dann fügt er natürlich hinzu: „Da kann ja sonst jeder kommen!“

Vielleicht ist es dieser Spruch, der meinen Geduldsfaden reißen lässt. Ich mache einen weiteren Schritt nach vorne, und während er „He, das ist Hausfriedensbruch!“ ruft, jetzt ganz Volljurist, schiebe ich ihn beiseite, um nach der alten Dame zu schauen, die sich aber aller Wahrscheinlichkeit nach lieber ein Schwert in die Magengegend rammen würde, als einen Nachmittag mit diesem Höhlenmenschen zu verbringen.

Von hinten spüre ich seine Hand auf meiner Schulter. Ich greife sie, drehe mich gleichzeitig um und drücke ihn bäuchlings gegen die Wand. Auch der Flur steht ganz im Zeichen von Guns N’ Roses, die Wände hängen voller Tourneeplakate. „Welcome to the jungle“, denke ich bloß, und dann: „Was mache ich jetzt mit diesem Kerl?“

Herr Franke schnauft, sein Gesicht ist seitlich gegen die Wand gedrückt, seine Wange platt an der Wange von Axl Rose.

„Hinsetzen!“, raune ich ihm leise zu und hoffe, dass es einigermaßen gefährlich klingt. In der Küche erkenne ich nämlich ein Paar Stiefel mit ein paar Jeans dran, lässig unter einem Tisch ausgestreckt. Herr Franke rutscht artig zu Boden, sein Gesicht schrabbt weiter am Plakat entlang, was raschelnd protestiert.

„Hinlegen!“, gehe ich jetzt noch einen Schritt weiter. „Auf den Bauch!“ Immer wieder schaue ich kurz Richtung Küche, beobachte das Paar Stiefeletten, das sich weiterhin nicht bewegt. Ich bin mir unsicher, ob das ein gutes oder schlechtes Zeichen ist.

„Polizei! Wer sind Sie?“, rufe ich Richtung Küche. Wenn der Kerl nicht tot oder vollkommen weggetreten ist, muss er mich hören. Und reagieren. Irgendwie. Aber die Stiefeletten bleiben, wo sie sind, und eine Antwort bekomme ich auch nicht.

„Wer ist in Ihrer Küche?“, frage ich Franke, der mittlerweile bäuchlings auf dem Boden liegt.

„Mein Bruder!", ächzt er zu mir hoch, als würde er gleich ersticken. Soll er doch.

„Ist der tot oder was? Warum sagt der nichts?" Ich schaue kurz zur Wohnungstür, weil ich hoffe, dass dort Fabian jeden Moment auftaucht.

„Dem geht's nicht gut!", stöhnt Franke.

„Ach was!", herrsche ich ihn an. „Warum geht's ihm nicht gut? Hat er's an der Bandscheibe oder was? Oder zu viel gekifft? Mann, geben Sie Antwort!"

„Frag ihn doch selbst, du Schrulle!" Jetzt klingt Herr Franke fast beleidigt, aber recht hat er, ich muss den Stiefelettenmann selbst fragen. Vorher bekommt Franke aber noch meine Handschellen verpasst, ich brauche ihn nicht unbedingt in meinem Rücken, wenn ich mit dem Kerl in der Küche beschäftigt bin. Von Fabian weiter keine Spur, nicht mal das leiseste Geräusch kommt aus dem Hausflur.

Ich mache ein paar Schritte und beobachte die Stiefeletten, die sich weiterhin nicht rühren. Entweder ist der Typ bewusstlos oder so bekifft, dass er sich nicht mehr bewegen kann. Das hoffe ich zumindest. Schlecht wäre es, wenn er dort mit einem Brotmesser sitzen würde oder einer Pistole. Aber warum sollte er? Es war nicht geplant, dass ich hier hereingehe, warum sollte er gewappnet sein, für was auch immer.

Ich stoße die Küchentür ein Stückchen weiter auf, so dass ich den Kerl jetzt vollständig sehen kann: Jeans, schwarzes T-Shirt, fettiges, schütteres Haar, angedeuteter Schmerbauch. Ein Duplikat seines Bruders. Beides Typen, die wahrscheinlich immer noch davon ausgehen, wir haben 1995.

Der Kerl schaut langsam mit glasigen Augen zu mir hoch, wie in Zeitlupe, jede Sekunde ein paar Zentimeter. Kein Wunder, dass er sich kaum bewegen kann: Hier drinnen stinkt es wie in einer überdimensionalen Cannabispfeife. Keine Ahnung, in welcher Wirklichkeit sich der Mann gerade aufhält, auf jeden Fall sind dort die Bewegungen langsamer als in meiner Realität.

Seine Hände liegen auf dem Tisch … und sie sind leer. Ich entspanne mich ein wenig.

„Was?“, fragt er undeutlich, ganz der Bruder seines Bruders.

Bingo, richtige Frage! Ich lächle ihn an und entspanne mich weiter. Soweit ich es beurteilen kann, geht zurzeit von ihm so viel Gefahr aus wie von einem Marienkäfer. Seine Pupillen irren von links nach rechts und wieder zurück, ich glaube, er kann mich eher hören als sehen. Er wirkt so entkräftet wie ein Seekranker, der um festen Boden unter den Füßen bettelt, nachdem er seit einer Stunde über der Reling hängt.

Ich gehe an ihm vorbei und reiße das Fenster auf. „Nichts, Mann, träum weiter!“ Er protestiert ein wenig, blubbert etwas vor sich hin, aber nur pro forma. Schließlich will er die Kontrolle behalten in seinem Film, er ist nämlich noch vollkommen fit, denkt er, und ich bin ohnehin nur eine Frau.

Ich schaue mich um. Außer zwei dicken Joints, die auf einer Untertasse vor sich hin qualmen, und einer unfassbaren Unordnung, die ich erwartet habe, fällt mir nichts auf in diesem Raum. Und mein Ausweis würde mir in diesem Chaos auffallen, bestehend aus Stapeln ungewaschenen Geschirrs auf dem Tisch, den mehr als einem Dutzend Pizzakartons am Boden und den Schnaps- und Colaflaschen neben dem überquellenden Mülleimer.

Ich frage mich, wo die alte Dame ist, ob sie sich wirklich einen Spaß daraus gemacht hat, den Ausweis einer Kriminalhauptkommissarin zumindest so lange zu behalten, bis sie damit morgen früh in ihrer Wassergymnastikgruppe prahlen kann. Aber das hoffe ich nicht! Wenn mich jetzt schon die Altersgruppe 70+ enttäuscht und hintergeht, habe ich vielleicht doch etwas falsch gemacht.

Während der Stiefelettenmann weiter vor sich hin brütet, höre ich Franke im Flur weiter ächzen. Von mir aus können sich die beiden hier bewusstlos kiffen, das geht mich nichts an, ich vermisse nur meinen Ausweis, und hier ist er nicht. Während ich die Schlüssel für die Handschellen suche, fällt mein Blick noch einmal auf den Stiefelettenmann. Ich stutze: Die Knochenkuppen seiner rechten Hand sind rot, die zum Mittelfinger hin sogar aufgeschürft. Eine typische Verletzung, wenn man zugeschlagen hat. Ich bleibe stehen und schaue ihn an, ohne etwas zu sagen. Und dann dämmert mir, warum ich vorhin an der Wohnungstür beim Namen „Franke“ so gestutzt habe: Weil unten an der Wohnung, in der die Rothaarige liegt, das Gleiche steht.

„Wohnen Sie hier im Haus?“, frage ich den Stiefelettenmann und merke, dass mein Pulsschlag ungesund schnell beschleunigt.

„Was?“ Vielleicht kennt er nur dieses eine Wort, keine Ahnung. Er schaut mich wieder an, langsam und weiterhin nicht von dieser Welt.

Ich schüttle den Kopf. „Schon gut“, sage ich, und denke: „Träum weiter, du Loser!“

Weil ich kein zweites Paar Handschellen habe, trete ich den Rückzug an. Ich stürze mich nicht auf diesen Feigling, der Frauen schlägt, ich wuchte ihm nicht seine Nase auf den Holztisch, dass sie bricht, ich reiße ihn nicht vom Stuhl und drehe am Boden seinen Arm nach hinten, um ihn dann im Hausflur die Treppe runterzustoßen, all das werde ich nicht tun … nein! Stattdessen werde ich nun ganz ruhig an ihm und seinem Bruder vorbei nach unten gehen und Fabian bitten, noch eine zweite Streife zu rufen, die den Aussatz hier oben abholt. Und ich bleibe tatsächlich ganz ruhig und mache, was ich mir vorgenommen habe. Darauf bin ich sehr stolz.

Franke eins lasse ich im Flur liegen, obwohl er protestiert und keucht, als würde er gleich ersticken, aber er macht sich einfach zu gut als Robbe.

In zwei Minuten bin ich mit Fabians Handschellen wieder hier oben und kümmere mich auch um den Stiefelettenmann.

Kapitel 34

Auf der Friedrichstraße haben die ersten Cafébesitzer ihre Tische nach draußen gestellt. Ein paar Hartgesottene sitzen in Mänteln auf den Stühlen und pusten dichte Wölkchen aus ihren Tee- oder Kaffeetassen. Meterhohe Heizstrahler ragen zwischen den einzelnen Tischen empor und lassen die Luft in ihrer Nähe flimmern. Eine blonde Kellnerin in einem schwarzen Minirock tänzelt zwischen all dem entlang, nimmt Wünsche entgegen und verteilt Rechnungen.

Zum ersten Mal sind Besucher bei „Schröder & Putin", als ich die Galerie betrete. Ein älteres Pärchen steht andächtig vor einem Pokémon-Bild. Der Mann hält den Kopf etwas schräg, so als könne er nur aus dieser Perspektive den Sinn des Bildes erkennen. Er runzelt die Stirn, legt einen Zeigefinger auf den Mund und nickt fast unmerklich mit dem Kopf. Es hat den Anschein, als wollten die beiden eines der Bilder kaufen. Ich bin versucht, sie zu fragen, ob sie nicht lieber ein Schulprojekt in Afrika unterstützen wollen, lasse es dann aber.

Wiktoria Wladimirowna steht, wie immer ganz in schwarz gekleidet, ein paar Schritte hinter dem Pärchen, das nun beginnt, in breitem Rheinisch die Bedeutung dieses Bildes zu diskutieren.

Die Dame trägt einen hellen Schal, der ihren Mund fast verdeckt. Leise fragt sie ihren Mann, was dieses Wesen denn übergeordnet zu bedeuten habe, und ich höre nur ein „Et ess eben e Jeföhl!"

„Kann ich Sie kurz sprechen, Frau Wladimirowna?", unterbreche ich mich beim Lauschen.

Wiktoria Wladimirowna schaut mich an, als hätte ich in ihrer Kirche die Opferschale auf dem Altar zerschlagen. „Ich habe gleich Zeit für Sie, Frau Lukas." Schnippisch wirft sie mir einen kurzen Blick zu.

Ich schaue mich um, streife ein wenig durch die Galerie. Ich gebe die Hoffnung nicht auf – vielleicht ist hier ja doch irgendwo so etwas wie Kunst versteckt. Weiter hinten erkenne ich einen antiken Schreibtisch, darauf Dutzende Zettel, Blätter und, eins, zwei, drei Aktenordner. Vielleicht kann ich unauffällig einen Blick darauf werfen, vielleicht sind dort ja sogar die Käufer der Riesenvaginas aufgelistet, also diejenigen, die meiner Vermutung nach bei einer möglichen Geldwäsche mithelfen. Ich mache einen weiteren Schritt nach vorne, als mich ein tiefes Knurren zurückfahren lässt: Der riesige, dunkle Schäferhund liegt neben dem Schreibtisch. Ich habe ihn für … ja, für was habe ich ihn gehalten? Das Tier hat den Kopf gehoben und schaut mich aus dunklen, kalten Augen an, ruhig und abwartend. Ich starre zurück und der Hund beginnt erneut bedrohlich zu knurren.

„Mach keinen Aufstand!“, sage ich leise, „sonst erschieß ich dich.“

Als Antwort erhebt sich das Tier und setzt sich auf die Hinterpfoten. Immer noch abwartend, aber schon ein bisschen aufmerksamer. Dabei knurrt es weiterhin und hebt leicht die Lefzen. Ich erkenne die weißen Zahnreihen, die zum Zahnfleisch hin gelber werden. Die Schnauze des Hundes kräuselt sich unschön, seine Augen sind starr auf mich gerichtet. Langsam trete ich einen Schritt zurück. Generell habe ich nichts gegen Hunde, aber diese Rasse ist mir zuwider. Ihre Beißschwelle ist niedrig, außerdem hat Hitler mit „Blondi“ sein Übriges getan.

„Sie haben Berry doch schon kennengelernt!“ Ich fahre zusammen, als ich Wiktoria Wladimirownas Stimme hinter mir höre. Sie stellt sich neben mich. „Berry, Platz!“

Der Hund legt sich wieder hin, behält mich aber im Auge. Wir werden keine Freunde mehr. Müssen wir aber auch nicht, denke ich, solange er bleibt, wo er ist.

„Was wollen Sie?“ Wiktoria funkelt mich an, zum ersten Mal scheint sie tatsächlich erbost. Warum sie die Contenance verliert, kann ich mir nicht erklären, es sei denn, es hat etwas mit den Unterlagen auf dem Schreibtisch zu tun. Aber solange dieses riesige Vieh hier liegt, könnte sie die Liste der Namen der Vaginabild-Käufer auch verschluckt haben, sie wären genauso unerreichbar.

„Ich will die Morde an Ihrem Geschäftspartner und seiner Freundin aufklären“, sage ich. „Mich interessiert, was passiert ist. Ganz im Gegensatz zu Ihnen, wie es bei mir den Eindruck erweckt.“

Sie lächelt. „Dann erwecke ich wohl den falschen Eindruck. Mir wäre sehr daran gelegen zu erfahren, was Steven widerfahren ist. Und seiner Freundin natürlich. Schließlich kann ja niemand wissen, ob auch meine Familie in Gefahr ist.“

„Das glaube ich kaum“, erwidere ich.

„Ach, und warum nicht?“

Weil ihr die beiden auf dem Gewissen habt, denke ich, sage aber: „Nur so ein Gefühl.“

„Ach, und in Ihren Ermittlungen lassen Sie sich von Gefühlen leiten, ist das so?“

Nun lächle ich sie so nachsichtig an, wie es mir möglich ist. „Man nennt das Intuition.“

„Na ja, bislang scheint Ihnen Ihre Intuition ja noch nicht sonderlich weitergeholfen zu haben. Vielleicht sollten Sie Hilfe beantragen oder wie man das bei Ihnen nennt. Oder den Fall einfach abgeben.“

„Vielleicht“, sage ich vage, als würde ich tatsächlich darüber nachdenken.

Ich bin mir sicher, dass die Putins in dieser Galerie Geld waschen. So gut wie niemand, der halbwegs bei Verstand ist, würde für so etwas tatsächlich Geld ausgeben. Und ich bin mir ebenfalls sicher, dass die meisten Käufer der Bilder von Bolko oder Smuda, oder wie sie alle heißen, russische Namen tragen. Und wenn ich an diese Namen komme, dann haben wir einen Ansatzpunkt. Wir können klären, wie diese Käufer in Zusammenhang mit den Putins stehen, ob es da Arbeitsverhältnisse gibt, Abhängigkeitsverhältnisse, andere Bindungen, Verpflichtungen, was auch immer. Ich brauche diese Namen! Erneut starre ich den Hund an, emotionslos starrt er zurück. Ohne Weiteres würde er mir die Kehle aufreißen. Er ist ein Killer, und irgendjemand aus dem Putin-Clan ist das auch.

Kapitel 35

„Das kann doch nicht wahr sein, oder? Warum weißt du noch nichts? Was hast du denn die ganze Zeit getan?“ Ich bin wütend auf Warzer, weil er die Aufgabe hatte, mehr über die Putin-Familie herauszufinden: Seit wann sie hier sind, wie sie offiziell ihr Geld verdienen, wie sie es vorher verdient haben, wer alles zu ihnen gehört, wen sie bezahlen und wofür, all das, was uns vielleicht weiterhelfen könnte. Das kann doch nicht so schwer sein!

„Spinnst du? Ich habe auch noch Eigenes zu tun! Außerdem war ich genauso beschäftigt mit dem Fall wie ihr. Nur darf ich deine Arbeit noch nebenher machen. Also kannst du mir mal sagen, wie?“ Warzers Mund ist nur wenige Zentimeter von meinem entfernt, und ich habe Angst, dass er anfängt zu spucken. Seine Erscheinung, das mühsam in die zerknautschte Hose gestopfte Hemd, das er schon drei Tage trägt, die fettigen Haare, der penetrante Geruch irgendeines moschushaltigen Parfums, den er verströmt, überhaupt sein ganzes Sein macht mich aggressiv.

Aber jetzt und hier hat er recht, er war genauso mit dem Fall beschäftigt wie Fabian und Peter Braun und Bierganz und all die anderen. Ich hätte mich selbst drum kümmern sollen. Trotzdem: Zu einer Entschuldigung kann ich mich nicht durchringen. Ich rausche an ihm vorbei und lasse ihn einfach stehen.

„Na danke, Eisprinzessin“, ruft er mir hinterher. Das macht er immer, wenn er sich über mich ärgert. Und wie immer ignoriere ich ihn. Keine Ahnung, wie er auf Eisprinzessin kommt, wahrscheinlich hat er das mal in einem Film gesehen.

Ich werfe mich in meinen Bürostuhl, schnaufe einmal durch und greife nach meinem Telefon. Die Nummer der Unikliniken kenne ich mittlerweile auswendig. Eine Schwester erklärt mir, telefonisch könne sie mir nichts zum Gesundheitszustand von Frau Franke, der Rothaarigen, sagen. Auch als ich sie darauf hinweise, dass unsere Nummer klar und ersichtlich nur an die Bonner Polizei vergeben ist, lässt sie sich nicht erweichen, mir Informationen zu geben. Ich müsse schon herkommen, sagt sie.

„Vielen Dank auch!“, maule ich und lege auf.

Der Stiefelettenmann sitzt eine Etage tiefer im Präsidium. Bevor er vernommen werden kann, muss er erst einmal wieder vollkommen nüchtern werden. Das kann dauern, erfahre ich. Der kleine Junge, der zum Glück nichts von der Gewalttätigkeit seines Vaters mitbekommen hatte – ich nehme zumindest an, dass es sich um seinen Vater handelt –, ist bei einem Schulfreund untergebracht. Wenn Frau Franke länger als bis morgen im Krankenhaus bleiben muss, wovon ich ausgehe, übernimmt das Jugendamt.

Ich drücke mich in meinen Schreibtischstuhl, dass er ächzt, und schließe die Augen. Augenblicklich sehe ich Wiktoria Wladimirowna vor mir stehen. Ihre herablassende Mimik, ihre Blässe, ihr anmaßender Sprachstil.

Ich frage mich, ob Schröder tatsächlich versucht hat, die Putins zu betrügen und deswegen getötet wurde. Aber wie schlimm muss dieser Betrug gewesen sein, dass er dafür von seinem Partner ermordet wird? Und wenn es einen Betrug gegeben hat, wie ist er vonstattengegangen? Wir haben keine Spuren in Schröders Wohnung gefunden.

Plötzlich bemerke ich das Briefkuvert in meiner Hosentasche, ein leises Knistern hat mich wie aufs Stichwort daran erinnert: der Schlüssel aus Schröders Wohnung! Nachdem ich das Blut am Fenster der Rothaarigen entdeckte, hatte ich das Kuvert wahrscheinlich gleichgültig in der Hosentasche verstaut und dann vergessen.

Ich schaue auf die Uhr über der Tür. Wenn wir uns beeilen, können wir noch an der Bank sein, bevor sie schließt. Fabian knurrt mich ähnlich beängstigend an wie Berry, als ich ihn von seiner Zwischenmahlzeit, einem Frikadellenbrötchen mit Senf und einem übergroßen Blatt Salat, wegzerre. Gefühlt habe ich seit Tagen nichts mehr gegessen, aber im Augenblick ist mir auch nicht danach.

Als wir das Büro verlassen, wirft mir Warzer einen Blick zu, der mir ein sofortiges Geständnis entlockt hätte, würde ich mich wegen irgendetwas schuldig fühlen.

Auf der Südbrücke geht es wieder nur im Stop-and-go voran. Warum, ist mir ein Rätsel. Manchmal reicht schon ein Autofahrer, der die zweite Fahrbahn neben einem Lkw blockiert, um einen Stau entstehen zu lassen. Liebend gerne würde ich wild auf die Hupe drücken, besser noch das Blaulicht aufs Dach stellen und die Sirene tönen lassen, aber ich habe mir die vergangenen 24 Stunden bereits zu viele solcher Ausbrüche erlaubt.

Hinter der Brücke biege ich rechts ab, dann fahren wir am Posttower vorbei, auf das WCCB zu. Einmal links, dann sind wir da, Heussallee.

„Das wird schwierig!" Hense, der Filialleiter, windet seinen Körper, als wolle er sich aus der Umschlingung eines Python befreien. Ob er sich um das Bankgeheimnis oder um seine berufliche Zukunft sorgt, ist mir nicht ganz klar, wahrscheinlich hängt beides miteinander zusammen. Aber vielleicht liegt es auch an seinen Schuhen. Heute trägt er ein hellbraunes Paar Budapester, das vielleicht zu klein ist und ihm auf die Zehe drückt. Er verlagert sein Gewicht fortwährend von einem auf den anderen Fuß. Von Kopf bis Fuß macht Hense den Eindruck, als säße er in einem kochenden Suppentopf.

Ich verstehe ihn, mehr aber auch nicht. Es ist ungemein wichtig, zu erfahren, ob der Schlüssel zu Schröders Schließfach passt oder nicht. Denn dass Schröder eines in dieser Bank besessen hat, wissen wir ja.

„Es gibt im Augenblick kein Bankgeheimnis, was Ihren Kunden Schröder angeht, der ist tot", versuche ich ihn auf einem Gebiet zu überzeugen, das er von Grund auf beherrscht, von dem ich aber absolut keine Ahnung habe … Was soll's, einen Versuch ist es wert. „Und das einzige Geheimnis, das zurzeit besteht, ist das, wie er zu Tode gekommen ist, Herr Hense. Und um dieses Geheimnis zu lüften, wird uns der Inhalt seines Schließfaches weiterhelfen."

Ich schaue ihn eindringlich an, als hinge von seinem Einverständnis der Fortbestand des DAX ab.

Hense windet sich hinter seinem Schreibtisch, der Python hat ihn weiter im Würgegriff. Hense wringt die Hände, als wasche er sich und habe nur Wasser und Seife vergessen.

„Das ist … das ist Unsinn, das wissen Sie, oder?" Er schaut abwechselnd von Fabian zu mir, aber wir beide rühren uns nicht. Den Kampf, uns zu helfen oder doch den Bankparagraphen zu spielen, muss er alleine austragen.

Zehn Sekunden vergehen, in dem wir drei uns nicht rühren. Hense hat aufgehört sich zu winden, er scheint zu einem Entschluss gekommen zu sein.

Er seufzt. „Kommen Sie mit!“ Ich schaue Fabian an und nicke. Ohne ein weiteres Wort geht Hense an uns vorbei, eine Mischung aus Schweiß und einem süßen Parfüm zieht an uns vorbei. Sein innerer Kampf scheint schwer gewesen zu sein, ich bin dankbar, dass er so etwas wie Charakter zeigt. Das will ich ihm gleich sagen, nehme ich mir vor.

Eine enge Wendeltreppe führt uns hinunter in den Tresorraum. An den Wänden verkünden junge Menschen mit schneeweißen Zähnen auf Plakaten, wie leicht es ist, mit Hilfe dieser Bank Häuser zu bauen. Oder Grundstücke. Oder ganze Ländereien. Ich frage mich, ob es mich stören soll, dass Träume mit Geld gleichgesetzt werden und stolpere fast die Treppe herunter.

Wenig später hat Hense Schröders Schließfach aus der Wand gezogen und auf einen kleinen Stahltisch gelegt. Hense bleibt neben uns stehen. Mein Hinweis, dass wir hier eine polizeiliche Ermittlung haben, stört ihn wenig. „Liebe Frau Lukas, wenn Sie wollen, schließe ich das Fach wieder weg. Sie wissen genau, dass Sie hier gar nicht sein dürfen! Entweder bin ich dabei oder wir vergessen das Ganze!“

Ich schnaufe theatralisch und gebe nach, er hat ja recht. Fabian neben mir holt tief Luft, so als würde er gleich die Oskar-Gewinnerin für die weibliche Hauptrolle verkünden, und hebt den Deckel des Schließfaches. Darunter kommen mehrere Klarsichthüllen zum Vorschein.

Kapitel 36

Ich zittere vor Kälte. Der Wind fegt durch die Fußgängerzone, ich stehe an der Ecke Wenzelgasse/Friedrichstraße und rauche eine Zigarette. Die erste seit vielen Monaten. Ich spüre das Nikotin auf der Zunge und inhaliere. Der Rauch vermischt sich mit der warmen Atemluft und löst sich in einer kleinen Wolke auf, als ich ausatme. Für einen kurzen Augenblick wird mir schwindelig, es ist ein wunderbares Gefühl, vielleicht für einen Moment die Kontrolle zu verlieren. Einfach alles aufgeben, sich einer anderen Kraft überlassen, vollkommen ruhig zu werden.

Mehr als eine Viertelstunde lang habe ich für die Packung Camel meine Wohnung auf den Kopf gestellt. Fabian hat nur den Kopf geschüttelt, als ich ihm sagte, ich brauche unbedingt etwas zu rauchen. Er saß bereits mit Boxershorts und T-Shirt vor einem Krimi, bei dem zwei grauhaarige Kommissare aus München in einem verlassenen Gut wild um sich schossen. Wer denkt sich so etwas aus?

Ich betrachtete ihn, wie er da saß, bequem, müde und zumindest im Augenblick zufrieden mit sich selbst. So als habe er die kommenden hundert Jahre nicht mehr vor, irgendetwas anderes zu tun, als einfach nur anwesend zu sein. Ich konnte kurz nachempfinden, wo blutige Ehedramen ihren Ursprung haben. Dann aber war mir klar, dass ich wohl neidisch auf ihn sein musste. Fabians Ausgeglichenheit, lassen wir einmal seine Affäre beiseite, imponiert mir. Ich frage mich, ob sie gottgegeben oder erlernt ist. In letzterem Fall besteht für mich noch Hoffnung, eines Tages zufriedener und weniger ruhelos zu werden.

Aus dem beleuchteten Sportladen auf der anderen Straßenseite strahlen mir neongelbe Brooks-Laufschuhe entgegen. Kurz denke ich an die vielen Läufer, die ich flussauf- und abwärts jeden Tag an der Rheinpromenade, zum Beispiel am Brassertufer, entlanglaufen sehe, und wieder sage ich mir, dass ich bald beginnen muss, etwas mehr für meine Gesundheit zu tun. Meist habe ich solch wirre Gedanken, wenn ich rauche … merkwürdig.

Mir wird erneut schwindelig, aber es ist ein schönes Gefühl, ähnlich dem, wenn der Anästhesist den Kolben der Spritze drückt, kurz bevor der Patient das Bewusstsein verliert.

Passanten gehen lachend, diskutierend oder schweigend an mir vorüber, in Gruppen, als Pärchen oder alleine. Es ist noch früher, als ich dachte, und ich frage mich, warum Fabian eben bereits bettfertig auf der Couch saß, als warte er nur noch auf den Sendeschluss, den es ja seit Jahrzehnten nicht mehr gibt.

Ein Blick in die Schaufensterfront bei „Schröder & Putin" sagt mir, dass die Galerieräume leer sind. Ich öffne die Tür und trete ein. Nichts rührt sich, niemand scheint hier zu sein, eine große Stille empfängt mich. Eine Minute schreite ich zwischen den Pokémon-Gemälden hin und her, auf der verzweifelten Suche nach einer Begründung für den unverschämten Preis der Bilder. Zum wiederholten Male frage ich mich, was Kunst ausmacht. Dabei sollte ich mich fragen, was mich veranlasst hat, noch einmal hierherzukommen. Will ich die Familie nur provozieren? Sie mit dem konfrontieren, was Fabian und ich in Schröders Schließfach gefunden haben? Langsam wandere ich in den hinteren Teil der Galerie, dort, wo am Mittag Berry neben dem Schreibtisch lag. Mit seinen toten, kalten Augen. Wächter, Aufpasser – um was zu schützen? Die Geheimnisse der Putin-Familie? Wohl kaum. Die würden sie sicherlich nicht in einer Schreibtischschublade aufbewahren. Aber vielleicht Dinge, die wichtig sind für das tägliche Geschäft, Telefonnummern, Kundennamen …

Im Nachhinein kann ich nicht sagen, wann ich mich entschlossen habe, meinen Beruf einfach Beruf sein zu lassen und zur Diebin zu werden.

Plötzlich stehe ich hinter dem Schreibtisch und versuche ihn zu öffnen. Was natürlich nicht gelingt. Nicht sofort. Alle drei Schubladen auf der linken Seite sind abgeschlossen. Rechts die Schubladen sind restlos leer, keine einzige Büroklammer und nicht der kleinste Span eines Bleistiftes sind zu finden. Leer geräumt? Ich gehe in die Hocke und überlege, die verschlossenen Schubladen einfach aufzubrechen. Allerdings … womit? Außer einem Kugelschreiber habe ich nichts, womit ich das bewerkstelligen könnte.

Und wenn ich sie tatsächlich geöffnet habe, was dann? Ich beschaffe mir illegal Belastungsmaterial! Damit setze ich meine ganze berufliche Zukunft aufs Spiel. Dann kommt mir Hense in den Sinn, der Filialleiter, der uns vorhin geholfen hat, obwohl er damit eindeutig seine Kompetenzen überschritten hat.

Ich greife in meine linke Innentasche. Kurz meine ich, einen Luftzug zu spüren, ein kühles Gefühl im Nacken, aber als ich mich umschaue, ist niemand zu sehen. Die Pokémon glotzen mich genauso niveau- und ausdruckslos an wie immer. Mein Blick wandert Richtung Eingangstür, hin zur Schaufensterfront, aber auch dort ist niemand zu sehen. Niemand schaut von außen in den Laden und betrachtet die ausgestellten Bilder, schemenhaft erkenne ich nur einen älteren Mann mit wehendem Haar vorüberhasten. Mein Herz klopft laut in meiner Brust.

Ich spüre, dass etwas nicht stimmt, ignoriere es aber. Ich gehe in die Hocke und inspiziere das Schreibtischschloss aus der Nähe. Dürfte kein Problem sein, denke ich noch, dann trifft mich etwas Hartes am Hinterkopf. Und alles wird schwarz.

Kapitel 37

Wiedergeburt wird nach den Erzählungen der Weisen von einem wunderbaren Beiklang begleitet, aber als ich erwache bzw. langsam und schmerzvoll zu mir komme, ist mein erster Gedanke, mich übergeben zu müssen. Ein pochender Schmerz pulsiert in meinem Hinterkopf, der sich in Wellen Richtung Stirn durchkämpft und auf dem Weg dorthin jede Region meines Gehirns erschüttert wie ein Hammerschlag. Ich bewege mich nicht, kann es auch nicht, spüre nur, dass ich auf der linken Seite liege, die Hände auf dem Rücken gefesselt. Der Boden ist kalt und hart, Estrich vielleicht, ein staubiger Geruch wie in einer Lagerhalle erfüllt den Raum, die Luft ist eisig, so als läge ich in einem Kühlraum oder einer Vorratskammer.

Ich spüre eine harte Schnur, wahrscheinlich Kabelbinder, kein Draht, die um meine Handgelenke geschlungen ist und mir in die Haut schneidet. Ich versuche langsam und tief einzuatmen, um das Gefühl der Benommenheit zu überwinden. Allmählich wird mein Kopf klarer. Neben dem staubigen Geruch meine ich auch den abgeschwächten Dunst eines oder mehrerer Tiere wahrzunehmen: streng und durchdringend. Der Schmerz weicht ein klein wenig zurück, berührt kaum noch meine Stirn, vielleicht eingeschüchtert durch mein Bewusstsein, aber immer noch bereit, für seine Existenz zu kämpfen.

In ungefähr drei Metern Entfernung erkenne ich vertikale Lichtstreifen, die sich zwischen Brettern hindurch in den Raum drängen. Meine Füße sind ebenfalls gefesselt, im schummrigen Licht erkenne ich das blasse Grau mehrerer Stränge Kabelbinder, die um meine Fußgelenke gezogen sind. Mein Mund ist trocken und ich verspüre Durst.

Ich bin vollkommen ahnungslos, wie lange ich hier schon liege, vielleicht nur Minuten, vielleicht auch Stunden. Aber merkwürdigerweise friere ich nicht. Von außerhalb des Raumes vernehme ich keinen einzigen Laut, es ist absolut still. Ich atme ruhiger und versuche mich vorsichtig aufzurichten. Gleichzeitig dränge ich den Kopfschmerz weiter zurück. Hinter mir erhebt sich ein schmaler Balken Richtung Decke. Ich erspüre ihn mit dem Kopf. Vorsichtig kämpfe ich meinen Oberkörper seitlich hoch und lehne mich gegen das Holz.

Meine Schuhe schrabben über den Betonboden, ein lautes Geräusch in der Stille.

Bin ich wirklich allein oder sitzt draußen jemand vor der Tür und bewacht mich?

Warum bin ich nicht geknebelt? Ich könnte doch jederzeit schreien. Aber wenn man mir diese Möglichkeit gegeben hat, dann bedeutet das wohl, dass ich davon Gebrauch machen kann, ohne etwas zu erreichen. Ich bin allein, abgeschnitten von der Welt, vielleicht nur mit jemandem in der Nähe, der auf mich aufpasst.

Vorsichtig schüttle ich den Kopf, sachte, um den Schmerz nicht zu animieren, erneut anzugreifen. Wer entführt eine Polizistin, frage ich mich. Denn wenn man etwas nicht tun sollte, dann ist es, sich gegen den Staat zu stellen. Das ist das Dümmste, was man tun kann.

Einen Polizisten oder eine Polizistin zu verletzen oder gar zu töten, das gehört zu den staatlichen Todsünden. Wer also ist so dumm? Dann bekomme ich Angst, weil ich weiß, dass derjenige, der den Kampf trotzdem herausfordert, mit allem rechnet, alles einkalkuliert hat. Und bereit ist, Opfer zu bringen. Wahrscheinlich auch das Leben. Das eigene und das des Polizisten. Niemand legt sich auf diese Weise mit dem Staat an, ohne damit zu rechnen, dafür auch sterben zu können.

Wahrscheinlich ist es diese Gewissheit, die mir solche Angst macht und die mich jetzt daran erinnert, dass ich dringend auf Toilette muss. Eine Minute sitze ich still, starre in die Dunkelheit, bekämpfe die erneut attackierenden Schmerzwellen in meinem Kopf und überlege, wie lange ich noch einhalten kann, ehe ich mir in die Hose mache. Soll ich versuchen, aufzustehen und irgendwohin zu hüpfen? Wobei das bei näherer Überlegung keinen Sinn ergibt, denn mir bleiben nur vier kahle Ecken dieses Raumes.

Oder soll ich kapitulieren und rufen? Nicht nach Hilfe und darauffolgender Befreiung, sondern nur nach Verständnis. Verständnis dafür, dass ich mir nicht in die Hose machen möchte.

Im Geiste gehe ich die Taschen meiner Jacke und meiner Hose durch, aber ein Taschenmesser oder einen ähnlich spitzen Gegenstand, um den Kabelbinder zu zerschneiden, trage ich nie bei mir.

Und wenn doch, bin ich wahrscheinlich eh durchsucht worden, bevor man mich gefesselt hat. Meine Pistole ist ja selbstverständlich auch nicht mehr da.

Ich frage mich, warum ich noch lebe. Denn wie gesagt, wer einen Polizisten in seine Gewalt bringt, hat mit vielem abgeschlossen. Und muss verzweifelt gewesen sein, das überhaupt zu wagen. Warum also hat man mich niedergeschlagen? Das ergibt keinen Sinn: Ich war diejenige, die in der Galerie eine Straftat begangen hat, und wer auch immer mich beobachtet hat, hätte nur warten und mich mit dem aufgebrochenen Schreibtisch auf frischer Tat ertappen müssen. Und dann die Polizei rufen, auch wenn die in Gestalt der Diebin dummerweise schon da gewesen war.

Warum also bin ich entführt worden? Als Pfand? Als Geisel? Für was?

Ich denke an Fabian und frage mich, wann er mich vermissen wird. Ich sehe ihn wieder in kurzer Hose vor meinem Fernseher sitzen, und wahrscheinlich ist er von dort direkt in sein Zimmer marschiert und hat sich schlafen gelegt. Warum auch hätte er auf mich warten sollen? So wird er mich erst … ja, heute vermissen, vorausgesetzt, das Licht dort draußen ist Morgenlicht und kein künstliches. Dem Druck auf meiner Blase nach zu urteilen tippe ich auf Morgenlicht. Was zum einen bedeutet, dass meine Blase gleich platzen wird und zum anderen, dass mich Fabian hoffentlich schon vermisst. Spätestens dann, wenn er sich alleine seinen Morgenkaffee machen muss und niemanden hat, der ihm sagt, dass die sauberen Kaffeetassen im Hängeschrank direkt am Fenster auf ihn warten.

Wie dumm, dass ich ihm gestern Abend nicht mehr erzählt habe, wohin ich gehen wollte. Im Augenblick bereue ich, dass ich so verschwiegen bin.

Ich halte den Atem an und lausche. Das war ein Geräusch gerade, oder? Als ob jemand mit einem Kleidungsstück, vielleicht mit einem Mantel oder einer Jacke, an der Außenwand des Raumes entlangstreift. Oder sind es zwei Personen? Ich höre eine Art Schmatzen, ein Pusten, dann nichts mehr. Plötzlich ein Rauschen, erst anschwellend, dann abklingend. Ein kleiner Wasserfall, der vergeht.

Ich lausche weiter, halte immer noch den Atem an. Was kann das sein? Ich atme langsam aus. Wenn ich mir nicht in die Hose machen will, sollte ich mich jetzt bemerkbar machen. Nur keine falsche Scham, Margot. Alles besser als eine nasse Hose, die dann am Körper kalt wird, stinkt und klebt.

In dem Moment, in dem ich „Ich muss mal!“ rufen will, wütend natürlich und fordernd, denn ich will deutlich machen, dass hier nur das passiert, was mein uneingeschränktes Einverständnis hat, ertönt draußen ein zickiges „Määäh“.

Einen Augenblick bin ich fassungslos und mein Schließmuskel gibt für den Bruchteil einer Sekunde nach, dann reiße ich mich wieder zusammen … und fast muss ich lachen: Fantastisch, dort draußen grast eine Ziege.

Mit einer Mischung aus Panik, Wut und Handwerk gelingt es mir, meine Hose abzustreifen. Vorher habe ich mich, an den Balken gelehnt, langsam in die Senkrechte gebracht. Irgendetwas in meinem Rücken ist dabei heruntergefallen, vielleicht ein Bild oder ein Fotorahmen, aber das stört mich nicht. Es hat geklirrt, vielleicht ein Glasrahmen, wobei ich mich frage, welche Art Bilder oder Fotos das sein können, die in einem Ziegenstall hängen. Vielmehr befürchte ich, dass ich mir einen Holzsplitter oder etwas Ähnliches in die Haut ramme, aber es gelingt. Wenn man von „es gelingt“ sprechen kann, während man gefesselt in einer Hütte gefangen gehalten wird. Ich verschnaufe und hüpfe dann nach vorne, fünf kurze Hüpfer, einer verklebten Heuschrecke gleich, jeden Augenblick darauf gefasst, dass meine Füße an einem Hindernis hängen bleiben, an einer Schaufel, einem Holzscheit, einem Blechteller, was immer herumliegen mag in einem Stall wie diesem. Aber ich stürze nicht und wenig später lehne ich in einer Ecke und begebe mich vollkommen außer Atem langsam in die Hocke. Meine Scham schiebe ich beiseite.

So sehr ich die Augen auch zusammenpresse, es gelingt mir nicht, mehr als dunkle Konturen in der grauen Dunkelheit zu erkennen. Einen Stuhl habe ich identifiziert, an einer Wand sind mehrere Heuballen übereinandergestapelt, darüber eine drei Meter lange Holzleiste, an der man vermutlich Kästen für Hühner befestigen kann.

Plötzlich höre ich ein Auto näher kommen. Das Motorengeräusch wird lauter, ein tiefes, sattes Brummen, der Wagen ist gefühlt nicht mehr als zwanzig Meter entfernt. Dann verstummt das Brummen abrupt. Wenig später erneut ein Wagen … er kommt noch näher als der erste. Ich höre Reifen auf Asphalt, Gummi auf Stein, Schritte … zwei Personen, vermute ich. Eine Person entfernt sich, die andere kommt näher. Eine Männerstimme ruft etwas in einer Sprache, die ich nicht verstehe – oder liegt es daran, dass ich einfach zu weit weg bin?

Ich wappne mich, atme tief ein und aus und versuche meinen ganzen Körper anzuspannen, ohne vollständig zu verkrampfen.

Kapitel 38

Vor der Helligkeit des Tages erkenne ich die Silhouette von Putin. In seiner linken Pranke hält er eine Taschenlampe, mit der er in der Dunkelheit des Stalles herumstochert, in der rechten erkenne ich ... was? ... eine Pistole? Obwohl ich ins Licht schauen muss, versuche ich nicht zu blinzeln.

„Müssen Sie selbst zu einer gefesselten Frau mit einer Pistole kommen?“, frage ich.

Ein großes, silbernes Kreuz an einer Kette baumelt vor seiner Brust. Ich erinnere mich, dass er es bereits bei unseren anderen Begegnungen getragen hat. Putin schnüffelt in die Luft und schiebt die Tür weiter auf. Langsam bückt er sich und stellt die Taschenlampe senkrecht auf den Boden. Der Lichtstrahl wirft mehrere hellgelbe Kreise an die Decke.

Ich schaue mich um: Stuhl, Tisch, Heuballen, mehr gibt der Raum tatsächlich nicht her. Keine Holzkeule, die ich mir greifen und sie ihm über den Kopf ziehen könnte. An einer Wand ein Dutzend – hey, ich habe richtig vermutet – offene Holzkästen für Legehennen. Ich hab's doch gewusst, meine Großmutter besaß selbst zehn Hühner. Morgens, bevor wir zur Schule mussten, half ich ihr oft, die Eier einzusammeln. Sie stand neben mir in ihrem dunklen Kleid, eine schmutzige Schürze darüber, weil sie vorher am alten Holzofen Kartoffelschalen gekocht und gestampft hatte. Sie stand neben mir, wenn ich die Eier holen durfte, und sagte mir, was ich tun musste: Die Hand vorsichtig unter die Henne schieben, die empört gackerte, das warme Ei festhalten und vorsichtig in den mitgebrachten Bastkorb legen. Manchmal lagen im Nest auch zwei, das freute meine Großmutter besonders und wir lachten uns an, als hätten wir einen Klumpen Gold gefunden.

Putin geht nach draußen, ich höre ihn am Fensterverschlag rütteln. Er flucht, als er versucht, mehrere Bretter vom Fenster wegzuziehen, aber etwas – vielleicht das Scharnier oder ein Metallriegel – scheint zu klemmen, es bleibt dunkel im Raum.

Ich schaue durch die halboffene Tür nach draußen. Mein Blick fällt auf den noch winterlich blassen und kraftlosen Rasen, in einiger Entfernung ragen dünne, rote Metallpfosten aus dem Grün, noch weiter entfernt ein wuchtiger Baum, dessen Äste bis zum Boden hängen, vielleicht eine Trauerweide.

Putin drängt sich wieder zurück in den Raum, versperrt meinen Ausblick und schaut auf mich herunter. Ich schaue zurück und warte.

„Das war sehr unklug, Frau Lukas!“ Er seufzt, als müsse er ein Gewehr durchladen, um sich mit einem schmerzvollen Schuss von seinem Lieblingstier zu trennen. Eine traurige Erfahrung, aber unausweichlich.

„Finde ich nicht!“, sage ich so ruhig wie möglich.

Obwohl ich ihm vollkommen ausgeliefert bin, fühle ich mich merkwürdigerweise trotzdem nicht hilflos. Ich fühle mich wie in einem Film, in dem ich eine zentrale Rolle spiele. Dieser Film hat gerade erst begonnen, und da ich eine der Hauptfiguren bin, ist es ausgeschlossen, dass ich jetzt schon aus der Handlung genommen werde.

Was hat Putin vor? Wenn er mich hätte töten wollen, hätte er es längst getan. Ich merke allerdings, dass ich sehr beamtisch denke: Wer ist so dumm, einer deutschen Polizeibeamtin eine Kugel in den Kopf zu schießen? Oder sie zu begraben? Lebendig! Oder sie einfach in einen Fluss zu werfen? Oder einfach gefesselt mitten im Wald unter ein paar Fichten verdursten zu lassen. Niemand! Zumindest kein deutscher Beamter, aber vielleicht … vielleicht dieser Mann hier. Vielleicht hat er längst geplant, in vier, fünf Stunden in einem anderen Land zu sein. Und mich zurückzulassen. Hier. Tot.

Je länger ich darüber nachdenke, desto unruhiger werde ich. Putins Ruhe missfällt mir. Er verlässt erneut den Raum. Wenige Sekunden später kommt er mit einer Flasche Mineralwasser zurück. „Sie müssen durstig sein“, sagt er, als würde er mir während eines Marathons an seinem Verpflegungstand Wasser reichen. Langsam schraubt er den Verschluss der Flasche auf.

„Gebt dem Genie einen Marsriegel!“, sage ich, weil ich das einmal in einem Buch gelesen habe und gut fand.

Putin hält mir die Flasche an den Mund und ich trinke gierig. Das Wasser läuft mir links und rechts das Kinn herab und sammelt sich am Hals. Gleich ist mein Pullover nass und ich werde frieren, denke ich, aber mein Durst ist zu groß, um langsamer zu trinken. Das Wasser ist voller Kohlensäure und mein Magen füllt sich augenblicklich unangenehm mit Luft, aber ich trinke weiter so viel ich kann.

„Hast Durst, nicht wahr, Mädchen?" Putin lächelt mich an, seine Augen glänzen gütig. Vielleicht ist es die Ruhe, die er ausstrahlt, die mich erkennen lässt, dass er eine Entscheidung getroffen hat – die Entscheidung, dass ich diesen Ort nicht mehr verlassen werde. Es ist nur ein Gefühl, aber meine Angst wird größer.

„Sie wissen, dass wir mittlerweile mit einer Fahndung nach Ihnen suchen, oder?" Ich versuche ihn zu beeindrucken. „Und nicht nur nach Ihnen, auch nach Ihrer Tochter. Sämtliche Kollegen in der Region sind unterwegs … und wissen Sie was: Sie werden Sie auch finden." Ich blitze ihn an. Meine Stimme klingt trotzig und ich selbst höre die Angst darin. Sie vibriert so stark, als habe man mich als Kind in der Dunkelheit allein in eine Geisterbahn gesetzt. Und ich wäre unausweichlich auf dem Weg zu grunzenden Untoten, zähnefletschenden Monstern und breit lächelnden Vampiren.

Plötzlich bin ich hellwach. Ich muss etwas tun! Meine Hände suchen hinter meinem Rücken Glassplitter des Bilderrahmens. Vielleicht habe ich Glück und einer dieser Splitter ist so kantig oder scharf, dass ich damit den Kabelbinder zerschneiden kann.

Tastend suchen meine Hände den Boden ab und stoßen auf einen kleinen, spitzen Gegenstand. Ich drücke, und der Gegenstand gibt nach, deswegen lasse ich ihn liegen. Meine Finger fahren erneut über den Steinboden und ertasten etwas anderes. Holz? Metall? Glas? Zumindest lässt sich das Etwas nicht formen. Ich balanciere es zwischen meinen Fingern in eine Position, in der ich meine Fesseln erreiche. Was ich jetzt noch brauche, ist Zeit. Irgendwie muss ich Putin am Reden halten. Leider war ich in meinem bisherigen Leben nie eine gute und überzeugende Smalltalkerin. Jetzt muss ich alles daran setzen, ein Gespräch im Fluss zu halten.

„Warum haben Sie Barbara Thiel verbrannt?" Eine originellere Frage fällt mir nicht ein, aber ich hoffe, Putin fühlt sich wie fast alle Straftäter bemüßigt, über seine Verbrechen zu sprechen, vielleicht sogar mit ihnen zu prahlen. Wie sagt Al Pacino in „Im Auftrag des Teufels"? „Eitelkeit ist wirklich meine Lieblingssünde!"

Während Putin fast weinerlich davon erzählt, wie tief getroffen er von Schröders Vertrauensmissbrauch gewesen ist, beginne ich, den Kabelbinder zu zerschneiden. Das heißt, ich versuche es, denn immer wieder schneide ich mich selbst und ritze mir die Handgelenke auf. Ich versuche den Schmerz zu unterdrücken und lasse den Blick nicht von Putin. Irgendwo habe ich mal gelesen, Augenkontakt sei wichtig, allerdings bin ich mir nicht sicher, dass dabei von einer Situation wie dieser hier die Rede war. Wichtig ist, dass er nicht sieht, wie meine Hände in Bewegung sind.

Nach zwei Minuten kündigt sich der erste Krampf an und ich versuche, meine Finger zu entspannen. Putin kommt einen Schritt näher, lässt dadurch ein wenig mehr Licht in den Raum, zieht den staubigen Stuhl zu sich heran, wischt mit seiner freien Hand über die schmutzige Sitzfläche und setzt sich vorsichtig darauf. „Sie haben uns betrogen!", sagt er, so als habe er festgestellt, dass die Kassiererin ihm für die Milchtüte zwei statt einen Euro berechnet hat.

Fast bin ich glücklich, dass er spricht, aber dann hört er damit auch schon wieder auf. Er schaut mich an, ausdruckslos, ohne etwas zu sagen. Mindestens eine halbe Minute lässt er verstreichen, dann fährt er sich langsam mit der Hand durch seinen dichten Bart. Kurz höre ich draußen mehrere Stimmen, dann ist es wieder still.

Der alte Stuhl knarzt, als sich Putin zurücklehnt. „Wissen Sie, Frau Lukas, ich habe Steven geholfen, als es ihm wirklich schlecht ging. Er kam zu mir und war … fast am Ende. Und ich?" Er hält eine Hand vor die Brust. „Was habe ich getan? Ich habe ihm geholfen. Ohne viel zu fragen. Weil ich ihm helfen wollte. Obwohl ich ihn kaum kannte." Wieder lässt er einige Augenblicke verstreichen und schaut an mir vorbei in den Raum. Seine Stimme trieft fast vor Selbstmitleid und Enttäuschung.

Ich muss an mich halten, um ihn nicht einen großen Heuchler zu nennen.

Wieder schaut er mich an. „Seine Galerie", er macht eine wegwerfende Handbewegung, „war ein … wie sagt man … ein Misthaufen, ein großer Misthaufen. Es war niemand drin, keine Leute. Niemals jemand, der sich für seine Sachen da interessierte, die er verkaufen wollte." Putin lehnt sich weiter zurück, der Stuhl knarzt lauter.

Ich beginne erneut, den Kabelbinder zu bearbeiten.

„Keiner hat etwas gekauft, außer irgendwelchen Verrückten, die bereit sind, für … für Unsinn viel Geld auszugeben, verstehen Sie?" Er lacht. „Und dann habe ich mir gedacht: Unsinn, der ist schnell gemacht. Das ist das Gute in dieser Kunst, Unsinn gibt es hier an jeder Ecke. Und ihr lasst euch so gerne täuschen. Man braucht nur das richtige, wie sagt man, das richtige Etikett."

„‚Ambiente' halte ich für das bessere Wort", belehre ich ihn.

„Von mir aus, Frau Lukas, von mir aus auch Ambiente." Er spricht langsam. „Für euch kommt Kunst nicht mehr von Können, wie es wohl früher bei euch hieß. Heute genügt es, wenn einer etwas macht. Egal was. Man darf es nur so noch nicht gesehen haben." Er lacht verächtlich und schaut mich mitleidig an, als sei ich verantwortlich für Schröders Tod. „Eine Galerie!" Er betont das Wort so, als würde es sich außerordentlich gut auf Pädophilie reimen.

Andächtig wie ein weiser, alter Mann streicht er über seinen Bart. „Ich will Ihnen noch etwas sagen: Meine Familie hat viel Geld, wir investieren in …"

„Sie handeln mit Drogen!", sage ich laut und bereue es gleichzeitig. Meine Stimme hallt durch den kalten Raum. Warum lasse ich ihn nicht einfach reden? Wenn er schweigt, kann ich immer noch versuchen, ihn zur Weißglut zu bringen. Oder ihn so zur Verzweiflung bringen, dass er Suizid begeht.

„Das, meine Liebe, ist nur ein Folgegeschäft und tut hier nichts zur Sache", sagt er so langsam, als würde er jedes Wort, das seinen Mund verlässt, nur schweren Herzens gehen lassen. „Aber Sie haben recht. Unsere Investitionen in diesem Sektor", wieder schaut er an mir vorbei, als müsse er eine schwere Rechenaufgabe lösen, „vertausendfachen sich. Und Sie können sich vorstellen, dass dieser Gewinn, sagen wir, nicht einfach zu versteuern ist." Er lächelt. „Und irgendwann hatten ich und … ja, auch meine Tochter die Idee, in diese … diese Kunst zu investieren." Auch Moderne Kunst scheint irgendetwas mit Pädophilie zu tun zu haben, wieder vernehme ich diese Verachtung in seiner Stimme.

Ich beginne theatralisch zu schnaufen und dabei meine Arme zu bewegen. Dabei merke ich, dass meine Handgelenke inzwischen ein paar Millimeter mehr Freiraum haben. Ein gutes Gefühl. Was mich sofort animiert, ihn zu provozieren. „Ja, einer aus Ihrer buckeligen Verwandtschaft hat angefangen, irgendwelche Strichmännchen und Körperteile auf eine unschuldige Leinwand zu schmieren. Und dann haben neue Galeriebesucher, die, so vermute ich mal, irgendwie mit Ihnen verwandt oder bekannt sind, das Drogengeld in diesen Schund investiert."

Die letzten Worte spucke ich aus, weil ich wütend bin. Als Reaktion darauf erhalte ich ein mildes Lächeln. Währenddessen bearbeite ich vorsichtig weiter den Kabelbinder, traue mich aber nicht, meine Hände auseinanderzuziehen, weil der Binder reißen und das zu hören sein könnte.

Putin legt ein Bein über das andere und beugt sich mit dem Oberkörper ein wenig weiter in meine Richtung. Lässig wirkt er fast, wie ein betuchter Bieter auf einer Auktion, der nur auf den richtigen Augenblick wartet, das Schildchen mit seiner Nummer in die Höhe zu recken, um den Zuschlag für das Exponat zu bekommen, auf das er den ganzen Abend gewartet hat.

„Frau Lukas, verstehen Sie doch", seine Stimmt klingt weiterhin sanft und mitfühlend, „wir geben den Menschen doch nur, was sie brauchen. Oder was sie glauben, zu brauchen. Und wenn sie es nicht von uns bekommen, dann eben von jemand anderem. Also dann", wieder lächelt er, „doch lieber von uns, finden Sie nicht?"

„Sie wissen gar nicht, wie häufig ich mir diesen Unsinn schon angehört habe." Vorsichtig drücke ich meine Handgelenke auseinander. Der Kabelbinder scheint tatsächlich nachzugeben. Ich setze mich etwas gerader, um im Fall der Fälle aufspringen zu können.

„Das mag für Sie so aussehen, Frau Lukas, trotzdem … trotzdem ist es die Wahrheit." Er greift sich mit der linken Hand ans Herz, und im ersten Augenblick hoffe ich, er habe einen kolossalen Herzinfarkt, aber es ist leider nur reiner Pathos, der wie abgrundtief schlechter Atem zu mir herüberweht. „Sehen Sie, Frau Kommissarin, ich bin ein tief gläubiger Mensch, ob Sie es glauben oder nicht. Ich richte nicht über meine Mitmenschen, solange sie mich in Frieden leben lassen.

Das ist das Wichtigste. Ich denke, dass Gott für jeden von uns genau das bereithält, was er verdient. Jeder bekommt, was ihm zusteht."

Ich bin gespannt, wie er diesen Schwachsinn begründen will. „Das müssen Sie mir erklären!", strahle ich ihn an, als würde er mir gerade den Beweis liefern, dass es einen Himmel gibt, in dem wir nach dem Tod alle gemeinsam friedlich und satt auf weichen Zuckerwattewolken den lieben langen Tag miteinander herumtollen.

Seine Hand fährt wieder Richtung Bart, und mittlerweile glaube ich fast, dass er sich dort ein winziges Haustier hält. „Ich denke, dass jemand, der sich mit Drogen einlässt, genau das verdient hat, was ihm die Drogen geben. Fragen Sie mich nicht …"

„So ein Unsinn!", entfährt es mir.

Putin schaut auf mich herab, die Entspanntheit weicht plötzlich aus seinen Augen, und einen Augenblick denke ich, dass er nun die Pistole hochnehmen und mich einfach erschießen wird. Einfach so. Ich rechne fast damit, denn wenn jemand meint, Gott auf seiner Seite zu haben, ist er doppelt gefährlich. Glücklicherweise entspannt sich Putin fast augenblicklich wieder. Er berührt das Kreuz auf seiner Brust und schweigt.

„Gott ist nur ein Wunsch", sage ich forsch, um ihn auf ein Thema zu lenken, bei dem er sich offenbar berufen fühlt, mich zu missionieren. „Gott ist nur ein Wunsch, der niemals erfüllt wird."

„Wer ist bei Ihrer Aussage denn Gott?", fragt er und zuerst weiß ich nicht, was er meint.

Dann sage ich: „Gott ist das Leben nach dem Tod. Ein weiteres Leben. Das ist für mich das, was viele Menschen Gott nennen."

„Und dieser Wunsch wird nie erfüllt?", fragt er.

„Ja", sage ich, „dieser Wunsch wird nie erfüllt!"

„Woher wissen Sie das so genau, Frau Kommissarin?" Ich scheine ihm mit dieser Meinung bedauernswert. Kein Wunder, im Augenblick bedaure ich mich ja selbst.

„Weil es allem widerspricht, was ich erlebt habe", sage ich trotzig, merke aber, dass ich ihm Angriffsfläche biete.

Er schüttelt den Kopf. „Aber wir reden hier nicht von dem, was Sie erlebt haben, wir reden von dem, was möglicherweise kommen wird."

Ich hab's gewusst, er fühlt sich berufen. Ein Amateurpriester mit der Lizenz zum Bekehren.

„Liebe Frau Lukas, warum nehmen Sie das, was Sie hier auf dieser Erde erfahren haben, als Grundlage für das, was Sie möglicherweise erwartet?"

„Wie bitte?" Ich verstehe wirklich nicht, was er meint. „Hören Sie auf mit diesem Unsinn!" Fieberhaft überlege ich, mit welchem Thema ich ihn sonst noch zum Reden bringen kann, Gott scheint zwar eines seiner Lieblingsthemen zu sein, allerdings ganz ehrlich, mir wäre etwas weniger philosophische Kost lieber. Ich kann nicht gleichzeitig über Gott nachdenken und versuchen, mich aus den Klauen eines Verrückten zu befreien, beim besten Willen nicht. Dann versuche ich es doch noch einmal mit dem Allmächtigen, weil mir auf die Schnelle kein anderes Thema einfällt. Ich weiß ja nicht, ob er sich nicht in einen Fußballverein einkaufen will oder auf welchem Gebiet seine Zukunftspläne liegen. Wobei ich hoffe, dass er persönlich nicht mehr allzu viel Zukunft besitzt.

„Vielleicht vergibt Gott tatsächlich alles", sage ich, „aber wissen Sie auch, warum?" Ich hole tief Atem. „Weil ihm alles egal ist. Gott ist tatsächlich alles schnuppe! Das kleine Mädchen, das von einem Bus zermalmt wird, der Jugendliche, der von einer hirnlosen Gang in einer dunklen Straße totgetreten wird, der Familienvater, der in seinem Auto von einem Lkw zerquetscht wird, alles egal. Gott ist", ich nicke ihm triumphierend zu, „Gott ist tatsächlich alles total egal!"

Putin beobachtet mich aus wachen Augen, er scheint wirklich interessiert an dem, was ich sage, auch wenn er durch sein überlegenes Lächeln keinen Hehl daraus macht, dass er meine Aussagen für Unsinn und Blasphemie hält. „Woher wissen Sie das?"

Ja, woher weiß ich das? Jetzt muss ich noch ein Holzscheit nachlegen. Kurz überlege ich, dann schießt ein Bild in meinen Kopf: Es ist zu einfach, aber ich beschreibe es trotzdem, vor allem, weil es mich berührt hat, als ich ein Kind war und mit diesem Grauen zum ersten Mal im Geschichtsunterricht konfrontiert wurde. „Haben Sie sich einmal die Fotos angeschaut, die die Nazis in den KZs gemacht haben? Haben Sie die Bilder gesehen? Oder die Filme der Amerikaner nach der Befreiung?"

Soweit ich das erkennen kann, runzelt Putin jetzt die Stirn. „Was meinen Sie?“

„Glauben Sie, dass ein Gott, ein allmächtiger Gott, so etwas zulassen würde?“, frage ich. Diese Frage interessiert mich tatsächlich, so wie jeden Menschen, der über die Naziverbrechen nachgedacht hat, und auch von Putin erwarte ich keine Antwort. Niemand hat darauf bislang eine Antwort geben können, zumindest keine, die akzeptabel erscheint.

Putin berührt erneut kurz sein Kreuz auf der Brust, so als gebe es ihm Halt und Kraft. Amen!

„Gegenfrage“, sagt er nun. „Warum glauben Sie, dass diese Menschen nur ein einziges Leben hatten?“

„Sie werden wieder konfus!“, schüttle ich den Kopf, „auf was wollen Sie hinaus? Dass die Juden damals für die Sünden ihrer vorigen Ichs büßen mussten?“

„Vielleicht“, sagt er nur, als würde ihn das nicht wirklich interessieren. Langsam lässt er die Pistole sinken.

„Dann dürfen Sie sicher sein, dass Sie demnächst einiges zu ertragen haben!“ Ich versuche mich in einem Lächeln, das Überlegenheit ausdrücken soll. Das Lächeln ist anstrengend, denn seine Blasiertheit reizt mich eher dazu, ihn anzuschreien.

„Wenn es denn mein Schicksal ist …“, sagt er versonnen und bestimmt. „Ich werde es demütig annehmen!“ Als er das sagt, klingt seine Stimme noch nicht einmal pathetisch, vielmehr höre ich überraschenderweise tatsächlich einen Anflug von Ehrlichkeit heraus.

„Ist das Ihr Ernst?“, frage ich dennoch.

„Natürlich“, er nickt. „Ich werde das annehmen, was Gott mir auferlegt … jederzeit.“ Kurz hält er inne. „Sie kennen mich nicht, Frau Kommissarin, Sie wissen nicht, was ich erlebt habe, ich oder meine Familie. Ich kann Ihnen versichern, dass ich mein Schicksal annehmen werde, dass ich das tun werde, was Gott von mir verlangen wird.“

„Und wenn es etwas … etwas Unmögliches ist?“, frage ich.

„So wie bei Abraham, als Gott ihm sagte, er soll seinen Sohn opfern?“ Putin scheint stolz zu sein, mir ein Beispiel aus der Bibel präsentieren zu können.

„Abraham!“ Ich lache verächtlich. „Der zählt nicht, der hat nur Stimmen gehört. Das nennt man heutzutage Psychose.“

Ruckartig steht Putin auf und der Stuhl rutscht ein Stück weit nach hinten über den Betonboden. „Sie lästern Gott!“, sagt er entrüstet. „Und ich dachte, wir unterhalten uns ernsthaft.“

Seine Pistole zeigt erneut in meine Richtung. Trotzdem versuche ich den Eindruck zu vermitteln, als säßen wir in irgendeinem Caféhaus und diskutierten die Konsistenz des Cappuccinos vor uns in den geschwungenen, kleinen Tässchen mit dem kaffeebraunen Herzchen im Milchschaum.

„Ob Sie's glauben oder nicht, Herr Putin: Ich bin die Ernsthaftigkeit in Person!“, lächle ich ihn an. „Aber mal ehrlich: Vertrauen Sie einem Gott, der nichts gegen Auschwitz unternommen hat? Gegen dieses unfassbare Leiden? Gegen diesen Sadismus und dieses Elend, dieses perfekt organisierte Morden über Jahre hinweg?“ Mein Gesichtsausdruck wechselt zu Ungläubigkeit. „Ernsthaft?“

Einen Augenblick scheint er sprachlos, dann räuspert er sich. „Sie sind total verrückt, Mädchen, wissen Sie das?“

Kapitel 39

„Kann ich etwas Wasser haben?", frage ich. Ich will nicht, dass er den Raum verlässt. Meine Finger verkrampfen immer mehr, obwohl ich den Kabelbinder gar nicht mehr bearbeite. Putin überlegt kurz, geht nach draußen und erscheint nach höchstens drei Minuten wieder in dem dunklen Stall. Entweder hat er die kleine durchsichtige Flasche aus seinem Auto geholt, oder …

Weiter komme ich mit meinen Vermutungen nicht, Putin hält mir die Flasche an den Mund. Der herbe Duft seines Parfüms steigt mir in die Nase. Ich trinke und versuche erneut fieberhaft, ein neues Gesprächsthema zu finden.

„Warum haben Sie Barbara Thiel getötet?", frage ich und hoffe, dass er wieder auf dem knarzigen, alten Stuhl Platz nimmt.

Von draußen vernehme ich erneut das Motorengeräusch eines schweren Wagens. Es kommt näher, dann wird der Motor abgestellt. Ich frage mich, ob ich mit Putin allein bin oder ob er einen Teil seiner Familie mitgebracht hat. Wenn er mich irgendwo verscharren will, lungern hier wahrscheinlich noch mehr Putins herum, auch wenn ich sie noch nicht gehört habe. Für mich braucht er eine relativ große Grube, und die auszuheben, traue ich ihm nicht mehr zu. Früher vielleicht, als er jünger war, aber heute nicht mehr.

Zu meiner Freude geht er auf meine Frage ein. „Wie gesagt, Frau Kommissarin, Stevens Galerie lief schlecht, sehr schlecht, verstehen Sie? Und wir haben ihn beteiligt an unseren Geschäften, das war die Vereinbarung, als wir Teilhaber wurden. Und …" Eine kleine Kunstpause folgt, während sein Grinsen breiter wird. „Sie können sich gar nicht vorstellen, wie schnell er unserer Vereinbarung zugestimmt hat."

Er lacht in der Erinnerung an Schröder leise vor sich hin. Es hat etwas sehr Verächtliches, Menschenverachtendes. „Aber genauso schnell, wie er unseren Vorschlägen zugestimmt hat, genauso schnell wollte er mehr. Plötzlich hatte er vergessen, wie tief ich … wie tief ich hinuntergreifen musste, um ihn wieder hochzuholen."

Wieder schaut er an mir vorbei in die Dunkelheit, so als gäbe es außer der staubigen Stille noch eine Leinwand, auf dem ein spannender

Film laufen würde. „Vor allem diese Frau. Seine Frau ... oder Freundin ... Thiel!" Putin wedelt mit den Armen, als würde er sich frische Luft zufächeln müssen. „Mehr, mehr, mehr."

Er spuckt aus und sein Rotz klatscht unangenehm laut auf den kalten Betonboden. „Ein gieriges Weibsstück!" In der Erinnerung an Barbara Thiel schüttelt er fast ungläubig den Kopf. „Wissen Sie, Frau Kommissarin, jede Woche stand sie bei mir in der Galerie. Können Sie sich das vorstellen? Geld, Geld, Geld." Er kratzt sich mit der Pistole am Oberschenkel und ich hoffe, dass sich ein Schuss löst. Dann hätte ich genügend Zeit, um aufzustehen und ihn zu erwürgen.

„Sie kam in die Galerie und sagte, sie sehe jeden Tag, wie Bilder verkauft würden. Die seien zwar nichts wert, würden aber trotzdem so schnell ihren Besitzer wechseln, als seien sie von Dalí. Sie hat schnell erkannt, dass die Käufer zu meiner Familie gehörten." Er lacht wieder. „Wie Sie." Ich deute sein Nicken als anerkennend. Wofür ich mir in meiner Situation aber auch nichts kaufen kann.

„Und dann wollte sie mehr Geld. Geld, Geld, Geld, immer mehr Geld." Putin schaut mich fragend an. „Was macht man mit solch einer Frau, Frau Kommissarin? Was macht man mit solch einer Frau?"

Irritiert schaue ich zu ihm hoch. Will er darauf tatsächlich eine Antwort? Und meint er nun Schröders gierige Freundin oder mich?

„Jedenfalls nicht verbrennen!", sage ich. Der Zeigefinger meiner rechten Hand krampft sich gefühlt in die Form eines Schneckenhäuschens, und am liebsten würde ich vor Schmerz schreien.

Plötzlich fegt ein schwarzes Etwas in den Raum. Nur wenige Zentimeter bleibt es vor meinem Gesicht stehen. Fleischiger, schlechter Atem schlägt mir entgegen. Der Geruch ähnelt dem, der mir nach meinem Urlaub aus meiner kleinen Tiefkühltruhe entgegenkam, nachdem diese während meiner Abwesenheit kaputtgegangen war. Ich weiche zurück und halte die Luft an. Meinen Kopf strecke ich weiter nach vorne, ich will nicht meine Halsschlagader anbieten. Eine nasse Schnauze schnuppert an meiner Nase und meinen Ohren. Das schwarze Monster, das mich im Sitzen um mindestens zehn Zentimeter überragt, senkt seinen riesigen, dunklen Kopf und versucht nun mit der Schnauze an meinen Hals und in meine Achselhöhle zu stoßen.

„Berry, lass!“ Putin zerrt den Schäferhund zurück und schlägt ihm mehrmals liebevoll auf die Flanke. Das Tier starrt mich an, die dunklen Augen taxieren mich scheinbar ohne jede Regung. Es würde mich schützen, wenn es Putin befehlen würde, es würde mich genauso gut töten, wenn Putin es wollte. Vielleicht leichter und mit mehr Vergnügen. Solche Hunde sind Soldaten.

Ich versuche das Tier zu ignorieren und schaue erneut zu Putin hoch. „Und? Sie haben sie doch getötet, oder? Sie haben sie getötet und dann verbrannt. Oder nicht?“

Er lächelt so teilnahmslos, als hätte ich ihn nicht eines Mordes beschuldigt, sondern ihm unterstellt, die Luft aus einem fremden Fahrrad gelassen zu haben.

„Sie schmeicheln mir, Frau Kommissarin“, sagt er und wirkt wieder milde und gütig. „Dafür bin ich einfach zu alt.“

Mit der Pistole in der Hand drückt er Berrys Hinterteil sanft auf den Boden, während der Hund weiter in meine Blickrichtung starrt. Auch wenn ich den Kabelbinder fast durchgeschnitten habe, komme ich an diesem Tier nicht vorbei. Nicht ohne ernsthafte Verletzungen. Aber bevor ich mich mit dem Problem Schäferhund beschäftige, muss ich erst einmal das Problem Kabelbinder vollständig lösen.

„Wer war es dann?“, frage ich.

„Dimitri“, sagt er, als würde das alles erklären. Ach natürlich, ja klar, wer kennt ihn nicht: Dimitri! Wenn ich nicht so dramatisch im Nachteil wäre im Augenblick, würde ich nun einen übelst riechenden Eimer Sarkasmus über Putin ausschütten, aber so … bin ich lieber freundlich.

„Hm“, mache ich, „und wer ist das? Ihr Sohn?“ Ich weiche dem Blick des Hundes aus, weil ich Angst davor habe, dass er sich ohne ein Zeichen der Ankündigung auf mich stürzt und meine Wange oder meine Nase zerbeißt.

Putin schüttelt den Kopf. Seitdem dieses Monstrum im Raum ist, geht von ihm eine noch größere Ruhe aus. So als gebe ihm der Hund zusätzliche Kraft und Stärke. „Nein, nein, Dimitri ist mein Neffe.“ Er lächelt und streicht Berry über den Rücken. Der Hund genießt die Berührung, schließt kurz die Augen, richtet den Blick dann aber wieder auf mich. „Dimitri ist jung. Der Sohn meines Bruders. Er will … sagen wir … lernen."

„Ach, und Sie geben ihm Unterricht? Indem Sie ihn eine Frau töten und verbrennen lassen?" Ich presse die Worte heraus und für einen Augenblick vergesse ich dieses Ungeheuer vor mir, das zu Füßen seines Herrchens liegt und mich anstarrt. Auch der Hund strahlt diese Ruhe aus, die mir unmissverständlich klarmacht: „Ich kann dich jederzeit töten."

Der Krampf in meinem Finger ist vorüber und ich beginne erneut mit der winzigen Bewegung hinter meinem Rücken. Ich werde die Fesseln jetzt vollständig lösen müssen, auch auf die Gefahr hin, entdeckt zu werden. Kurz schaue ich zu Berry, ob er meine Bewegung registriert, aber das Tier fixiert weiterhin nur meine Augen, unerbittlich und ohne Emotionen.

Putin räuspert sich. „Ich habe Ihnen doch gesagt, dass diese Frau gierig war. Und Gier, Frau Kommissarin, ist eine große Sünde. Das wissen Sie doch, oder?"

„Genauso wie jemanden umzubringen", sage ich.

„Das stimmt wohl." Er nickt bedächtig. „Unter bestimmten Umständen. Jeder macht sich schuldig. Das lässt sich einfach nicht vermeiden im Leben."

„Und warum haben Sie Schröders Freundin in sein Bett legen lassen?", frage ich.

Putin lässt sich Zeit mit der Antwort und streicht dem Hund über den Kopf. Das Monstrum scheint es zu genießen und beginnt zu blinzeln. „Wissen Sie, Frau Kommissarin, ich mochte Schröder. Ob Sie das glauben oder nicht, ich mochte ihn. Er war ein anständiger Kerl. Zumindest als ich ihn kennenlernte. Ein Verlierer vielleicht, ja, jemand, der tatsächlich glaubt, dass dieses Geschmiere, das er verkaufen will, einen Wert besitzt, aber … wie sagen Sie? Geschenkt. Ich mochte ihn. Als ich zum ersten Mal zu ihm in die Galerie kam, war er verzweifelt. Weil er an das glaubte, was er tat. Er brannte für etwas. Das hat mir imponiert. Das imponiert mir immer an einem Menschen." Er lächelt selbstzufrieden, als meine er am ehesten sich selbst. „Das imponiert mir auch an Ihnen."

Es klingt tatsächlich wie ein Kompliment, aber ich fühle mich nicht geschmeichelt, nicht jetzt und hier. Wenn er ein „Dankeschön!" erwartet hat, muss ich ihn enttäuschen. Schon meine Mutter hat mir gesagt, dass ich von alten, schmierigen Männern nichts annehmen darf. Auch keine Komplimente. Ich bin versucht, ihm genau das zu sagen, überlege es mir aber anders. Die Machtanteile zwischen uns sind weiterhin ungleich verteilt. Zum Beispiel kann er die Tür von außen schließen und mich mit Berry alleinlassen. Nur Berry und mich.

„Und warum musste er trotzdem sterben", frage ich, „wenn Sie ihn denn so mochten?" Meine Stimme ist voller Hohn, und das lässt sich nicht unterdrücken. Meine Finger sind mittlerweile fast taub, sie kribbeln nur unangenehm wie von tausend Nadelspitzen.

„Warum?" Er deutet ein Schulterzucken an. „Ich dachte, das sei klar, das hätten Sie schon herausgefunden." Wieder macht er eine Pause, diesmal tätschelt er Berrys Hinterteil. Wenn er mir damit etwas sagen will, habe ich es verstanden: Er ist ein Hundefreund!

„Wissen Sie, vielleicht war ich zu theatralisch, Frau Kommissarin. Seine tote Freundin sollte die letzte Warnung sein. Dimitri hat sie in Schröders Bett gelegt, weil klar werden sollte, dass wir uns nicht betrügen lassen. Dass wir ihm alles nehmen werden."

„Betrügen?", frage ich erstaunt, obwohl ich natürlich weiß, was er mir erzählen wird.

„Ja, Frau Kommissarin, betrügen." Kurz betrachtet er mich genauso kalt und abweisend wie Berry. „Steven hatte Geld genommen. Viel Geld. Geld, das ihm nicht gehörte. Mein Geld! Wie ich Ihnen gesagt habe: Sie waren gierig, die beiden, Steven und seine Freundin."

Als habe er auf etwas Verdorbenes gebissen, verzieht er den Mund. „Ich habe das gar nicht glauben wollen, obwohl …", wieder tätschelt er seine Töle, „… obwohl wir unsere Bücher sehr offen führen, damit alle zufrieden sind. Vor allem das Finanzamt." Sein Lächeln zieht sich unnatürlich in die Länge. „Das war ja Sinn und Zweck, dass wir Bolkos Bilder so teuer verkauft haben. Und die von Smuda und unseren anderen hochbegabten jungen Künstlern." Sein Lächeln verschwindet, obwohl genau *das* doch zum Lachen ist.

„All die anderen Neffen und Nichten", sage ich verächtlich. „Ihre ganze buckelige Verwandtschaft."

„Meine Familie!", sagt er stolz.

„Mit welchem Geld wurden die Bilder gekauft?", frage ich, obwohl ich es natürlich weiß und wir eben kurz drüber gesprochen haben. Seit Jahren ist das Drogengeschäft in der Region überwiegend in Putins Hand.

„Das wissen Sie doch, also warum fragen Sie wieder?" Er runzelt die Stirn und lächelt. „Sie wollen Zeit gewinnen, nicht? Mehr Zeit … zu leben." Sein Tonfall wirkt gleichzeitig anerkennend und bedauernd. Mir wird schlagartig klar, dass er das Gespräch beenden will. Alle Sünden sind gebeichtet, alles Erklärungen geliefert. Ich beginne ihn zu langweilen.

„Es bringt Ihnen gar nichts, mich zu töten", sage ich und versuche ruhig zu bleiben. Natürlich habe ich damit recht, weil sein Geschäft hier am Ende ist, aber dieser Mann wird mich schon deswegen töten wollen, weil ich ihm auf die Spur gekommen bin. Rache bleibt ein sehr inniges, tiefes Gefühl. Es lässt sich nicht vertreiben, nur unterdrücken und mit der Zeit möglicherweise abschwächen. Aber Putin muss nicht mehr unterdrücken. Er darf sich ausleben, ich bin für ihn vogelfrei. Er wird mich umbringen und danach einfach von hier verschwinden. Und in einem anderen Land wieder auftauchen. So wie er hier aufgetaucht ist. Wahrscheinlich steht bereits auf einem kleinen Flughafen, vielleicht in Hangelar, ein Flieger bereit. Ob er hier eine Leiche mehr oder weniger hinterlässt, erscheint ihm nebensächlich, ist es wahrscheinlich aus seiner Sicht auch. Aber nicht aus meiner.

Mit dem Rücken drücke ich mich gegen den Balken und versuche aufzustehen. Die Hände lasse ich natürlich auf dem Rücken, gefesselt mit den letzten Fasern Kabelbinder.

Augenblicklich richtet sich auch Berry auf. Ein tiefes Knurren kommt aus seiner Kehle. Treu ist er, zu allem bereit, bis in den Tod. Auch den eigenen. Oder aber meinen.

„Komm, Berry!" Putin schaut mich ein letztes Mal an, kurz nur, fast bedauernd, dann geht er. An der Tür dreht er sich noch einmal um.

„Es war interessant, Sie kennengelernt zu haben, Frau Lukas. Auf ein Wiedersehen … vielleicht … irgendwo.“ Er schließt die Tür und lässt mich allein.

Kapitel 40

Die Krämpfe kommen in immer engeren Abständen. Meine Finger krallen sich zusammen und wahrscheinlich ähneln sie im Augenblick den verdickten, verkrüppelten Gliedmaßen Rheumakranker. Mit aller Kraft und gegen jeden Schmerz drücke ich meine Handgelenke auseinander und hoffe, dass ich jeden Augenblick das erlösende Reißen des Kabelbinders spüre. Erst einmal wieder die Hände bewegen können … Scheinfreiheit.

Vor der Tür bellt Berry sein tiefes, aggressives Bellen, das Bellen eines Herrscherhundes. Ich höre zwei tiefe Männerstimmen, eine ältere, wahrscheinlich die von Putin, und eine jüngere, ich tippe auf seinen Neffen Dimitri. Die beiden sprechen russisch und Dimitri, wenn er es denn ist, lacht laut. Im selben Moment merke ich, dass der Kabelbinder reißt und hinter mir zu Boden fällt.

Langsam atme ich aus, für einen kurzen Augenblick entspanne ich mich und fühle mich voller Glück. Etwas ist geschafft ... ein wenig. Langsam bewege ich meine Arme nach vorne, es fühlt sich an, als seien sie ausgekugelt. Das Blut schießt in meine Finger, das Kribbeln wie von tausend Nadelspitzen lässt nach. Ich hebe die Schultern, drehe die Arme ein wenig nach vorn und hinten, dann verstecke ich sie wieder hinter meinem Rücken. Den Splitter, mit dem ich den Kabelbinder zerschnitten habe, halte ich wie einen Dolch in der Hand. Fest entschlossen, ihn in alles zu rammen, das mir zu nahe kommt. Sei es der Hund oder Dimitri. Langsam lasse ich mich an dem Balken entlang zurück auf den Boden gleiten. Dann beginne ich zu warten.

Ich denke nicht. Nicht an mein Leben, nicht an das, was ich verpasst, was ich geschafft habe. Ich kann jetzt nicht denken, ich bin einfach zu angespannt und nervös, voller Angst und Adrenalin. Die beiden Männer vor der Tür sprechen weiterhin miteinander, sie scheinen alle Zeit der Welt zu haben, scheinen sich ihrer Sache so sicher zu sein. Warum befürchten sie nicht, dass ich vermisst und längst gesucht werde? Aber wahrscheinlich haben sie mich an einem so abgelegenen Ort versteckt, dass sie sicher sind, Fabian und die Kollegen werden mich niemals finden.

Ich höre, wie jemand von außen die Hand auf die Klinke legt, sie leicht herunterdrückt und dann innehält. Der alte Putin sagt etwas, der Jüngere antwortet, und die Tür geht langsam auf. Gleichzeitig entfernen sich Schritte.

Mein Herz schlägt so stark und laut, dass ich fast glaube, der Mann, der nun den Raum betritt, muss es hören. Ich konzentriere mich, muss mich schnell wieder an die Helligkeit gewöhnen, muss versuchen, jede Kleinigkeit wahrzunehmen und zu meinem Vorteil zu nutzen. Mit großer Erleichterung stelle ich fest, dass Dimitri alleine kommt ... kein Berry in Sicht.

Ich betrachte den Mann, der meinen Blick ausdruckslos erwidert. Er macht sich ein Bild von mir, schätzt mich ab. Ich versuche das gleiche.

Er ist ein Berg von einem Mann, massig und breit. Die Silhouette eines Turms. Er trägt eine dicke, gefütterte Jacke, es ist also sinnlos, ihn irgendwo am Oberkörper treffen zu wollen. Seine Jeans wirkt neu, nicht löchrig, wie sie viele junge Menschen tragen. Die Fußgelenke sind frei, seine Jeans hat etwas Hochwasser. Auch seine Waden bieten sich an, seine Oberschenkel vielleicht? Ich brauche nur den Augenblick, in dem er sich krümmt und dem Schmerz nachgibt, um aus dem Raum zu flüchten. Sein Hals ist natürlich noch besser, aber wie soll ich den erreichen?

Er schaut mich an und sagt etwas auf Russisch. Zumindest vermute ich das, denn ich verstehe kein Wort.

„Was willst du von mir?“, frage ich ihn, so als habe er mich aufgefordert, ihm in einem vollbesetzten Bus meinen Platz zu überlassen.

„Steh auf, Kommissar!“, sagt er jetzt auf Deutsch. Seine Stimme passt zu seiner Gestalt. Tief und kraftvoll, ohne jeden Selbstzweifel. Als ich das erkenne, weiß ich, dass ich eine Chance habe, denn es macht ihn unter Umständen unvorsichtig. Selbstüberschätzung ist die erste Station auf dem Weg in die Niederlage. Ich weiß nicht, ob sich Barbara Thiel gewehrt hat, oder ob er sie einfach niederschlagen konnte, ehe sie merkte, was mit ihr geschah. Aber ich ahne zumindest, was er mit mir vorhat, ich bin vorbereitet. Entweder will er mich hier umbringen oder mich zuerst nach draußen schaffen. Und er denkt natürlich, ich sei gefesselt. Das Stück Metall halte ich so krampfhaft in meiner rechten Hand, dass es weh tut. Ich darf es auf keinen Fall verlieren.

Er wartet darauf, dass ich mich hochhieve, wartet darauf, dass ich auf die Füße komme, ohne dass er mich anfassen muss. Aber den Gefallen werde ich ihm nicht tun.

Weil ich vermute, dass er mich nicht hier töten wird – sonst wäre er zielstrebiger in den Raum gekommen –, spiele ich die Erschöpfte und Unbewegliche. Ich will, dass er näher kommt, ganz nahe, zu nahe. So wie die Antilopen am Flussufer, die über ihren Durst ihren Instinkt vergessen und zwischen den Kiefern der lauernden Krokodile enden. Ich will jetzt genauso plötzlich zuschnappen wie diese Krokodile, aus dem Nichts heraus, überraschend und, wenn möglich, tödlich.

„Steh auf!“, sagt er noch einmal, jetzt lauter. Ich rühre mich nicht, und er kommt näher und tritt mir mit einem seiner schweren Schuhe gegen den Oberarm. Der Schmerz ist kolossal, er fährt mir ins Hirn, leuchtet hellgelb, fast neonartig. Es fühlt sich an, als habe mich ein Auto gerammt, und wenn er meine Rippen getroffen hätte, wären sie wahrscheinlich gebrochen. Der Kerl ist ein Schlachter, aber er will oder darf mich nicht hier töten, das weiß ich jetzt.

Ich täusche den Versuch vor, aufzustehen, rutsche mit den Beinen ein wenig nach vorne, stütze mich mit meinem Rücken an dem Balken hinter mir ab, aber natürlich gelingt es mir nicht, mich hochzuziehen, ich bin zu erschöpft. Ich wälze mich auf die Seite und versuche es so, aber auch das will mir nicht gelingen. Nicht mal in der Theater-AG auf dem Gymnasium war ich so gut wie heute. Erschöpft lehne ich mich wieder gegen den Balken und erwarte seine Hilfe. Auch wenn ich davon überzeugt bin, dass er mich noch einmal treten wird.

Ich bin nie das weiblichste Mädchen in meiner Klasse gewesen, weder in der Grundschule noch später auf dem Gymnasium, und ich habe all jene verachtet, die durch ihre Mädchenhaftigkeit Vorteile zogen, denn das konnte ich nicht. Ich war zu groß, zu burschikos und zu laut. Dabei habe ich schon in der ersten oder zweiten Klasse erkannt, dass man mehr erreicht, wenn man große Kulleraugen macht, vor Enttäuschung schluchzt und weint oder mit einer lieblichen, hohen Stimme auch das einfordert, was einem gar nicht zusteht.

Aber außergewöhnliche Situationen erfordern außergewöhnliche Maßnahmen, und auf die greife ich nun zurück: Mehr als 35 Jahre nach Ende meiner Grundschulzeit beginne ich leise zu schluchzen. Selbst jetzt komme ich mir dabei dumm und infantil vor, aber ich will diesem Koloss vor mir das Gefühl der totalen Überlegenheit geben.

Mein Kopf ist gesenkt, aber ich habe seine Schuhe genau im Blick. Im Augenblick bleiben sie dort, wo sie sind, gut einen Meter von mir entfernt. Er ist wohl ratlos und etwas überfordert mit der neuen Situation. Wäre ich auch. Was macht man mit einer Frau, die man nicht anfassen will, und die sich aufführt wie ein dreijähriges Kind? Ich weiß es nicht. Er aber auch nicht.

Mindestens eine halbe Minute bleibt er still stehen und lauscht meinem Schluchzen. Es wird allmählich anstrengend, aber wenn er es darauf anlegt, kann ich das in der Dauer des Titanic-Spielfilms.

„Steh auf, Kommissar, sag ich!", herrscht er mich an, „steh auf!", aber natürlich rühre ich mich nicht. Ich wappne mich gegen einen weiteren Tritt, rechne sogar damit, dass der brutaler sein wird als der erste, aber er bleibt aus. Stattdessen sehe ich, wie er sich plötzlich auf mich zubewegt. Ungehalten, wütend, ein großer, entschlossener Schritt.

Ich schaue auf, und zum Glück bemerkt er nicht, dass in meinem Gesicht die Tränen fehlen. Er beugt sich zu mir herab, ich nehme das Rascheln seiner Jacke wahr, das leise Quietschen des Leders seiner Schuhe. Er ist mit seiner Geduld am Ende, er will seinen Job erledigen.

„Komm jetzt", höre ich, und sein rechter Arm will sich meinen linken Arm greifen, damit er mich hochziehen, hochwirbeln, hochwerfen kann, was auch immer ihm beliebt. Vielleicht will er mich auch gegen die Wand schleudern, damit diese dumme Frau hier endlich mit ihrem Gejammer aufhört.

Er beugt sich tiefer zu mir herab, und das ist nicht leicht für einen so großen Kerl wie ihn, aber leid tut er mir deswegen nicht. Mein Blick sucht verstohlen seinen Hals und für einen kurzen Augenblick sehe ich seine Haut, fast mädchenhaft weiß und faltenlos, und eine dicke Ader windet sich wie eine kleine Schlange unter der Haut Richtung Kopf.

Sein Gesicht ist so grob und fleischig dick, wie ich vermutet habe: Kleine, dunkle Augen, eine dicke Nase, schmaler Mund, keine Wangenknochen und das Kinn so ausladend, dass er darauf wahrscheinlich bequem ein Wodkaglas absetzen kann. Ein roher Bauer, der tötet, wenn man es ihm befiehlt … nicht einen Deut besser als Berry.

Er greift nach mir, und sein Griff ist hart und schmerzhaft. Ich habe das Gefühl, als würden seine Finger meinen Oberarm vollkommen umschließen, was aber unmöglich sein kann, schließlich trage ich eine relativ dicke Jacke. In der nächsten Sekunde wird er mich hochreißen, und wenn ich handeln will, dann muss es jetzt sein.

Mein rechter Arm schießt hinter meinem Rücken hervor und versenkt das Metallstück in seinem Hals. Das Geräusch, als seine Haut aufplatzt und das Metall ins Fleisch dringt, ähnelt dem einer Schere, die durch Geschenkpapier fährt. Blut spritzt, und ich sehe, wie er versucht, nach dem Metallstück in seinem Hals zu greifen, wie sich der Griff seiner anderen Hand um meinen Oberarm löst, wie er nach hinten taumelt, wie er schreit, röchelt, flucht, und wie ich mich gleichzeitig aufrapple, torkle, ein wenig benommen, weil ich so lange gelegen habe, und wie ich ihn mit beiden Armen voller Wut gegen die Wand stoße. Ich möchte ihn anbrüllen, aber ich vermute Putin in der Nähe, und deswegen sind mein Jubel und meine Wut lautlos. Dimitri strauchelt rückwärts, ich vernehme sein Stolpern mit einem Glücksgefühl, denn ich weiß, was das bedeutet, und jetzt – er verschwindet fast in der Dunkelheit des Raumes – fällt er nach hinten, ungelenk wie ein Hochhaus, das dem Erdbeben nicht gewachsen ist, und ich höre das eklige Geräusch, als sein Kopf ungebremst auf den harten Boden aufschlägt.

Kapitel 41

Plötzlich ist alles still, nur mein Atmen ist zu hören. Ich überlege, ob ich nach draußen rennen oder warten soll. Ist er tot? Bewusstlos? Wie lange? Wie viel Zeit habe ich? Die einzige Waffe im Raum steckt in diesem Mann, und sollte jeden Augenblick der alte Putin mit Berry in der Tür stehen, habe ich ohne dieses Stück Metall noch weniger Chancen als mit.

Ich setze langsam einen Fuß vor den anderen und bewege mich in Richtung Dimitri. „Er muss doch eine Waffe haben!“, denke ich. Allerdings hätte er mich auch jederzeit mit seinen Händen töten können, trotzdem würde ich gerne ein Messer oder - noch besser - eine Pistole in seiner Jacke finden. Meine Augen gewöhnen sich im hinteren Teil des Raumes an die Dunkelheit, und ich erkenne, dass seine Augen geschlossen sind. Ausgeknockt, aber er atmet. Ich gehe einen Schritt zurück und trete ihm in den Bauch. Nur zur Sicherheit. Vielleicht simuliert er ja nur. Er gibt ein würgendes Geräusch von sich, rührt sich aber sonst nicht. Schemenhaft erkenne ich das Metallstück, das ich ihm in den Hals gestoßen habe. Er verliert Blut, aber es ist nicht so viel, dass ich befürchten muss, seine Halsschlagader getroffen zu haben. Das erleichtert mich, schließlich bin ich immer noch Polizistin. Wir wollen nur helfen!

Mit dem rechten Fuß taste ich seine Jackentaschen ab, aber da ist weder ein Messer noch eine Pistole, geschweige denn ein Handy. Mein Fuß fährt auch über seine Jeans, aber auch dort ertaste ich nichts. Ich trete drei Schritte zurück und schaue auf den Riesen herab.

„Mit knapp zwei Metern kommt man sich erst einmal immer groß vor, Junge“, raune ich ihm zu, „das liegt in der Natur der Sache. Aber die meisten sind's am Ende doch nicht.“

Ich greife mir den Stuhl, halte ihn in Brusthöhe vor mich, nähere mich der Tür und stoße sie weiter auf. Glücklicherweise quietscht und knirscht sie nicht. Vorsichtig schaue ich nach draußen, jederzeit darauf gefasst, Putin zu sehen oder Berry, den treuen Freund seines Herrchens.

Zwanzig Meter entfernt erkenne ich ein Haus. Ein schmaler, gepflasterter Weg, begrenzt von Rasenflächen links und rechts, führt zwanzig Meter bis zu einem dicken Baum und verbreitert sich dann zu einem ausladenden Platz vor dem Haus. Auf dem Rasen erkenne ich die Silhouetten zweier Tiere. Was für welche, kann ich zunächst nicht sagen, dann aber erinnere ich mich an das Gemecker, als ich gefesselt im Stall lag. Ziegen!

Der Weg, auf dem ich jetzt gehe, erinnert mich an einen schmalen Fluss, der in einen weiten See fließt. Der gepflasterte Platz verschwindet links entlang des Hauses und geradeaus in einer Kellergarage. Die Fenster des Hauses sind teilweise hell beleuchtet, teilweise dunkel wie die Augenhöhlen einer Mumie. Rechts vom Haus, direkt angrenzend, erhebt sich ein schmaler Anbau, garagenartig, davor steht der riesige Baum, der mir vorhin schon aufgefallen war, eine Trauerweide. Das Tageslicht wird weniger, ich weiß nicht, ob das für mich ein Vorteil ist oder für die, die sich hier auskennen. Und die mich gleich jagen werden.

Gerade als ich hinter der Trauerweide Deckung suchen will, höre ich an der linken Frontseite des Hauses Stimmen. Ich ziehe mich so weit zurück, dass ich gerade noch sehen kann, wenn jemand um die Ecke biegt und in meine Richtung kommt. Aber die Stimmen bleiben gleich weit entfernt, zwei Männerstimmen, ich kann nicht sagen, ob eine von ihnen die von Putin ist, aber glücklicherweise biegt niemand um die Ecke. Trotzdem muss ich so schnell wie möglich von hier weg.

Ich renne los, an einem Kirschbaum vorbei und stolpere fast über die Reste eines Sandkastens direkt unter den schweren, kahlen Ästen des Baumes. Links von mir führt der gepflasterte Weg auf eine schmale Straße, hinter der sich Wiesen erstrecken, einen Kilometer weit vielleicht, dahinter ein angrenzender Wald. Zwischen den Bäumen erkenne ich die Umrisse eines einzelnen Hauses.

Ich wundere mich, dass ich noch nichts von Berry gehört habe, und in genau diesem Augenblick höre ich den Hund. Das tiefe Bellen kommt aus dem Hausinneren, es hat diesen von Räumen oder Mauern begrenzten Hall, und ich hoffe, Berry bettelt gerade um Hundekuchen oder Wurst und nicht darum, von der Leine gelassen zu werden, um dem Geruch der Frau von vorhin zu folgen.

Rechts von mir öffnet sich meinem Blick ein kleiner Mischwald mit Birken, Ahorn, Buchen, dahinter eine offene Wiese. Erst jetzt registriere ich Vogelgezwitscher, leise, zögerlich, so wie es im Frühling immer erscheint. Ich laufe zwischen den Bäumen auf die Wiese zu, verstecke mich hinter einer von rund zwanzig Pappeln, die wie riesige Soldaten das Grundstück zu bewachen scheinen. Gegen die untergehende Sonne sehe ich ein kleines Fußballtor aus Holz, das wahrscheinlich ein Vater (Putin? Dmitri?) für seinen Sohn oder seine Söhne gezimmert hat. Rustikal, nicht DFB-konform, aber es erfüllt seinen Zweck.

Ein Stacheldrahtzaun begrenzt die Wiese, dahinter zieht sich ein Feldweg entlang, der rechts in einem dunklen Fichtenwald verschwindet. Irgendwohin führt dieser Weg, und ich entscheide, dass Dunkelheit erst einmal gut ist.

Ich klettere über den Zaun, ohne mich am Stacheldraht zu verletzen, und spurte los. Meine Schuhe fliegen so schnell über den Schotter, dass sie kleine Steine aufwirbeln. Das Geräusch erinnert mich an früher, als wir als Kinder Fangen gespielt haben und uns so frei und leicht fühlten, wie es einem heute nur noch gut gemachte Werbung suggeriert. Noch hundert Meter, dann erreiche ich den Wald, der Feldweg führt parallel daran vorbei. Ich bin außer Atem, als ich in die langen Schatten der ersten Bäume gelange. Die Luft ist kalt, aber ich schwitze trotzdem. Soll ich direkt in den Wald hineinlaufen oder weiter auf dem Feldweg bleiben? Zwischen den Bäumen besteht natürlich die Gefahr, dass ich irgendwo hängen bleibe, gegen einen Ast laufe, über eine Wurzel stolpere. Oder mir etwas breche und mich die Putins nur noch verletzt vom Boden aufklauben müssen wie ein Stück Holz, damit mir Berry direkt die Kehle aufreißen kann. Ich entscheide mich dafür, erst einmal auf dem Weg zu bleiben.

Dann endlich registriere ich, dass ich mich bewaffnen muss, jetzt sofort, mit irgendetwas! Denn wie will ich mich verteidigen, sollte Berry auf mich zugerast kommen? Auf einen Baum klettern? Mich tot stellen? Ihn vielleicht bitten, mich nicht zu verraten?

Ich brauche einen Stock, einen guten, kräftigen Stock, mit dem ich dem verdammten Vieh den Schädel einschlagen kann, wenn er mich anspringen will. Keine Fichte oder so etwas, einen richtigen Knüppel, Buche wäre gut, Eiche noch besser. Oder eine spitze Lanze, mit der ich sein Herz aufspießen und es gegen den nächsten Baumstamm klatschen lassen kann.

Halt! Zwei Stöcke sind besser! Es müssen zwei Stöcke sein! Mein Opa hat mir erzählt, dass man mit dem einen Stock den Hund locken muss, so dass er hineinbeißt, um ihm dann mit dem anderen den Schädel einzuschlagen.

Ich verlasse den Feldweg und verschwinde in die Dunkelheit des Waldes. Sekunden später stehe ich zwischen hohen Fichten, die alles Licht zu absorbieren scheinen und deren schuppige Stämme vor mir aufragen wie eine hölzerne Armee. Alles ist jetzt ruhig, nur mein Atmen unterbricht die Stille. Kein Knacken von Ästen ist zu hören, kein Vogelgezwitscher, kein Tier, das sich rührt. Der Boden voller Fichtennadeln fühlt sich unter meinen Schuhen butterweich an, die Luft riecht so würzig und intensiv, als läge ich in einem Fichtenschaumbad. Ich bleibe stehen und warte, dass sich meine Augen an die Dunkelheit gewöhnen.

Nach und nach erkenne ich, wie Baumwurzeln vereinzelt durch den Boden brechen, als suchten sie das Licht. Fächerförmige Farne wachsen in Gruppen an verrotteten und umgestürzten Baumstämmen. Das ist ja wirklich alles herrlich idyllisch, aber wo finde ich meine beiden Totschlägerstöcke? Vorsichtig taste ich mich tiefer in den Wald hinein, erkenne nun auch Gestrüpp und alte Äste, die am Boden verfaulen und von einer pelzigen Moosschicht überzogen sind. Aus diesen Ästen haben wir uns als Kinder häufig Waldhütten gebaut, und als sie fertig waren, haben wir uns hineingesetzt und gepicknickt. Aber nicht sehr lange, weil uns die Nadeln hinten in den Pullover oder in die Bluse rieselten und ordentlich kratzten. Oder sie landeten direkt in unserem Picknick, das zumeist aus Keksen, Limonade und Joghurt bestand.

Meine Augen suchen einen etwa einen Meter langen Stock, kräftig, vier, fünf Zentimeter im Durchmesser, so dass ihn dieser Hund nicht gleich durchbeißen kann. Der andere Stock kann durchaus dünner sein, vor allem an der Spitze, damit ich Berry das Ding direkt in sein rudimentäres Stammhirn wuchten kann.

Ich suche den Waldboden ab, finde jedoch nichts. Dann bleibe ich stehen und fasse mir an den Kopf: Wie soll ich denn bitteschön einen Eichenast finden … in einem Nadelwald? Margot, du bist hübsch blöd! Zwanzig Meter links von mir sehe ich mehr Licht, und ich hoffe, dort endet der Nadelwald und ein Laubwald beginnt. Tatsächlich sehe ich, als ich näher komme, dickere Stämme … vielleicht Buchen oder Eichen. Ich haste darauf zu und habe die Bäume, die auch in die Breite und nicht ausschließlich in die Höhe wachsen, fast erreicht, als ich stolpere und mich der Länge nach auf den Boden lege. Mein Kinn pflügt über Tannennadeln, meine Brust schrabbt über etwas Spitzes, Scharfes, und ich schreie auf. Ich drehe mich auf die Seite und erkenne, dass ich über genau solch einen Stock gestolpert bin, wie ich ihn suche. Sollte ich Putin noch einmal wiedersehen, werde ich ihm sagen, dass Gott uns Menschen doch ab und zu so etwas wie eine Chance gibt.

Ich greife mir den Stock, der sich wunderbar rau, schwer und gefährlich in meiner Hand anfühlt, richte mich auf und trete mit dem Schuh ein paar überflüssige Zweige ab. Er muss schon lange hier liegen, so trocken knacken die kleinen Äste ab. Jetzt brauche ich nur noch den kurzen spitzen Stock, den ich Benny in seinen Schädel rammen werde. Und wieder habe ich Glück: Nur eine gute Minute später erkenne ich die Überreste einer kleinen Waldhöhle, die Kinder hier gebaut haben müssen, genau wie wir damals. Die Spitzen der Äste sind rund und schräg an einen dicken Stamm gelehnt. Einen Moment fühle ich mich erleichtert, so als hätte ich etwas geschafft, dann wird mir bewusst, dass das ein Trugschluss ist … Nichts habe ich erreicht.

Es ist dunkel geworden, aber von hier kann ich die Helligkeit des Waldrandes erkennen, rund dreißig Meter entfernt von mir, dort muss der Feldweg sein. Als ich den Pfad erreiche und gerade im Begriff bin loszuspurten, hin zum nächsten Ort, hin zum nächsten Telefon, höre ich Berry.

Kapitel 42

Jahrelang hatte ich mir vorgenommen, mehr für meine Fitness zu tun, eine bessere Kondition zu trainieren. Leider ist es bei den leeren Versprechungen mir selbst gegenüber geblieben. Nie habe ich das mehr bereut als im Augenblick, als jetzt.

Von einem Tier verfolgt zu werden, das hat etwas Archaisches. Ich erinnere mich an den Keniaurlaub, den ich vor mehr als zehn Jahren mit meinem damaligen Freund unternommen hatte: Wir buchten unter anderem eine „Dolphin Tour“, und zusammen mit ungefähr zehn weiteren Touristen nahmen wir Kurs auf eine Sandbank, die rund zehn Seemeilen vor der Küste im Indischen Ozean lag. Es war ein wunderschöner Tag, ich erinnere mich genau. Rund hundert Meter von der Sandbank entfernt ließ uns der Kapitän der Reihe nach ins dunkle Wasser. Der Plan war, im Wasser die Taucherbrillen zu reinigen, beim Schnorcheln die vielen, bunten Fische zu beobachten und dann langsam zur Sandbank zu schwimmen, um dort ein paar Minuten in der Sonne zu liegen.

Mein Freund und ich sprangen als Erste ins Wasser. Es war herrlich frisch, obwohl mir nicht ganz wohl war, die dunkelblaue Farbe ließ auf eine große Tiefe schließen. Wir alberten herum und reinigten unsere Taucherbrillen, während der Kutter langsam weiterfuhr, weil er nicht alle Touristen an derselben Stelle ins Wasser lassen wollte. Der schmutzige Dieselmotor tuckerte in immer größerer Entfernung von uns vor sich hin. Während wir uns freuten, welch schöne Tage wir gerade miteinander verbrachten, fiel mein Blick plötzlich auf den Kutter: Wild gestikulierend standen die Crew und die übrigen Touristen am Heck des kleinen Schiffes. Sie winkten uns zu, und zuerst dachte ich nur: „Was soll das, ihr haut doch jetzt wohl nicht ab, oder?“ Dann aber merkte ich, dass sie voller Hektik gestikulierten. Ich hielt den Atem an, machte so wenige Schwimmbewegungen wie nötig, um zu hören, was sie riefen. Aus den Augenwinkeln sah ich, dass mein Freund, der einen Meter neben mir schwamm, ebenfalls zum Schiff starrte. In den folgenden Sekunden, die mir unendlich lang erschienen, wurde mir entsetzlich klar, was die Crew und unsere Freunde dort riefen: „Come back, come back, a shark, a shark!! Kommt zurück, ein Hai, ein Hai!“

Niemals vorher und nie mehr danach in meinem Leben hatte ich mich so hilflos gefühlt wie in diesem Moment. Nicht, als ich vor sieben Jahren in einem Aufzug einem psychotischen Ehemann mit einem Messer gegenüberstand, und nicht, als ich vor neun Jahren vier Tage von einem Verrückten gefangen gehalten wurde und einen Finger verlor. Diese Angst, die jetzt in mir aufstieg, war so grenzenlos, weil ich absolut schutzlos war. Ich schaute nur auf die Wasseroberfläche, die kleinen Wellen kräuselten sich noch genauso wie vor einer Minute, alles andere aber hatte sich verändert. Man soll sich möglichst wenig bewegen, erinnerte ich mich, aber … wie?

Ich blickte nach links, weil ich ein lautes Plätschern vernommen hatte, und sah, wie mein Freund mit schnellen Zügen Richtung Kutter schwamm. Das war wie ein Startsignal, wie das Zeichen für mich, das Gleiche zu tun. Ich glaube, ich bin nie in meinem ganzen Leben so schnell geschwommen wie damals. Als ich am Boot anlangte, schubste ich noch meinen Freund über die Reling, dann zogen mich zwei junge Männer der Crew an Deck. Keiner sprach, alle standen nur furchtsam fasziniert an der Reling und suchten den Hai. Und tatsächlich kreuzte nur rund eine Minute später ein großer Blauhai den Kutter, vielleicht in einem Meter Tiefe, auf jeden Fall so dicht unter der Wasseroberfläche, dass wir ihn gut sehen und die Kenianer ihn als „Blue Shark“ identifizieren konnten. Majestätisch und langsam schwamm er unter dem Schiff her. Vielleicht hatte er uns gar nicht bemerkt, vielleicht war er auch gar nicht gefährlich, wie wir alle glaubten.

Für den Rest des Tages war ich euphorisiert, weil ich das Gefühl hatte, einer Todesgefahr entkommen zu sein und überlebt zu haben. Gleichzeitig aber war es auch ein trauriger Tag: Mir war klar geworden, dass ich mich auf meinen Freund nicht verlassen konnte. Er war ohne sich um mich zu kümmern einfach zum Kutter geschwommen, war ohne nach mir zu sehen an Bord geklettert … das war eine sehr traurige Erkenntnis für mich. Als ich ihn damals am selben Abend im Hotel darauf ansprach, versuchte er sich damit herauszureden, dass ich ja die bessere Schwimmerin von uns beiden sei. Außerdem habe er mich als erste an Bord lassen wollen, die Jungs der Crew hätten ihn aber plötzlich gepackt und nach oben gezogen. Diese Ausreden machten alles nur noch schlimmer. Wenige Tage später habe ich mich dann von ihm getrennt.

Ich schließe meine Finger fester um beide Stöcke und beginne zu laufen. Wie eine Staffelläuferin, die direkt mit zwei Stäben unterwegs ist, warum auch nicht? Nach einhundert Metern gabelt sich der Feldweg rechts und links, und spontan laufe ich nach links. Mein Atem wird immer lauter, was nicht gut ist, denn dann kann ich Berry nicht mehr hören, wenn er angestürmt kommt. Deswegen laufe ich etwas langsamer, denn ich weiß ja, dass Weglaufen vor ihm ohnehin unmöglich ist. Meine Lunge brennt fürchterlich und ich habe das Gefühl, als würde ich gleich einen furchtbaren Hustenanfall bekommen.

Dann habe ich eine Idee: Ich werfe den dünnen Stock beiseite, reiße mir im Laufen meine Jacke vom Leib und wickle sie fest um meinen linken Arm. Kurzer Blick zurück: Ein großer Schatten rast auf mich zu, so schnell wie eine Windböe, jetzt nur noch zweihundert Meter entfernt. Wie viele Sekunden habe ich noch? Der Hund bellt nicht, er rennt nur. Ich ziehe die Jacke fest um den linken Arm und bücke mich, weil ich plötzlich denke, dass ich mich mit einem Stein besser verteidigen kann als mit einem Stock. Meine Finger suchen auf dem Boden nach einem handlichen Stein. Und lose muss er sein! Wieder schaue ich auf. Der Schatten hat mich fast erreicht, das erwartungsvolle, blutgierige Hecheln und Japsen dringt mir in die Ohren, gleichzeitig greifen meine Hände ins Nichts, dann bekomme ich endlich einen größeren, losen Stein zu fassen. Ich greife zu, richte mich auf, stelle mich seitlich, mein linkes Bein nach vorne, das rechte nach hinten, der Stein in der rechten Hand auf Brusthöhe. Den dicken Stock in meiner linken Hand lasse ich fallen. Ich spüre überall Gänsehaut auf meinem Körper!

Der Hund darf mir nicht ins Bein beißen, denke ich, vielleicht muss ich meine Knie ein wenig mehr beugen, so dass er gar nicht auf die Idee kommt, etwas anderes anzugreifen als meinen linken Arm. Sein Hecheln ist jetzt erschreckend laut, noch fünf Meter, drei, einen, dann ist er da, und jetzt sehe ich seine Augen, die so kalt sind, als sei er schon lange tot. Berrys Pfoten lassen kleine Steinchen auf dem Feldweg wegspritzen, er springt mich an, und ich versuche, die Augen nicht zu schließen. Sein Körper trifft mich mit der Härte meines ehemaligen Judotrainers, und der war ein Koloss. Berry springt höher, als ich vermutet habe, aber ich reiße den Arm gerade noch rechtzeitig nach oben und Berrys Zähne verbeißen sich in meine Jacke, nicht in meine Kehle. Seine Zähne leuchten fast weiß in der Dunkelheit und ich rieche seinen fauligen Atem. Die Wucht seines Gewichts lässt mich fast hintenüber stürzen, aber da ich auf den Aufprall vorbereitet war, bleibe ich standhaft, weiche allenfalls zwei, drei kleine Schritte zurück. Dann hole ich blitzschnell aus und treibe Berry fast senkrecht von oben die spitze Seite des Steines durch die Schädeldecke. Er gibt ein Quieken von sich, ich höre das stumpfe Brechen von Knochen, und es dauert noch eine Sekunde, dann lässt der enorme Druck auf meinen Arm nach. Seine Nüstern weiten sich, seine vormals hasserfüllten Augen blicken mich weiter an, sind jetzt aber nur noch schwarze, glänzende Knöpfe in der Dunkelheit, die allmählich verblassen. Ich merke, wie das Leben aus ihnen weicht.

Kapitel 43

Ich zerre meine Lederjacke aus Berrys Maul und ziehe sie wieder an, auch wenn sie an ein paar Stellen löchrig und von Speichel und Blut besudelt ist. Ich zittere und fühle keine Befriedigung, nur Erleichterung. Mitten auf dem Feldweg in der Dunkelheit stehend höre ich mich keuchen, als hätte ich einen Marathon hinter mir. Zu meinen Füßen liegt das tote Bündel Hund, jetzt friedlich, das Ungetüm, das mir bis vor ein paar Sekunden so viel Angst gemacht hat wie kaum etwas in meinem Leben.

Dass ich seinen Hund getötet habe, wird Putin nicht froher stimmen. Mein Atem beruhigt sich allmählich und mein Herz pocht jetzt wieder leicht. Alles bekommt einen Anflug von Normalität. Im Wald nehme ich sogar das Zwitschern eines Vogels wahr, auch wenn ich mich frage, welcher Vogel in der Dunkelheit solche Geräusche macht. Oder ist es gar kein Vogel?

Ich schaue mich um, weil ich wieder unschlüssig bin, wohin ich laufen soll. In den Wald hinein oder doch lieber auf dem Weg bleiben? Da höre ich aus Richtung des Hauses, aus dem ich geflohen bin, Stimmen. Stimmen und Schritte, die über Staub und Steine laufen ... in meine Richtung!

Ich starre in den dunklen Wald, dann auf den Weg links, der zwischen den Bäumen dunkel im Nichts verschwindet. Zuerst werde ich auf dem Weg bleiben, entscheide ich mich, und renne los. Es geht leicht bergab und zweihundert Meter entfernt erkenne ich links einen Lichtschein, vielleicht die Helligkeit des Mondes, die auf eine Lichtung fällt. Die Dunkelheit nimmt mir die Möglichkeit zu erkennen, wohin ich laufe, und immer wieder trete ich in Wasserpfützen.

Wieder bleibe ich kurz stehen: Die Stimmen hinter mir sind verstummt, wahrscheinlich haben die Männer gerade den Hund entdeckt. Dann sehe ich hinter mir den Schein einer Taschenlampe aufleuchten, das Licht sucht in meiner Richtung und verfehlt mich nur knapp. Nach einer Schrecksekunde springe ich in den Wald zu meiner Linken, nur um dem Schein der Lampe zu entgehen. Ich lande direkt in einem Brombeergebüsch und reiße mir die Stirn auf. Dornen zerren an meiner Jacke, aber ich drücke mich so tief ins Gestrüpp, dass sich die Ranken fast vollständig um mich schließen. Dann versuche ich wieder zu Atem zu kommen und warte.

Sie stehen knapp zwei Meter vor mir, mitten auf dem Feldweg, debattieren und streiten. Immer wieder werden sie laut, und ihrem Tonfall ist zu entnehmen, dass sie wütend sind. Vielleicht kaschieren sie damit ihre Angst, denn der alte Putin wird nicht begeistert sein, wenn sie ohne Berry und ohne mich zurückkehren.

Ich glaube Dimitris Stimme zu erkennen, auch wenn er nun Russisch spricht, und wundere mich, dass der Kerl schon wieder auf den Beinen ist. Die fünf Männer, die ich nun erkennen kann, wenn ich meinen Kopf vorsichtig in ihre Richtung drehe, stehen in einem Kreis zueinander. Ein Brombeerblatt kitzelt an meiner Nase, gleichzeitig spüre ich, wie mir Blut über die Nasenwurzel läuft. Ich wage nicht, es wegzuwischen. Die Männer herrschen sich an, schreien fast, ohne zu bedenken, dass sie mich dadurch warnen, aber sie sind keine geübten Jäger, das ist sicher. Dann nämlich wären sie still, gefasst, würden die Situation, wie sie ist, analysieren und darauf reagieren, ohne zu lamentieren.

Oder habe ich mich getäuscht? Der größte, von dem ich glaube, dass es Dimitri ist, sagt etwas, woraufhin sich zwei der anderen näher zu ihm stellen. Die beiden anderen gehen zögernd wieder in die Richtung zurück, aus der sie gekommen sind. Zurück? Warum? Was soll das? Dann höre ich, dass sie den Weg verlassen und sich in den Wald schlagen. Zwei Gruppen also …die eine sucht mich im Wald, die andere bleibt auf dem Weg.

Ich hoffe nur, dass keine Maus in der Nähe ist, denn ein Rascheln kann mich sofort verraten.

Dann gehen die drei endlich weiter den Weg entlang. Ich stelle erleichtert fest, dass sich ihre Stimmen langsam von mir entfernen. Als ich die Männer nicht mehr hören kann, zähle ich bis 600, ehe ich mich bewege, auch wenn mein linkes Bein einzuschlafen droht. Vielleicht ist die Stille ein Trick, um mich aus meinem Versteck zu locken. Aber ich fühle, dass da niemand mehr in meiner unmittelbaren Nähe ist.

Beide Beine ausgestreckt spüre ich, wie das Blut wieder zu zirkulieren beginnt. Das Blatt vor meiner Nase kitzelt mich weiter und ich reiße es ab. Mit zwei Fingern streiche ich mir über die Wange und fühle das verkrustete Blut.

Ich halte die Luft an, horche, dann richte ich mich auf. Es hört sich an, als würde ich mit dem Knacken der Ranken und dem Rascheln der Blätter den ganzen Wald aufwecken. Ich lausche auf Schritte, die sich nähern, auf einen Atem, der unterdrückt wird, suche den Strahl einer Taschenlampe, der mich erfasst, aber alles bleibt dunkel und ruhig. Nur ich bin hier, mitten im Wald, mitten in der Dunkelheit. Insgesamt gut, denke ich erleichtert, allerdings hatte ich auch schon bessere Abende.

Mich mitten auf dem Feldweg weiter zu bewegen wäre dumm, jeder könnte mich trotz der Dunkelheit auch aus der Entfernung ausmachen. Mich im Wald zwischen den Fichten zu bewegen ist genauso gefährlich, da mich dort jederzeit das Knacken von Ästen verraten könnte. Außerdem streifen dort, ich weiß nicht wo, zwei Männer herum, die nur darauf warten, mich zu sehen oder zu hören.

Was ist weniger gefährlich? Ratlos bleibe ich stehen und wünsche mir Fabian her. Beinahe möchte ich mich einfach hinsetzen und laut beginnen zu schluchzen, aber das wäre natürlich kindisch.

Ich schaffe das, sage ich mir stattdessen, irgendwie schaffe ich das! Ich brauche nur ein Handy, einfach nur die Möglichkeit, Fabian anzurufen, die Leitstelle, oder, ach was, einfacher denken: 110 wählen. Wie mein Vater immer sagte, als ich Kind war und er mir die Nummer einprägen wollte, wenn ich sie eines Tages vielleicht einmal brauchen würde: „Die Nullen sind die Bullen!" Damit sollte ich mir die Nullen am Ende der Nummer merken ... das habe ich bis heute getan.

Ich gehe weder auf dem Weg noch im Wald, ich halte mich direkt an der ersten Baumreihe, die den Wald begrenzt, das Niemandsland zwischen Weg und Wald, haste von einem Baum zum nächsten, schaue, horche, renne dann ein paar Meter vorwärts. Irgendwann erschreckt mich ein Tier fast zu Tode, etwas Größeres muss es sein, ein Fuchs, ein Dachs oder vielleicht auch ein kleines Reh. Das Geräusch bricht unvermittelt durch die Ruhe des Waldes, gleicht einer Explosion in der Stille, ist so vollkommen isoliert von allem anderen. Aber es ist nur ein Geräusch, das sich fast augenblicklich verflüchtigt. Ich umklammere den Stein, mit dem ich Berry erschlagen habe, und der sich in meiner rechten Hand weiterhin wunderbar gefährlich anfühlt, noch fester.

Fast unvermittelt endet die Baumreihe und ich stehe am Rand einer Lichtung in der Größe eines Tennisplatzes. Das hohe Gras schimmert silberfarben durch das Licht des Mondes. Ich schaue zurück in den Wald, verharre, um zwischen den Fichten vielleicht den Schein von Taschenlampen oder das Knacken von Zweigen auf dem Waldboden auszumachen. Aber da ist nichts, zumindest höre ich kein Geräusch.

Ich bin unschlüssig: Gehe ich weiter? Begebe ich mich in die schutzlose Zone der Lichtung? Was ist, wenn die Männer am anderen Ende, dort, wo der Wald wieder beginnt, bereits auf mich warten? Mich vielleicht jetzt schon sehen? Und wenn ich mich erneut in einem Gebüsch verstecke und auf den Morgen warte? Darauf, dass es hell wird? So lange werden die Kerle mich doch nicht suchen, oder? Allerdings kann ich mir vorstellen, dass Putin alles daran setzen wird, mich zu finden. Ich weiß einfach zu viel.

Mein Gefühl sagt mir, im Schutz der Bäume zu bleiben, mich nicht zu zeigen, mich nicht in das Silberlicht der Lichtung zu begeben. Wenn ich doch nur wüsste, wie weit ich von den nächsten Häusern oder vom nächsten Dorf entfernt bin. Einen Kilometer? Fünf? Zehn?

Ich weiß nicht, was mich dazu verleitet hat, mich umzudrehen, vielleicht war es Instinkt, und tatsächlich erkenne ich in einiger Entfernung (vielleicht hundert Meter, vielleicht mehr, ich kann das in der Dunkelheit nicht abschätzen) den Strahl zweier Taschenlampen. Ihr Schein ist auf den Feldweg gerichtet und die beiden Lichter kommen näher.

Augenblicklich drücke ich mich lautlos an eine dicke Fichte am Wegesrand, verstecke mich an der vom Weg abgewandten Seite. Nur Sekunden später knackt es fünf Meter entfernt rechts von mir und ein

Mann tritt auf den Feldweg. Er ruft den Männern mit den Taschenlampen etwas zu. Ich kann mein Glück kaum fassen: Wäre ich weitergegangen, wäre ich dem Mann direkt in die Arme gelaufen. Die Rinde des Baumes riecht würzig und frisch, ich lehne mich fest daran, als könne ich so unsichtbar werden, mit dem Baum verschmelzen. Jetzt geht der Mann vor mir auf die beiden mit den Taschenlampen zu. Mir bleibt nichts als abzuwarten und zu hoffen, dass sie an mir vorbeigehen und mich nicht bemerken. Die drei wirken gelassen, zwei lachen leise, als der Dritte etwas gesagt hat, und ich hoffe, es geht nicht um mich und darum, was sie mit mir machen werden, wenn sie mich finden.

Rund eine Minute lang stehen die Männer beisammen, die Taschenlampen sind ausgeschaltet, und meine Augen gewöhnen sich wieder an die Dunkelheit. Mit aller Kraft halte ich den Stein fest in meiner Hand, das einzige Mittel, mit dem ich mich verteidigen kann.

Einer der Männer klatscht andeutungsweise in die Hände und die drei entfernen sich langsam in die Richtung, in die auch ich wollte. Erneut blitzen die Taschenlampen auf, wie Lichtbalken oder Jedi-Schwerter tasten sie Wald und Weg ab. Am ziellosen Suchen der Lichter erkenne ich aber, dass sie nur halbherzig suchen. Berry wäre ihre Chance gewesen, mich zu finden, aber der ist glücklicherweise tot.

Plötzlich kommt mir der Gedanke, dass die beiden anderen Männer, die ich gerade nicht gesehen habe, wieder zurückgelaufen sind, um Nachtbrillen zu holen, dann verwerfe ich den Gedanken. Niemand von ihnen konnte damit rechnen, dass mir die Flucht gelingt und sie den Abend damit verbringen müssen, eine Polizistin im dunklen Wald zu suchen.

Kapitel 44

Es wird sich herausstellen, ob es eine gute oder die schlechteste Idee meines Lebens war, aber ich entschließe mich, dorthin zurückzugehen, wo ich gefangen gehalten wurde. Vielleicht liegt das nächste Haus zehn Kilometer entfernt, vielleicht sogar noch weiter, ich habe nicht die leiseste Ahnung, in welcher Gegend ich mich befinde. In der Dunkelheit kann ich nirgends Lichter ausmachen, keine Straßenlaternen, kein erleuchtetes Fenster, nicht einmal das entfernteste Motorengeräusch habe ich die vergangenen Stunden wahrgenommen. Die Stille in dieser Dunkelheit liegt tatsächlich wie ein Mantel über allem. Dadurch wirken die Geräusche, die ich selbst verursache, nur umso lauter. Es ist mir unmöglich, mich lautlos zu bewegen, jeder Schritt verursacht das Knirschen von Steinchen oder das Rascheln von Gras unter mir. Ich bin erschöpft: Meine Beine sind schwer, meine aufgeschürften Handgelenke schmerzen, mein Kopf pocht unangenehm, aber Angst und Adrenalin halten mich wach.

Ich husche von Baum zu Baum, wobei huschen tatsächlich nicht das richtige Wort ist. Immer wieder stolpere ich über Gebüsch, über Gräser, Mulden, dorniges Gestrüpp und abgebrochene Äste, und mir kommt es vor, als veranstaltete ich den Lärm einer entlaufenen Kuhherde.

Nach zehn Minuten, nun bin ich endgültig durchgeschwitzt, was wahrscheinlich eher an der psychischen Aufregung als an der tatsächlichen Anstrengung liegt, erreiche ich die Weggabelung, an der ich bereits vor … wann? … einer Stunde? … gestanden habe. Im Schutz einer hohen, dicken Fichte bleibe ich stehen und versuche zu Atem zu kommen.

Angestrengt schaue ich mich um. Geradeaus verschwindet der Feldweg zwischen zwei mit Stacheldraht eingezäunten Weiden, die abschüssig in ein Tal führen. Auf der anderen Seite des Tals kann ich kein Licht erkennen, nichts, das auf ein Haus oder ein Auto hindeuten würde. Ich muss tatsächlich dorthin zurück, von wo ich hergekommen bin, denke ich, und schlage den Weg rechts ein.

Nach einigen Metern kann ich in einiger Entfernung – schätzungsweise zweihundert Meter – die hohen Pappeln erkennen, die sich im stärker werdenden Wind wiegen. Das Rauschen ihrer Blätter dringt bis hierher. Ab und zu erkenne ich ein Licht im Haus hinter den Pappeln, Putin und seine Schergen sind weiter auf der Suche nach mir.

Dort liegt Berry, ein großer, schwarzer Schatten auf dem Weg. Putins Leute haben ihn nicht einmal beiseitegeschafft. Seine Schnauze steht offen, die Zunge hängt heraus, seine riesigen, bedrohlichen Zähne schimmern weiterhin hell. Aus seiner Kopfwunde ist Blut auf den Weg geflossen, das sich dunkler als der Staub mit dem Dreck des schmalen Weges vermischt hat. Ich ziehe Berry an den Wegesrand, seine steif gewordenen Pfoten sind kalt und hart wie Bretter, dann richte ich mich auf und blicke zurück. Die Dunkelheit ist fast vollkommen, der Mond erneut hinter dichten Wolkenfeldern verschwunden. Ich wende mich wieder um und fixiere die Lichter im Putinhaus.

Wenn ich Glück habe, weiß Fabian in fünfzehn Minuten, wo ich bin. Wenn ich Pech habe, bin ich in fünfzehn Minuten tot.

Kapitel 45

Erneut klettere ich über den Stacheldrahtzaun auf die Wiese mit dem kleinen, hölzernen Fußballtor. Ich kann kaum glauben, dass hier Kinder spielen, dass es hier Lachen gibt, Ausgelassenheit und Freude. Aber vielleicht ist das Tor ja auch das Relikt einer Zeit, als hier andere Menschen wohnten, eine Familie vielleicht, die nicht im Entferntesten etwas mit Drogen, Geldwäsche und Mord zu tun hatte.

Ich will an dem kleinen Tor vorbeilaufen und stürze erneut. Irgendetwas hat mich zu Fall gebracht. Ich setze mich auf und suche nach dem, was mir ein Bein gestellt hat. Ich entdecke die silbrig schimmernde Spitze eines Stahlherings, mit dem das Fußballnetz in der Wiese festgemacht ist. Im ersten Augenblick will ich fluchen, dann wird mir klar, dass dieser Hering ein Glücksfall ist, denn er ist wahrscheinlich spitz und hat beinahe die Form eines Messers. Ich umfasse den Hering und ziehe ihn vollständig aus dem Boden. Ich suche einen zweiten Hering, ziehe ihn ebenfalls aus dem Boden und säubere beide. Sollten hier noch mehr bissige Hunde frei herumlaufen, können sie sich auf etwas gefasst machen.

Hinter einer der hohen Pappeln suche ich Schutz und beobachte das Haus. Mindestens fünf Minuten bleibe ich reglos stehen, lausche dem Rauschen der Blätter, während ich das Haus beobachte. Weder vor noch hinter einem der erleuchteten Fenster kann ich eine Bewegung ausmachen.

Vorsichtig schleiche ich mich durch den kleinen Park vorbei an dünnen Ahorn-, Birken- und Buchenstämmen, jeden Moment darauf gefasst, plötzlich gepackt und zu Boden gerissen zu werden. Es ist stockfinster. Ein weiteres Mal laufe ich gegen einen Ast, und wieder einmal habe ich Glück, dass ich mich nicht ernsthaft verletze. Erneut wird meine Stirn aufgeritzt und ich spüre, wie Blut die Nasenwurzel herabfließt. Wenn ich so weitermache, nehme ich mich selbst aus dem Rennen und sterbe in den nächsten Stunden an Blutverlust.

Das Garagentor ist weiterhin offen und ich versuche mein Glück. Vielleicht gelingt es mir, über den Keller ins Haus zu gelangen. Geduckt laufe ich in die Garage und stoße beinahe gegen einen Wagen, einen kleinen alten Fiat 500. Es ist fast unmöglich, hier etwas zu erkennen, dann sehe ich die Umrisse einer Tür links von mir. Ich drücke die Klinke herunter und tatsächlich lässt sich die Tür öffnen.

Links von mir höre ich eine Waschmaschine arbeiten, der gleichmäßige Klang der drehenden Trommel vermittelt etwas Vertrautes, Beruhigendes. Daneben erkenne ich die Umrisse eines Trockners. Zwei orangefarbene Leuchten zeigen an, dass beide in Betrieb sind, gleichzeitig spenden sie mir einen Hauch von Licht. Ich erkenne ein deckenhohes Holzregal, auf dem diverse Einmachgläser nebeneinander aufgereiht sind. Ich würde mich nicht wundern, wenn Putin dort Finger oder sogar Köpfe als Trophäen sammelt, aber ich erkenne nur Kirschen und etwas in der Größe von Pfirsichen.

Links führt eine Tür in eine Art Heizungskeller mit einer Heizungsanlage. Ich will die Tür schon wieder schließen, als ich unter der kleinen Luke gegenüber der Tür eine Werkbank entdecke. Werkbänke! Der Platz, an dem Männer stundenlang stehen, wenn sie ihre Abende lieber unten im Keller verbringen wollen als oben im Wohnzimmer mit Frau und Kindern. Und, das ist wichtig für mich, wo sie mit Werkzeug arbeiten. Ich ziehe die Tür lautlos hinter mir ins Schloss, dann suche ich die Werkbankfläche ab. Auch hier in diesem abgeschlossenen Raum traue ich mich nicht, Licht zu machen. Es riecht nach Öl und Ruß. Ausgeschlossen, dass es hier unten einen Telefonanschluss gibt, aber zumindest finde ich einen Zimmermannshammer, diverse Zangen, Schraubenzieher, einen Hobel, Dutzende Nägel, die verstreut zwischen anderen Werkzeugen liegen und Dinge, die ich im Dunkeln nicht identifizieren kann.

Ich tausche die beiden Heringe gegen den Zimmermannshammer und einen rund zwanzig Zentimeter langen Schraubenzieher. Der Hammer liegt schwer und gleichzeitig beruhigend in meiner Hand, die Spitze ist einfach nur furchteinflößend. Ich wiege ihn in der Hand, dann verlasse ich den Raum. Erst jetzt fällt mir auf, dass ich zittere und mein ganzer Körper verkrampft ist. Bislang hatte ich einfach keine Zeit festzustellen, dass ich Todesangst habe. Ich frage mich, ob es die richtige Entscheidung gewesen ist, hierher zurückzukommen. Wäre es nicht doch besser gewesen, wenn ich mich bis morgen früh im Wald in irgendeinem Gestrüpp versteckt hätte? Gewartet, bis Hilfe gekommen wäre? Aber woher sollte diese Hilfe kommen? Ich weiß ja selbst nicht einmal, wo ich bin.

Links führt eine gewundene Betontreppe nach oben. Ungefähr auf der zehnten Stufe erhellen drei Buntglassteine in der Wand nach oben diesen Abschnitt des Kellers. Ich stecke mir den Schraubenzieher mit der Spitze nach unten in die rechte Hosentasche, den Hammer halte ich in der rechten Hand.

Das dämmrige Licht einer Deckenleuchte im Hausflur, in dem ich nun stehe, fällt durch die Buntglassteine auf die Kellerstufen. Die Tür zum Keller war ebenfalls nicht abgeschlossen und glücklicherweise ließ sie sich nur mit einem kleinen Knacken im Schloss öffnen. Schutzlos stehe ich hier und horche. Die Situation erscheint mir vollkommen irreal: Margot Lukas auf der Suche nach einem Telefon. Warum nur bin ich nicht im Wald geblieben?

Gegenüber erkenne ich die Haustür. Altes Holz, das gläserne Rechteck in der Mitte geschützt durch Eisenstäbe. Links davon führt eine Treppe weiter nach oben, ebenfalls Holz, ein hellgelbes Geländer mit einer roten Laufschiene. Üblicherweise stehen in Hausfluren Telefone, zumindest Ladestationen, hier nicht. Was wohl daran liegt, dass der Flur zwei eigenständige Wohnungen trennt, vermute ich. Aber was nützt mir diese Erkenntnis? Nichts. Rechts von der Kellertür führt eine zweite Tür … wohin? Ich schaue nach oben, horche, ob ich einen Laut oder eine Bewegung wahrnehme, aber da ist nichts. Vorsichtig drücke ich die Klinke herunter, und wieder gibt sie lautlos nach.

War es im Keller und im Hausflur relativ kalt, empfängt mich nun eine Wärme, die mir zusätzlich zu meiner eigenen Hitze sofort unangenehm ist. Aber ich will meine Lederjacke anbehalten. Ich schließe die Tür nicht ganz, lehne sie nur an. Der Flur, in dem ich stehe, ist nur durch eine kleine Stehlampe erhellt. An einer Garderobe links hängen mehrere Mäntel, alle dunkel, braun und schwarz in unterschiedlicher

Länge, an der gegenüberliegenden Wand hängt ein Spiegel, darunter eine Kommode, und darunter … endlich … eine Ladestation. Leider ohne Telefon. Allerdings liegen neben der Ladestation mehrere Briefe. Ich schleiche mich drei Schritte vor und betrachte die Kuverts: Wladimir Putin, Hodgeroth 2a, 53809 Ruppichteroth. Hodgeroth? Einen Augenblick muss ich überlegen. Hier haben wir doch Schröders Leiche gefunden, hier besitzt Schröders Vater ein Ferienhaus. Aber warum wohnt auch Putin hier?

Vier Türen führen vom Flur ab. Ich öffne die Tür rechts … das Badezimmer. Die beiden rechten führen in Schlafzimmer, beide sind leer. Mit über dem Kopf gehaltenem Hammer habe ich die Türen geöffnet, allerdings weiß ich nicht, ob ich mit diesem mörderischen Ding tatsächlich zuschlagen kann, sollte mich jemand angreifen.

Als ich mich der vierten Tür nähere, höre ich Stimmen. Ich drücke mein Ohr gegen die verschlossene Tür und glaube die Stimme von Claus Kleber aus dem Heute-Journal zu hören.

Was mache ich? Stürme ich in den Raum und bedrohe alle, die vielleicht dort sitzen, mit meinem Hammer? Auf die Gefahr hin, dass ich in der letzten Sekunde meines Lebens eine auf mich gerichtete Waffe sehe und Putins mitleidiges Lächeln? Oder versuche ich weiterhin so lautlos wie möglich zu sein, ein Telefon zu suchen und einen Notruf abzugeben? Die „Katze“ Margot? Dass ich nicht lache! Aber welche Wahl habe ich?

Sekunden später stehe ich in einer altmodischen Küche, der Boden hat ein hässliches und abgenutztes Laminatmuster aus abwechselnd schwarzen und grauen Quadraten. Darauf ein fast leerer Holztisch, auf dem drei Gläser stehen, um den Tisch herum eine gepolsterte Eckbank, darauf ein paar zerknüllte Tageszeitungen, „Bild“ und „Express“. An der Wand daneben ein Holzschrank mit Glasvitrine, dazu Spüle, Kühlschrank und Herd. Alles aus einem anderen Jahrhundert.

Links von Tisch und Eckbank führt eine halboffene Tür in den nächsten Raum, dort, wo eine weibliche Stimme im Augenblick über das größte Winterchaos in Bayern in den vergangenen zehn Jahren berichtet. Ich wünsche mir ein aufregenderes Thema, etwas, das die

Menschen im Raum in seinen Bann zieht, so dass sie mich nicht hören, selbst, wenn ich hier das gesamte Teeservice zertrümmere, aber das größte Winterchaos in Bayern in den vergangen zehn Jahren muss genügen.

Zumindest kann ich mir schon einmal fast sicher sein, nicht noch einen Hund umbringen zu müssen. Wenn er nicht alterstaub ist, hätte mich das Tier jetzt schon gehört. Ich schleiche am Holztisch vorbei Richtung Tür. So wie ich vorhin den Stein umklammert habe, so umklammere ich nun den Zimmermannshammer. In Zeitlupe lehne ich mich gegen den Türrahmen, atme flach und luge vorsichtig in den Raum.

Kapitel 46

Es könnte nicht besser sein: Die beiden beigen, plüschigen Sessel und die cremefarbene Couch sind so angeordnet, dass sie in Richtung Fernseher weisen, und der steht am anderen Ende des Zimmers. Eine altmodische Schrankwand nimmt die gesamte Breite der linken Wand ein, die Regale sind gefüllt mit einer altmodischen Stereoanlage, Büchern, Krimskrams. Ich entdecke eine verträumte Madonna zwischen zwei dekorativen Aschenbechern. Aber nirgends sehe ich ein Telefon. Dafür schaut Putins Haarschopf über die Rückenlehne des Sessels links. Den Raum erhellt ein schrecklicher fünfarmiger, geschmackloser Lüster aus den 1970ern. Der moderne und riesenhafte Fernseher steht unterhalb eines großen Fensters auf dem Boden, was bedeutet, dass ich mich in dem Fenster spiegeln werde, sobald ich den Raum betrete.

Und nun? Soll ich mich an Putin heranrobben? Oder den Schreckmoment nutzen und ihn überraschen? Für die erste Möglichkeit fühle ich mich eindeutig zu alt, ich müsste Putin bitten, mir hochzuhelfen, also entscheide ich mich für die zweite. Bevor ich mir alles anders überlege, schreie ich laut los, stürze mich auf Putin, reiße ihn an den Haaren und halte ihm den Hammer an den Hals. Gleichzeitig sage ich mir, dass der Schraubenzieher dafür das bessere Werkzeug gewesen wäre. Aus den Augenwinkeln erkenne ich ein Telefon mitten auf einem kleinen Tischchen vor Putin … fast geschafft!

Putin sagt kein Wort, sein Spiegelbild im Fenster ist unbeweglich, die Mimik starr, vielleicht ist er zu Tode erschrocken, weil ich noch lebe. Ich greife mir ein Büschel seiner Haare und zerre daran, er muss den Kopf nach links neigen, so dass ich den Hammer in die rechte Seite seines Halses drücken kann. Die Spitze des Hammers drückt in seine Haut, direkt neben der Halsschlagader, die sich blassblau abzeichnet.

Kein Gefühl des Sieges erfüllt mich in diesem Augenblick, ich habe weiterhin Angst, denn ich weiß ja nicht, ob der alte Mann alleine im Haus ist oder aus dem Nichts doch noch einer seiner Schergen auftaucht. Aus dem oberen Stockwerk zum Beispiel, das ich nicht kontrolliert habe. Oder Dimitri und seine Freunde kommen gleich von ihrer Walderkundungstour wieder und freuen sich, mich doch anzutreffen.

„Leg dich auf den Boden!“, befehle ich ihm und versuche meiner Stimme einen drohenden Klang zu geben. „Leg dich einfach flach auf den Boden, Putin, und … halt den Mund!“

Er sagt tatsächlich keinen Ton, macht nicht einmal einen Mucks, kein Grunzen, kein Schnauben. Vielleicht ist er so überrascht, dass es ihm die Sprache verschlagen hat. Vielleicht war er sich seiner Sache zu sicher, vielleicht hat er mich schon tot und vergraben und sich eines Großteils seiner Probleme entledigt gewähnt.

Langsam rutscht er nach vorne, an die Kante des Sessels. Ich halte den Schopf seiner grauen Haare weiter fest in den Händen, stelle mich jetzt rechts seitlich des Sessels und geleite ihn so langsam zum Boden, als wäre ich seine Trainerin und würde ihm helfen, beim Bodenturnen eine bestimmte Figur zu üben.

„Auf den Bauch!“, herrsche ich ihn an, und als er sich nach vorne beugt, versuche ich mit der linken Hand an den Schraubenzieher in meiner rechten Hosentasche zu kommen. Es gelingt besser als ich dachte, und schnell tausche ich den Hammer gegen den Schraubenzieher. Er hat das nicht einmal mitbekommen, vielleicht habe ich ihn überschätzt. Während er weiter auf den Boden sinkt, plappert Claus Kleber munter vom Brexit und Ratlosigkeit in Brüssel.

Jetzt liegt Putin bäuchlings auf dem Boden, seitlich des kleinen Tischchens, auf dem das Telefon steht, knapp einen Meter von Fenster und Fernseher entfernt. Mit einiger Anstrengung gelingt es mir, das Telefon zu greifen, dann endlich wähle ich Fabians Nummer. Die einzige, die ich außer meiner eigenen auswendig hersagen kann. Nur ein paar Sekunden später höre ich seine Stimme. Noch nie war ich so froh, dass er noch nicht geschlafen hat oder das Handy dorthin gelegt hat, wo er es nicht hören kann.

„Margot, verdammt, wo bist du? Wir suchen …“

Seine Stimme gibt mir das trügerische Gefühl, mich in einer vertrauten Umgebung zu befinden, trotzdem muss ich ihn unterbrechen.

„Das freut mich, Fabian, ehrlich, aber hör mir zu. Putin liegt hier am Boden, und wenn du nicht bald nach Hodgeroth kommst, Hausnummer 2a, dann ermorde ich den Kerl."

Einen Augenblick ist Stille, dann fragt Fabian zögernd: „Hodgeroth? Das kleine Dorf? Wo wir Schrö...? Was machst du da?"

„Ruf sofort die Kollegen an, Fabian, sofort! Die sind weiter hinter mir her, aber ich bin im Haus, alleine, nur mit Putin, aber ich weiß nicht, wie lange." Er kann nicht wissen, wen ich mit „die" meine, aber das ist im Augenblick unwichtig. Wichtig ist mir vor allem eins: „Verständige die Kollegen, die es hier in der Nähe gibt, und mach schnell bitte!" Einen Augenblick warte ich, höre sein Atmen, dann frage ich: „Fabian, hast du verstanden?"

„Ja, Margot, verstanden. Ich komme!" Dann legt er auf. Und ich bin mit Putin allein.

Kapitel 47

Putin trägt einen Hosengürtel, und ich befehle ihm, sich den Gürtel auszuziehen. Dann binde ich ihm die Hände auf dem Rücken zusammen. Keine perfekte Fessel, aber er wird schon ein wenig Zeit brauchen, bevor er mich angreifen kann. Ich stelle mich hinter ihn, suche den Raum nach einer besseren Waffe als dem Zimmermannshammer und dem Schraubenzieher ab, finde aber nichts. Im Fenster spiegelt sich der Raum, und ich sehe mich. Sogar in der Spiegelung wirke ich schmutzig und müde. Allerdings war es ja auch nicht meine Idee, von Männern im Wald verfolgt zu werden.

Vielleicht kann ich das Haus abschließen? Ich frage Putin nach seinen Schlüsseln, aber er spuckt nur irgendwelche mir unverständlichen Vokale aus, die bestenfalls ein russisches Schimpfwort ergeben. Ich überlege, ob ich die Autoschlüssel für das Auto unten in der Garage suchen soll, als ich über mir ein Geräusch höre … das Knarren eines Holzbodens. Im ersten Augenblick denke ich, dass Holz immer arbeitet, dass es sich ausdehnt und zusammenzieht, je nach Wärme und Kälte, aber kurz darauf höre ich das Knarren wieder, diesmal ein wenig versetzt zum ersten. Und dann ein weiteres Knarren. Es hört sich an, als würde sich dort oben jemand langsam und betont vorsichtig in meine Richtung bewegen, und zwar in Richtung Treppenhaus.

Ich hocke mich neben Putin. „Wer ist da oben?“ Ich drücke ihm erneut den Schraubenzieher an den Hals. „Wer ist da oben, verdammt nochmal?!“

„Niemand!“ Es ist das erste Wort, das ich verstehe, das ich verstehen soll, deswegen weiß ich, dass es eine Lüge ist. Es ist nur die Frage, wer sich da oben an mich heranschleichen will.

„Du bist so gut wie tot!“ Putin zischt mir die Worte voller Verachtung ins Gesicht, seine Augen starren mich voller Hass an. Auch das, hoffe ich, ist eine Lüge.

Ich betrachte ihn und schweige. Soll ich ihm den Mund stopfen? Hier lagen doch Tempo-Taschentücher, ich entdecke sie auf dem Wohnzimmertisch. Daneben allerdings noch etwas Besseres: Ein Trockentuch, auf dem die Schalen von Walnüssen liegen. Ich fege die

Nüsse auf den Boden und greife mir das Tuch. Putin wehrt sich, als ich es ihm in den Mund stopfen will, aber ich halte ihm gleichzeitig die Nase zu, die sich eklig glitschig und fettig anfühlt, und er hat keine Chance. „Keinen Laut mehr!", raune ich ihm zu, „sonst halte ich dir die Nase auch noch zu!"

Das Knarren im oberen Stockwerk hat aufgehört, was bedeuten kann, dass sich die Person nicht mehr rührt, dass das Holz Richtung Treppenhaus keinen Laut mehr von sich gibt, oder dass sich die Person bereits im Treppenhaus befindet. Letzteres wäre am schlimmsten, weil es bedeutet, dass ich nicht mehr viel Zeit habe … was zu tun? Mich zu verstecken? Doch noch die Wagenschlüssel zu finden? Einen Frontalangriff zu starten? Vielleicht gegen einen Mann, der möglicherweise nicht nur mit einem Messer oder einer Flasche bewaffnet ist, sondern eine richtige Waffe besitzt.

Ich verlasse Putin und das Wohnzimmer, schließe – bis auf ein leises Knarren – lautlos die Tür zwischen Küche und Flur – und versuche gleichmäßig zu atmen. Ich vermag nicht zu entscheiden, ob der Schraubenzieher in meiner Hand nur Staffage ist oder ob ich ihn wirklich benutzen werde, sollte ich es müssen. Aber ich denke, das wird sich aus der Situation ergeben, sollte sie denn in eine Richtung eskalieren, in der ich mich verteidigen muss.

Ungefähr zwei Minuten stehe ich neben der Tür, ein wenig zurückversetzt in der Nische neben dem Herd, so dass ich auf den ersten Blick des Hereinkommenden nicht zu sehen bin, möglicherweise nur aus den Augenwinkeln. Ich muss den Überraschungseffekt nutzen, muss in die Offensive gehen, nicht abwarten, nicht deeskalieren, so wie wir es immer gelernt haben. Ich muss schon deswegen angreifen, weil ich fast wehrlos bin, zumindest gegen jemanden, der körperlich stärker ist oder eine effektivere Waffe besitzt als ich.

Mein Blick fällt auf einen kleinen, leeren Stahltopf auf dem Herd. Ich greife ihn mir. Vielleicht ist es sinnvoller, erst einmal zuzuschlagen als direkt loszustechen. Das macht sich später auch besser im Bericht. Kaum wiege ich den Topf in meiner Hand, höre ich ein leises Knarren der Türklinke.

Kurz schließe ich die Augen. Langsam habe ich genug von diesem

Tag. Aber eigentlich waren sie alle in dieser Woche nicht besonders, dieser hier ist nur der negative Höhepunkt.

Die Tür öffnet sich einen Spalt, langsam, ungefähr zehn Zentimeter. Ich halte den Atem an. Wer wird nun kommen? Wer steht einen Meter von mir entfernt, hoffentlich ohne zu ahnen, dass ich ihn im Visier habe? Vorsichtig hebe ich den Topf in Schulterhöhe. Zentimeter für Zentimeter. Die Tür öffnet sich weiter. Aus dem Wohnzimmer höre ich Gestöhne, nicht kläglich, vielmehr ärgerlich und wütend … Putin will meinen Gegner warnen.

„Gutes Timing", denke ich, denn nun wird derjenige hinter der Tür hoffentlich denken, dass ich mich im Wohnzimmer befinde und nicht direkt neben ihm.

Ein schwarzer Pullover schiebt sich vorsichtig durch die Tür, still, ohne ein Geräusch. Ich sehe schwarze, kurze Haare, blasse Haut, ich erkenne Wiktoria Wladimirowna, obwohl sie mir noch den Rücken zudreht. Und ich entdecke die kleine Pistole in ihrer Hand.

Sie muss bemerkt haben, dass etwas nicht stimmt, vielleicht hat sie auch eine Art sechsten Sinn. Abrupt und ohne Vorwarnung dreht sie sich in meine Richtung. Ich schwinge den Topf und er kracht zwischen ihr Schlüsselbein und ihren Hals, gleichzeitig höre ich ihren Schmerzensschrei und … den Schuss aus ihrer Pistole. Ohrenbetäubend, lähmend und zerstörend in diesem kleinen Raum. Fast bin ich sicher, getroffen worden zu sein, aber ich fühle keinen Schmerz, deswegen hoffe ich, sie hat mich verfehlt. Wiktoria Wladimirowna sackt in sich zusammen, eine schwarze Gestalt, die sich dem Boden nähert ... ein schöner Anblick. Die Pistole fällt ihr aus der Hand, rasch bücke ich mich, greife sie mir so schnell ich kann, und richte mich wieder auf.

Wiktoria blutet am Kinn, vielleicht habe ich sie doch dort getroffen, denn sie ist bewusstlos. Ich kümmere mich nicht weiter um sie, sondern gehe ins Wohnzimmer zu Putin, schalte aber vorher das Licht aus, weil ich von außen natürlich eine wunderbare Zielscheibe abgebe, das hatte ich vorhin nicht bedacht. Putin grummelt weiter vor sich hin und versucht die Taschentücher auszuspucken.

Ich gehe zurück in die Küche und beuge mich über Wiktoria Wladimirowna. Sie atmet gleichmäßig. Ich brauche etwas zum Fesseln. Mit der Pistole im Bund suche ich den Küchenschrank ab. In einer der Schubladen finde ich ein Hanfseil, mit dem man Blumenstiele stützt. Ich drehe ihr die Hände auf den Rücken und kneble sie ebenfalls.

Dann mache ich mich auf die Suche nach dem Autoschlüssel. Ich will nur weg hier. Die Fesseln der beiden müssen halten, bis die Kollegen da sind. Ich habe eine gute Idee: Ich fahre ihnen entgegen. Das ist besser, als hier zu warten und dann festzustellen, dass Putins Männer ihre Suche nach mir aufgegeben haben und nun wieder zurück sind, bevor meine Kollegen eintreffen.

Nachdem ich die beiden mit dem Hanfseil gefesselt habe, schleiche ich wieder zurück in den Keller. Im Flur oben habe ich eine abnehmbare Lampe für ein Fahrrad gefunden, die ich nun in der linken Hand halte, rechts die Pistole. In meiner Hosentasche steckt der Schlüssel für den Wagen unten in der Garage, das hoffe ich zumindest. Es ist der Schlüssel für einen alten Audi, der auf einer der Ablagen der Schrankwand im Wohnzimmer lag.

Der Keller wirkt durch das helle, kalte Licht der Taschenlampe noch unheimlicher als vorhin, als ich mich mehr oder weniger nach oben tasten musste. Ich frage mich, ob es nicht besser ist zu warten, ob es vielleicht nicht sogar meine Pflicht ist, die Jungs aus dem Wald festzunehmen. Aber die Kerle sind zu fünft, und allein kann ich alle fünf unmöglich unter Kontrolle halten, das ist viel zu gefährlich.

Der Schlüssel passt und ich öffne die Wagentür, wodurch auch das schwache Licht im Innenraum des Autos angeht. Der Wagen ist aufgeräumt, keine McDonald's-Tüte auf dem Boden, keine Bananenschale. Ein kleines, silbernes orthodoxes Kreuz baumelt vom Rückspiegel. Es ist so unglaublich still hier.

Bevor ich mich in den Wagen setze, schalte ich die Taschenlampe aus, laufe die kleine Garagenauffahrt hoch und schaue mich um. Unglücklich, wenn genau jetzt Putins Gesellen aus dem Wald wiederkommen würden, ich müsste sie alle überfahren. Aber ich kann keine Bewegung hier draußen feststellen, außer die der Bäume, die sich im Wind hin und her wiegen, und ich erkenne auch kein Licht, das sich aus dem Wald in Richtung des Hauses seinen Weg bahnen würde.

Ich laufe zurück in die Garage, das Geräusch meiner Schuhe auf dem Pflaster hört sich laut und verlassen an. Ich setze mich ins Auto und starte den Motor.

Der Wagen springt sofort an. Ich setze ihn vorsichtig rückwärts die Auffahrt hoch, schließlich will ich keinen Ärger mit Putins Versicherung. Vor dem Haus trete ich kurz auf die Bremse, schaue noch einmal Richtung Wald, dann fahre ich los. Ich habe es tatsächlich geschafft.

Kapitel 48

Nicht einmal eine Viertelstunde später stehe ich wieder – diesmal mit Fabian – vor Putins Haus. Der Wind hat weiter zugenommen, in Böen fegt er nun über uns hinweg, ab und zu vermischt mit kleinen Tropfen, die sich wie Hagelkörner auf meiner Haut anfühlen. Wir stehen zwischen drei Streifenwagen, auf ihren Dächern wirbelt blaues Licht. Die Kollegen sind im Haus.

Ich fühle mich unendlich müde. Die Anspannung ist vorüber, gerade eben ist ein vierter Wagen mit Wiktoria Wladimirowna und ihrem Vater Richtung Bonn gefahren. Als beide in Handschellen an mir vorbeigeschoben wurden, haben sie mich keines Blickes gewürdigt. Keine Geste, kein Wort.

Die Männer aus dem Wald sind noch nicht aufgetaucht, und das werden sie wohl auch nicht. Aber ich mache mir keine Sorgen um sie. Der Wind pfeift durch den kleinen Park am Haus, die Äste der Trauerweide wirbeln wild hin und her. Es ist, als ob sich ein großer Sturm ankündigt. Kurz fällt mein Blick auf den kleinen Stall rund dreißig Meter vom Haus entfernt. Die Tür steht immer noch offen. Von dort bin ich geflohen. Das scheint so lange her, dabei können es doch nur ein paar Stunden sein.

„Fahren wir?“ Fabian lächelt mich an. In dem blauen Licht wirkt auch er unendlich müde.

Ich nicke. Meine Handgelenke schmerzen wie Feuer. Am Arm, dort, wo mich Dimitri getreten hat, werde ich einen riesigen blauen Fleck bekommen. Meine Stirn sieht wahrscheinlich aus, als wäre ich in einen Stacheldraht gefallen. Neben der Müdigkeit merke ich erst jetzt, wie weh mir alles tut.

Fabians großer, alter Cherokee nimmt mich auf. Ich lasse mich in den Beifahrersitz fallen und schließe die Augen. „Müssen wir nicht hier bleiben?“, frage ich müde.

„Wir sind morgen früh wieder hier, Margot, das ist früh genug. Du musst jetzt erstmal ins Krankenhaus.“ Er schüttelt den Kopf. „Du siehst aus, als wären deine Ärzte mitten in der Schönheits-OP geflohen.“

„Haha!", sage ich erschöpft und schließe die Augen. „Schlechte Witze bitte erst wieder morgen, ja?"

Fabian schließt die Autotür und geht noch einmal ins Haus. Wahrscheinlich sagt er den Kollegen nur, dass wir weg sind. Ich bin allein, lehne mich zurück und schließe die Augen. Ich fühle eine unglaubliche Müdigkeit, trotzdem fällt es mir schwer, an nichts zu denken. Bilder des heranstürmenden Berry schießen mir durch den Kopf, Putin gefesselt auf dem Boden, die verbrannte Leiche Barbara Thiels …

Ich schrecke zusammen, als Fabian die Beifahrertür öffnet. Er legt mir mein Handy aufs Knie. „Ist doch deins, oder?", sagt er und lässt mich erneut allein.

Mein Handy! Wo hat er das jetzt her? Hatte ich das nicht in der Wohnung gelassen? Oder hatte Putin es mir abgenommen? Ich weiß es nicht mehr.

Ich tippe meine Geheimzahl ein … keine SMS oder Whatsapp. Mehr aus Langeweile höre ich meine Mailbox ab. Eine neue Nachricht.

„Hallo Margot, hier ist Katrin, Katrin Kuhler. Wollte mich einfach mal melden, um zu hören, wie es dir geht." Ich höre ein Lachen. „Also, wenn du das abhörst, ruf doch zurück." Kleine Pause. „Um der alten Zeiten willen!" Ich vernehme wieder so etwas wie ein Lachen, dann endet der Anruf.

Ohne sie tatsächlich zu sehen, betrachte ich die Kollegen draußen in der Dunkelheit. Ein weiterer Krankenwagen kommt die Straße heraufgefahren. Katrin Kuhler? Was soll das? Kenne ich diese Frau? Bei der letzten Befragung hatte es ja einen Moment gegeben, wo sie mir bekannt vorkam. Aber ich bin mir sicher, nie im Leben einer Katrin Kuhler begegnet zu sein. Aber vielleicht war sie ja mal verheiratet und hieß früher anders.

Der Notarzt springt aus der haltenden Ambulanz und verschwindet im Haus. Ich schließe erneut die Augen. Katrin Kuhler. Nicht wichtig, denke ich, zumindest nicht jetzt.

In Seelscheid halten wir an einer Tankstelle. Fabian springt aus dem Wagen und holt uns beiden einen Kaffee. Meiner mit viel Zucker und wunderbar heiß. Ich nippe daran, während Fabian langsam die B 56

Richtung Siegburg fährt. Die Scheinwerfer erhellen die tiefe Dunkelheit im Schlangensiefen zwischen Heide und Siegburg, der Motor surrt ungewöhnlich ruhig und schläfert mich ein.

Ich bin froh, dass mir Fabian erst einmal keine Fragen stellt. Aber die werden kommen. Ich schließe die Augen und Fabian erzählt mir irgendetwas vollkommen anderes. Zuerst weiß ich nicht, um was es geht, dann fällt mehrmals der Name „Susanne", und mir geht auf, dass er von seiner Frau spricht.

„Alles wieder okay?", frage ich, obwohl mich seine Ehe im Augenblick nicht sonderlich interessiert.

„Ja", sagt er, „geht zumindest in die richtige Richtung." Er klingt wie ein fauler Schüler, der gerade eben noch einmal versetzt worden ist, aber das liegt wahrscheinlich nur an meiner Müdigkeit.

„Schön!", murmele ich, und meine es auch so.

Fabian schaltet das Radio an. Kurz bevor ich einschlafe, höre ich, dass Doris Day gestorben ist. Sie war weit über neunzig Jahre alt, dennoch laufen mir augenblicklich die Tränen über die Wangen. Ich kann mir nicht erklären, warum ich anfange zu weinen. Vielleicht, weil wieder jemand gegangen ist, der zu meiner Welt gehörte, seitdem ich ein Kind war. Ich schluchze unterdrückt und Fabian schaut zu mir herüber. Ich wende den Kopf zum Fenster. Fabian sagt nichts, ich spüre nur seine Hand auf meinen Haaren. Das lässt mich noch mehr weinen. Dann, irgendwo auf der Autobahn, schlafe ich ein.

Weitere Krimis in der Edition Lempertz

Marie – Ein stiller Tod

272 Seiten,
ISBN: 978-3-96058-200-7
9,99 €

Exitus Venusberg

272 Seiten,
ISBN: 978-3-96058-988-4
9,99 €

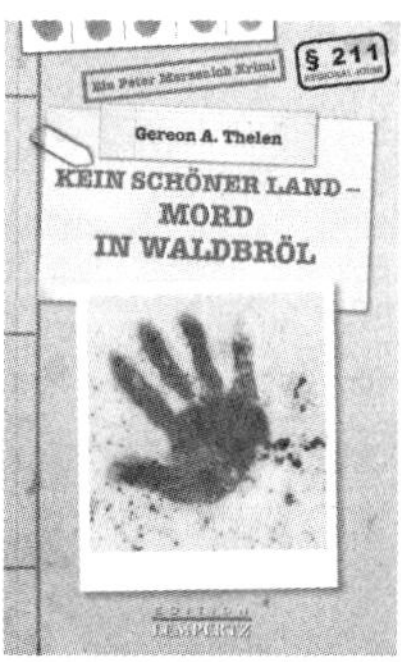

Kein schöner Land – Mord in Waldbröl

ca. 208 Seiten,
ISBN: 978-3-96058-296-0
9,99 €
erscheint ca. Oktober 2019

Alle Krimis auch als E-Book

Weitere Krimis in der Edition Lempertz

Kalte Rache in Ippendorf

216 Seiten,
ISBN: 978-3-96058-202-1
9,99 €

Das Wäldchen

224 Seiten,
ISBN: 978-3-96058-294-6
9,99 €

Südstadt-Komplott

256 Seiten,
ISBN: 978-3-96058-203-8
9,99 €

Alle Krimis auch als E-Book

Weitere Krimis in der Edition Lempertz

Brandmord

264 Seiten,
ISBN: 978-3-96058-205-2
9,99 €

Klassenmord

256 Seiten,
ISBN: 978-3-945152-58-4
9,99 €

WOLFsMORD

232 Seiten,
ISBN: 978-3-945152-36-2
9,99 €

Alle Krimis auch
als E-Book

Weitere Krimis in der Edition Lempertz

Endstation Brühler Landstraße

184 Seiten,
ISBN: 978-3-96058-986-0
9,99 €

Mord mit Nebenwirkungen

264 Seiten,
ISBN: 978-3-96058-984-6
9,99 €

Aszendent Holzlar

248 Seiten,
ISBN: 978-3-96058-987-7
9,99 €

Alle Krimis auch als E-Book